KB115241

마도 시대의 시작

FUSION FANTASTIC STORY

강준현 장편소설

아우스 : 마도 시대의 시작 5

강준현 장편소설

초판 1쇄 찍은 날 § 2017년 8월 14일
초판 1쇄 펴낸 날 § 2017년 8월 21일

지은이 § 강준현
펴낸이 § 서경석

편집책임 § 이지연

펴낸곳 § 도서출판 청어람
등록번호 § 제387-1999-000006호
등록일자 § 1999. 5. 31
어람번호 § 제1-2749호

주소 § 경기도 부천시 부일로 483번길 40 서경B/D 3F (우) 14640
전화 § 032-656-4452 팩스 § 032-656-4453
http://www.chungeoram.com
E-mail § chungeorambook@daum.net

ISBN 979-11-04-91424-9 04810
ISBN 979-11-04-91321-1 (세트)

아우스

마도 시대의 시작

FUSION FANTASTIC STORY

강준현 장편소설

5

청어람

아우스

Contents

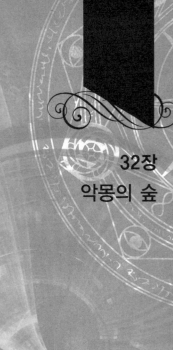

32장
악몽의 숲

"맛있게 먹었습니다."

계산을 하고 밖으로 나왔다.

기억을 모두 찾았지만 토렌에겐 결국 알은척하지 않았다.

필요에 의해 잠시 친했진 사이. 그가 돈을 벌어 나를 구하려 했던 마음 씀씀이는 고마웠다. 그러나 마음속으로 감사를 표하는 것으로 충분했다.

"어쩐다?"

활기차게 하루를 시작하는 사람들 틈에 잠시 멈춰 서서 나는 어떻게 해야 할지 생각했다.

지난 아홉 번의 삶에서 넘겨보지 못한 스무 살을 넘겼다.

즉, 나를 집어삼킬 괴생물체라고 생각했던 점(?)은 아마도 내 능력을 향상시키기 위해 존재했으리라.

'아홉 번의 삶 동안 못 했던 것을 내가 목적을 달성하자 소멸된 것이겠지.'

찾은 기억과 지난 1년 6개월간의 기억을 합쳐 새로운 결론을 도출했다.

끝날 줄 알았던 삶이 계속된다는 기쁨과 함께 뭘 해야 할지 고민됐다.

좁혀보면 네 가지 선택이 있었다.

젠느에게 가거나, 엔트 할아버지에게 가거나, 아우스의 부모님에게 가거나, 이도 저도 아님 그냥 현재에 상황에 안주하거나.

"일단은 피트의 집이 있다는 악몽의 숲에나 가볼까."

마나 광산에서 책을 볼 때부터 발트란까지, 왠지 피트와 내가 연결되어 있다는 느낌을 지울 수가 없었다.

점도 다렌 마을에 있을 때 얻지 않았는가.

멈췄던 걸음을 다시 움직였다.

내성을 지나 남작성에 이르렀다.

성문 한쪽에 상당수의 사람들이 서 있었다. 한데 기사와 병사들까진 이해가 되는데 짐꾼들과 종자, 요리사로 보이는 사람들도 있었다.

'쯧! 악몽의 숲에 피크닉을 간다고 생각하는 인간들이 있을 줄이야.'

악몽이라는 단어가 왜 붙었는지 하룻밤만 지내보면 이해할 것이다.

기사들이야 임무에 목숨을 거는 게 직업이니 상관없었다. 그러나 죄 없는 짐꾼들과 요리사는 무슨 봉변이란 말인가.

결코 인성이 구겨졌나.

"…조사 팀에 합류하러 온 분이십니까?"

인상을 쓰고 있는데 행정관복을 입은 사내가 조심스레 물어왔다.

"아! 예."

"혹시 불편하신 거라도 있으신지?"

"아닙니다. 악몽의 숲을 우습게 아는 것 같아 저도 모르게 인상을 썼을 뿐입니다. 신경 쓰지 마십시오."

내 말에 의외라는 표정을 짓던 행정관은 낮은 목소리로 중얼거렸다.

"그래도 악몽의 숲에 대해 아는 분이 계셨군요. 하지만 어쩌겠습니까? 높은 분들이 시킨 일인데요. 한데 기사님은 어디 소속이십니까?"

"황녀 전하 명으로 왔습니다."

"그럼 A조 2소대 4분대의 존슨 경이시군요. 저쪽에 계신 분들이 황실 쪽입니다."

아무렇게나 서 있는 듯 보였는데 그의 말을 듣고 보니 묘하게 두 곳으로 나눠져 있었다.

황제파와 귀족파. 기사 복장도 제각각인 걸 보면 각 귀족들이 두세 명씩 참여시킨 게 분명해 보였다.

'하긴 다른 사람도 아니고 9서클 마스터인 피트가 지내던 곳이니 오죽할까.'

이런 것을 보면 무소불위의 권력자라 생각한 황제도 쉬운 일은 아닌 것 같았다.

행정관이 가리킨 방향으로 갔다. A조 기사들은 복장은 달라도 어느 정도 서로 안면이 있는지 악몽의 숲에 대한 소문을 얘기하고 있었다.

잠시 그들의 대화를 들으며 서성이는데 남작성 안에서 미헬라와 화려한 옷을 입은 30대 조반의 사내를 선두로 말 탄 무리가 나왔다.

무리엔 미헬라를 제외하고도 7서클 이상 되어 보이는 강자가 두 명이 포함되어 있었다.

그러나 내 눈은 7서클로 짐작되는 이들이 아닌 가장 뒤쪽에서 따라 나오는 두 명에게 고정됐다.

'자크 남작과 탐스! 설마 저들을 여기서 만나게 될 줄이야.'

노예일 때의 기억 때문인지 순간 몸이 움찔했다. 그러나 곧 피할 이유가 없음을 인지했다.

이제 피할 사람은 내가 아닌 저들이었다.

또한 과거를 생각하니 화가 났지만 엔트 할아버지를 구해서인지 딱히 당장 죽여야겠다는 생각은 들지 않았다.

한마디로 관심 밖이었다.

"A조 조장과 B조 조장은 인원을 확인한 후 선발대가 있는 마을로 향한다."

"예! 팀장님!"

황녀 옆에 있는 황실 제3기사단 마크를 단 중년인의 명령에 그의 뒤에 있던 두 명이 무리에서 나와 A조, B조로 다가왔다.

"명단의 인원은 모두 다 왔습니다."

"길잡이를 선두로 병사, 1소대, 지원대, 2소대 순으로 움직인다."

행정관이 그들에게 다가가 보고하자 A조장이 출발 순서를 명했고 그에 사람들은 일사불란하게 움직이기 시작했다.

'2소대 4분대라면 제일 끝이겠지?'

예상대로 조의 끝이 내 자리였는지 나를 제외하고 가장 마지막에 움직인 기사가 자신의 뒤를 따라오라는 듯 손짓했다.

한참을 걷고 있는데 미헬라가 딜리버리 마법으로 물었다.

[늦는 것 같기에 튄 줄 알았는데 안 튀었네?]

[지금 튈까 고민 중입니다.]

생각을 숨길 이유가 없었다. 피트 집의 위치만 안다면 혼자 움직이는 게 나았다.

[…뭔가 불만이 가득한 목소린데?]

[악몽의 숲을 피크닉 가는 걸로 착각하는 이들 때문에 불만이긴 합니다.]

[짐꾼과 요리사 때문이라면 걱정 마. 기사들이 지켜줄 테니까.]

[자기 한 몸 지키기도 벅찰 겁니다. 아니, 저들 때문에 기사들도 죽겠죠. 장담하건대 오늘 안에 조사 팀의 절반은 죽을 겁니다.]

[…악몽의 숲 근처에만 가봤다더니 떠오른 기억이 있나 보네.]

[약간요.]

딜리버리가 멈췄다. 그리고 잠시 후 미헬라는 말을 탄 채 다가와 직접 물었다.

"왜 병사들과 짐꾼들을 데려가면 안 되는지 그 이유를 뒤에 있는 사람들이 다 들을 수 있게 말해봐."

그녀의 갑작스러운 행동에 말을 할까 말까 고민하다가 한 명이라도 구할 수 있다면 손해는 아니라는 생각에 입을 열었다.

"악몽의 숲은 몬스터의 숲이라고 해도 과언이 아닙니다. 몬스터는 물론이고 동식물, 벌레들조차도 몬스터와 비견될 정도로 무섭죠. 즉, 한 걸음 한 걸음을 조심해야 하고 한순간도 긴장을 놓아선 안 됩니다. 한데 짐꾼들과 요리사를 데리고 간다? 불편함을 덜기 위해 움직이는 폭탄을 데리고 가는 겁니다. 지들의 발소리에 몬스터가 움직일 거고 저들의 비명에 주변 모든 동식물이 깨어나 공격할 겁니다."

10년간 제법 깊숙한 곳까지 다녀봤지만 나 역시 악몽의 숲에 대해 안다고 자신 있게 말할 수 없었다. 그래서 보고 겪었던 일들을 가감 없이 말했다.

"쯧쯧! 겁이 많은 친구군."

귀찮음이 가득하고 언뜻 살기까지 묻어 있는 목소리. 안하무인하게 살아왔음이 한마디 말에 고스란히 느껴졌다.

돌아보니 화려한 복장의 사내였다.

"기사라는 사람이 채집이나 하며 사는 길잡이들과 똑같은 얘기를 하다니. 어느 가의 기사인지 궁금하군. 자네는 이 많은 기사가 왜 움직인다고 생각하나?"

"샤루틴 폰 뮬터 자작님이시겠군요. 처음 뵙습니다."

자크 남작과 탐스가 조용히 뒤따르고, 황녀인 미헬라와 말머리를 같이하고 달릴 수 있는 이는 샤루틴밖에 없었다.

"인사는 됐고 묻는 말에 대답해 봐."

"글쎄요. 명에 따라 악몽의 숲에 오게 된 저로서는 이유까진 모르겠습니다. 그러나 한 가지 확실한 건 제 몸 지키기에도 급급할 겁……."

"놈! 감히 여기 있는 모든 기사를 욕보이게 하느냐!"

자크 남작이었다.

욕보이는 것이 아니라 무시하고 있었다.

발칸 제국 귀족파의 수장이라고 할 수 있는 뮬터 공작가의 후계자가 악몽의 숲에 왔다?

그가 이곳에 온 이유는 알 수 없지만 공작가에서 내놓았다는 건 알 수 있었다.

"자작님께서 제 생각을 묻는 것 같아 솔직히 말했을 뿐입니다만."

"놈! 그래도……!"

자크 남작은 다시 발작적으로 외치려 했다.

한데 조사 팀의 팀장인 중년인이 손을 들어 그의 입을 막았다.

"자네가 황녀님이 추천한 존슨 경이군. 난 조사 팀을 맡게 된 루벤 백작이네. 그리 확신하는 이유를 물어도 되겠나?"

루벤의 말하는 투를 봐 앞서 두 사람보단 말이 통할 것 같았다. 인사를 하며 대답했다.

"루벤 백작님이셨군요. 존슨입니다. 악몽의 숲에 대해 약간이나마 알고 있기에 드리는 말입니다만 분명 그렇게 될 겁니다."

"나와 자네가 나선다고 해도?"

내 실력을 알고 있는 듯했다.

"몸을 나눌 수 있거나 무한한 마나가 있다면 피해는 조금 줄일 수 있을지 모르지만 결과는 같습니다."

"좋아. 자네 말처럼 저들을 돌려보낸다고 하세. 하면 짐과 식사는 어떻게 해야 하지?"

"조사 팀이 숲에 산책하러 가는 게 아니지 않습니까? 팀과 떨어지면 굶어 죽을 겁니까?"

"…맞는 말이네만 얘기와 달리 꽤 거칠군?"

"아직까진 부드러운 편입니다. 한데… 이제 곧 좀 더 거칠어

질지도 모르겠습니다."

"훗! 도움이 된다면 상관없겠지. 자네 말은 일단 고려해 보지."

루벤 백작은 다소 건방진 내 말이 기분 나쁘지 않은지 피식 웃었다.

대화를 끝내고 돌아서는데 악몽의 숲의 텁텁한 냄새가 묻어 있는 바람이 불었다. 행렬이 들어가고 있는 마을 너머로 안개 낀 악몽의 숲이 보였다.

온전히 기억을 찾아서인지 다렌 마을에서 볼 때완 또 다른 느낌이었다.

'이거 괜한 짓을 하는 건 아닌지 모르겠네.'

지금이라도 돌아갈까 생각했다. 그러나 생각과 달리 다리는 행렬을 따라 마을로 향했다.

마을에 들어서자 반기는 건 향긋한 음식 냄새였다.

"A조 2소대 기사님들은 이쪽으로 오십시오."

미리 이곳에서 점심을 먹기로 했는지 마을 주민들이 부지런히 다니며 음식을 접대하고 있었다.

집집마다 테이블을 가지고 나왔는지 제각각인 테이블 위로 음식이 차려져 있었다.

"휴가 헤밀스입니다."

내 앞에서 걷던 30대 초반의 기사가 손을 내밀었다.

"아… 존슨입니다."

"혹시 지론 남작님의 제인 기사단 단장 아닙니까?"

"지금은 프리입니다."

제인 기사단 마크를 뗀 상태로 참가했다.

"반갑습니다! 파티 때 소문 들었습니다. 시원하게 한 건 하셨다면서요."

"어쩌다 보니 그렇게 됐습니다. 한데 말 편하게 하십시오."

"마스터에게 어떻게. 가만? 설마 저보다 어리십니까?"

"아마도요. 그러니 말 편하게 하십시오."

"맙소사!"

낮은 목소리로 얘기했지만 우리 얘기를 못 들을 정도로 약한 사람은 아무도 없었다.

"난 코나수스… 요."

"미얀크 토른, 바무트 백작가에서 왔습니다."

마스터라는 말 때문인지 모두들 와서 손을 내밀고 악수를 청했다.

"실력은 기껏해야 한두 끗 차이인데 편하게 말하십시오. 제 나이 고작 스물입니다. 어차피 악몽의 숲을 헤쳐 나가야 하는 동료 아닙니까."

"존슨 경 생각이 괜찮은 것 같은데 다른 사람들은 어떻습니까? 소속이 달라 서먹서먹하게 있다간 몬스터에게 당하기 십상일 것 같은데 아예 이 기회에 소대장과 분대장도 정합시다."

"전 찬성입니다."

"저도요."

2소대는 식사를 하면서 말을 트고 소대장과 분대장을 뽑았다. 실력순으로 뽑자는 의견도 있었지만 나이순으로 정했다.

"모두 무사하길 바라며! 아라 님의 축복이 함께하길!"

"함께하길!!!"

우린 음료수 잔을 높이 들며 건배를 했다.

처음엔 이상하게 보던 다른 테이블의 기사들도 우리가 뭘 했는지 눈치채고 나름 조직을 짰다.

"분위기가 좋군."

식사가 끝날 때쯤 B조 조장이 다가왔다.

"우리 B조는 짐꾼과 요리사를 놓고 가기로 했다. 수도에 배낭이 도착하면 짐꾼들의 짐에서 물건을 나눠 들 수 있도록."

"A조는 다릅니까?"

2소대장이 된 코나수스가 물었다.

"샤루틴 자작이 따로 출발하는 한이 있더라도 절대 그럴 수 없다고 하고 있어. 그래서 하는 말인데… 존슨 경, 나 좀 볼까?"

난 조장을 따라 조용한 곳으로 갔다.

"단도직입적으로 묻지. A조와 함께 가는 것이 낫겠나, 아님 약간의 거리를 두고 가는 게 낫겠나?"

"저라면 후자입니다."

"역시나. 한 가지 더 묻지. 출발은 선후 중 어느 쪽이 낫겠나?"

"어느 쪽이든 상관없습니다. 다만 그들이 늦게 출발한다면 소수의 인원만 합류하게 될 겁니다. 물론 그것도 길잡이가 살아남아 있을 때 얘기지만요."

"빠르게 가면?"

"잘 하면 삼분의 이쯤 살아남아 있는 그들과 조우하게 되겠죠."

"알았네. 참고하지."

B조 조장은 다소 무거운 얼굴로 촌장의 집으로 돌아갔다. 그리고 다시 나왔을 땐 A조와 B조가 따로 가기로 했고 B조가 먼저 출발하기로 했다.

"조장에게 제가 한 대답을 들었습니까?"

B조, 아니, 이젠 조를 나누는 게 없어졌으니 그냥 조사 팀이라고 부른 편이 나으려나.

아무튼 마을에서 나와 악몽의 숲으로 가며 미헬라에게 물었다.

"들었어. 그러니 먼저 출발하기로 한 거겠지?"

"…그렇습니까?"

꽤나 의외였다.

"의외인 모양이네? 하지만 조사 팀의 목적을 달성하기 위한 판단이었어."

"아뇨. 이해합니다."

나라고 해도 A조가 적이라고 생각한다면 미헬라와 같은 결정을 내렸을 것이다. 다만 약간의 쑵쓸함과 함께 그토록 되기를 갈망했던 귀족의 삶도 마냥 편한 것만은 아님을 알게 됐다.

　　　　*　　　　　*　　　　　*

　왜 악몽의 숲의 괴물들은 숲을 넘어오지 않느냐.

　악몽의 숲 근처에 사는 사람이라면 한 번쯤 가져봤을 의문이다. 물론 나도 그런 생각을 한 적이 있었다.

　한데 마보세로 본 악몽의 숲은 자연적으로 만들어졌다고 보기 어려운 거대한 함정과 같은 곳이었다.

　'드래곤의 레어였는지도 모르지.'

　찰방!

　길잡이가 물을 밟는 소리에 상념에서 깨어난 나는 마나를 움직여 내 뒤를 따르는 세 명의 노인네를 들어 올렸다.

　"난 계속 늪지가 나왔으면 좋겠어."

　"난 말이야 본격적으로 돈을 벌어볼까 해. 그래서 존슨을 고용할 거야. 그리고 관광이나 다닐까 싶어."

　"예끼, 이 사람들! 젊은 사람이 고생하는데 말하는 꼬락서니하곤. 매일 방구석에서만 지내던 노인네들이 간만에 바람 쐬러 나와 들뜬 것뿐이니 이해하게, 존슨. 자자! 힘들 텐데 이 당근… 흠! 이 사탕이라도 먹고 힘내시게."

　우누스, 하로, 루니 세 노인이 말했다.

　"…영감…….."

　"아저씨!"

곧 죽어도 아저씨라고 부르란다.

"네네. 아저씨들, 더 떠들면 저쪽에 있는 혈목(血木)으로 보냅니다. 우습게 보일지 몰라도 놈들에게 잡히면 죽고 싶어도 못 죽고 놈들과 동화가 될 때까지 피를 빨리며 살고 싶으면 더 떠드세요."

"…성깔하곤. 닥치고 있자고. 죽는 건 두렵지 않은데 피트 님의 집을 못 보고 죽는 건 너무 억울하잖아."

짐꾼과 요리사를 뺐는데도 마나를 사용할 줄 모르는 일반 인이 다섯이 있었다.

두 명의 길잡이, 세 명의 연구 마법사.

팀장인 루벤 백작은 고맙게도 이들을 나에게 맡겼다.

길잡이들이야 짧게는 8년, 길게는 10년 이상 악몽의 숲을 돌아다니던 베테랑들이라 몬스터만 처리하면 됐는데 문제는 연구 마법사였다.

모두 육십 가까운 나이에 얼마나 연구만 했는지 제대로 걷지도 못했다. 특히 늦지만 걸으면 쓰러져 주변의 몬스터까지 착실히 불러 모으는 바람에 결국 내가 힘을 쓰기로 했다.

몬스터를 무찌르는 것보단 힘이 덜 들었다.

"존슨 기사님."

길잡이가 조용히 불렀다.

"1시간만 있으면 해가 질 겁니다. 서둘러 쉴 곳을 찾아야 하는데……."

"뭐든 편하게 말해도 됩니다. 무슨 말을 해도 저는 이해합니다."

머뭇거리는 것 같아 내가 먼저 마음을 열었다.

"솔직히 저희가 이곳에서 자본 적은 없습니다. 기사님께서 악몽의 숲에 대해 아시는 것 같아 의견을 구할까 합니다. 어디가 괜찮겠습니까?"

몽일 때 윌리엄 아저씨와 난 간혹 악몽의 숲에서 노숙을 했는데 주로 죽은 혈목 근처에서 온몸에 각종 풀을 덕지덕지 바르고 땅을 파서 잤다.

"음, 혹시 근처에 혈목 군락지가 있습니까?"

"아! 혈목의 특성을 이용할 생각이시군요."

혈목은 살아 있는 것이라면 뭐든 잡아 자신의 영양분으로 삼았다. 그래서 악몽의 숲의 살아 움직이는 것들은 혈목을 피했다.

"군락지라기엔 부족하지만 스무 그루 정도 모여 있는 곳이 우측으로 15분쯤 가다 보면 있습니다."

"딱 좋군요. 그럼 그쪽으로 가죠. …잠깐!"

검이 날아올랐다. 그리고 앞쪽으로 가 늪지를 여러 번 벴다.

"…언제 봐도 신기합니다. 이번엔 뭘 베셨습니까?"

"뱀이요."

작은 벌레에도 죽을 수 있어서 앞쪽은 내가, 중간은 미헬라가, 끝은 루벤 백작이 맡아서 행렬로 접근하는 것들을 막고 있었다.

군락지로 이동하면서 루벤 백작에게 딜리버리를 사용해 보고했다.

[혈목 군락지를 없애고 잠자리를 마련할 생각인데 어떠십니까?]

[이동과 숙영에 대해선 전적으로 자네와 길잡이들의 의견에 따르지. 한데 혈목은 뿌리까지 뽑아내야 하나?]

[아닙니다. 색깔이 일반 나무색처럼 바뀔 때까지 가지와 움직이는 뿌리를 제거하면 됩니다.]

[어렵지 않군. 잘린 가지는 불태우지 않아도 되나?]

[잘 때 땔감으로 사용하면 벌레들이 접근을 못 하게 하는 효과가 있습니다. 참! 마법은 사용해도 상관없습니다.]

[알았네.]

내 일은 여기까지였다. 이제부턴 루벤 백작이 알아서 할 터였다.

"샤만 조장, 오늘 저곳 혈목 군락지에서 야영하기로 했다. 1소대와 함께 나무색이 바뀔 때까지 혈목의 가지와 뿌리를 제거하도록."

"마법을 사용해도 되겠습니까?"

"물론이다."

"1소대! 대장님의 말씀 잘 들었을 것이다. 짐을 내리고 전투 준비! 윈드 커터로 가지를 먼저 제거한 후 뿌리를 제거하는 것으로 한다. 준비된 기사부터 발사!"

수십 개의 윈드 커터가 일제히 떠올랐다. 그리고 약간의 시간 차를 두고 혈목을 향해 날아갔다.

꽉! 꽉! 파곽! 꽉! 꽉! 파파파곽!

혈목은 일반인들이 도끼로 찍어도 흠집만 약간 날 정도로 단단한 나무였다. 그러나 수십 개씩 연속으로 날아가는 5, 6서클의 마법 기사들의 마법엔 속수무책이었다.

혈목은 가지들이 잘려 나갈 때마다 괴로운지 꿈틀댔다. 그러나 움직일 수 없는 혈목은 그저 과녁판에 불과했다.

"전진!"

1소대가 전진을 하자 2소대는 그들을 엄호하며 따라갔다.

쉭! 쉬익! 쉭쉭쉭!

기사들이 다가가자 혈목은 가지가 다 잘린 것에 대한 분노를 풀려는 듯 뿌리를 창처럼 뻗어왔다.

"아이스 블레스!"

"아이스 블레스!"

조장과 1소대장이 마치 짠 것처럼 동시에 아이스 블레스를 시전했다.

쩌저저저정! 쩌저저저정!

공기 중 습기가 얼어붙으며 서서히 느려지는 뿌리들.

1소대 기사들은 때를 놓치지 않고 검과 무기에 일제히 파란 검기를 두르고 뿌리를 잘라갔다.

악몽의 숲에 대한 두려움이 백이라면 미지의 생명체의 은밀한 접근으로 인한 죽음, 혹은 인지를 못 하는 상황에서의 갑작스러운 죽음이 주는 공포가 칠팔십일 것이다.

한데 미리 상대에 대해 알고 싸운다면?

지금처럼 일방적인 도륙이 될 수밖에 없을 만큼 기사들 개개인은 강했다.

몸통과 생명을 유지할 뿌리만 남은 혈목은 먹이를 잡겠다는 본능보다 살아남아야겠다는 생존 본능으로 바뀌었는지 뿌리를 내렸고 그 순간 색이 바뀌었다.

새로운 뿌리가 생길 때까진 움직이지 않을 것이다.

"동서남북 네 곳에 불을 피우고 두 분대씩 자리한다."

"식사는 어떻게 합니까?"

질문을 한 기사나 질문을 받은 루벤 백작이나 동시에 나를 보았다.

"앞으로 해 먹을 수 있는 날이 없을지 모르니 이럴 때 해 먹는 게 좋을 것 같습니다."

"그럼 그렇게 하지. 서둘러라. 곧 어두워진다."

루벤의 명에 기사들은 일제히 야영 준비를 위해 움직였다.

"우리도 움직여 볼까?"

내 옆에 서 있던 세 노인이 주섬주섬 가방에서 마법진이 새겨진 판을 꺼냈다.

"실드 마법진입니까?"

우누스가 꺼낸 판들을 슥 훑어보고 물었다.

"실드에 알람 마법과 빛이 밖으로 못 나가게 하는 마법을 섞어놓은 거지. 근데 마법진에 대해서도 아나?"

"이곳에 끌려온 것도 마법진 때문입니다."

"헐헐! 이거야 원. 어린 친구가 못하는 게 없구먼. 그럼 이거 설치 좀 도와주겠나? 가운데 마나석을 끼우고 8방위에 놓으면 되네."

"그러죠."

등짝만 한 8개의 마법진이 날아올라 야영지를 중심으로 여덟 방향에 놓였다. 그리고 내친김에 마법진을 활성화도 시켰다.

우우웅!

낮은 울림과 함께 둥근 반원이 생겼다.

"젠장! 정말 부러운 능력이군. 자네 같은 마법사들 때문에 연구 마법사가 쓸모없는 존재가 되는 거야. 그러니 마법진 따윈 우리 같은 사람들에게 맡겨두게."

루니는 왠지 분하다는 표정으로 말했다.

마법진을 설치하는 걸 도와주고 나니 야영 준비는 끝나 있었다. 근데 다른 곳과 달리 내가 속한 3, 4분대원은 모닥불 주위에 서서 음식을 들고 어찌할 바를 모르고 있었다.

"험! 자네와 같이 움직이지만 우린 1소대 소속이나 다름없으니까 그쪽으로 가서 먹겠네."

눈치 빠른 우누스, 하로, 루니는 길잡이들이 있는 1소대로 가버렸다.

다가가자 휴가가 물었다.

"존슨, 혹시 음식 할 줄 아나?"

"그럭저럭 하죠. 근데 11명 중 할 줄 아는 사람이 아무도 없어요?"

"으, 웅. 다들 수련하느라……."

수련하느라 요리 배울 시간이 없었다고 말하려던 휴가는 날묘한 표정으로 바라보더니 돌연 고개를 떨어뜨리며 말했다.

"우린 죽어야 해!"

"…그러게."

3, 4분대 10명은 휴가와 마찬가지로 일세히 고개를 숙이며 자책했다.

도저히 못하겠다고 할 수 없는 상황.

"…제가 하죠."

오랜만에 하는 거라 잘될까 싶었는데 금세 익숙해졌다. 그리고 마법까지 사용하니 예전과는 비교도 안 될 정도로 빨랐다.

아이스 마법으로 얼린 고기 잘라 옆으로 넘기면 투명 손이 고기를 구웠고 그동안 난 다시 야채를 다듬는 식이었다.

다른 곳에 비해 늦게 시작했지만 음식은 빨리 차려지는 기적이 일어났다.

"우와! 존슨, 맛있다! 내가 먹을 고기 중에 손꼽힐 정도로 잘 구웠어."

"샐러드는 어떻고. 난 지금 악몽의 숲이 아닌 우리 영지 최고의 음식점에서 먹는 것 같아."

"오버 안 해도 되거든요. 아무튼 넉넉히 했으니 많이들 드세요."

칭찬을 받기 위해 한 일은 아니지만 맛없다는 것보단 기분이 좋았다.

막 식판에 음식을 덜어 먹으려 할 때 다가오는 세 명이 있었다.

"험! 아, 아무리 생각해도 존슨 자네와 같이 다니니 여기가 우리 소속이지."

"암! 신세는 존슨에게 지고 다른 곳에 가서 음식을 먹는 건 염치없는 짓이지."

"저~ 언혀 그렇게 생각하지 않을 테니 1소대에 가서 드세요."

"허어~ 우릴 염치없는 인간으로 만들지 말게."

세 노인은 내 말이 들리지 않는지 비집고 들어와 음식을 먹기 시작했다.

한데 그 세 명이 끝이 아니었다.

어두워지면서 돔 가운데 띄워둔 라이트의 불빛이 만들어낸 그림자가 우리를 덮었다.

미헬라, 루벤, 샤만, 그리고 미헬라 옆에 경호하듯 붙어 있던 두 기사였다.

"……."

그들은 가타부타 말없이 식사하는 우리를 쳐다볼 뿐이었다. 웃긴 건 다들 식판을 들고 있었다.

"아, 앉으십시오."

불편해진 3, 4분대원은 결국 자리에서 물러나며 앉을 공간을 마련했다.

"별것 없지만 드세요. 몇 가지 더 만들어 드리죠."

체통 때문인지 앉아서도 가만히 있는 그들을 보고 결국 내가 입을 열었다. 어쨌든 한동안은 악몽의 숲을 함께 뚫고 갈 동료들 아닌가.

내 말이 떨어지자 그제야 식사를 시작했고, 난 한쪽 옆에서 몇 가지 요리를 더 만들었다.

"요리를 배웠어? 보통 솜씨가 아닌데."

음식이 괜찮은지 맛있게 먹던―표정과 속마음이 달라 확신은 못 했지만―미헬라가 물었다.

"취미 생활이죠. 더 드려요?"

"아니, 배불러. 그보단 차가 생각나네."

웬일로 칭찬을 하나 했다.

"차에는 문외한인지라."

"차는 제가 끓이겠습니다. 저희 집안이 재배하는 차를 가지고 왔습니다."

내가 발을 빼자 휴가가 나섰다.

"성이?"

"헤밀스입니다, 황녀 전하."

"아! 헤밀스 커피, 기대가 되네요."

헤밀스 커피라면 뮤트 제국에서 자작으로 있을 때 마셔본 적이 있었다. 다만 향기에 비해 쓴맛이 강해 내 입에는 맞지 않았었다.

휴가는 넉넉하게 끓여 1소대와 2소대 1, 2분대까지 커피를 돌렸다.

'연하게 먹으니 괜찮네.'

많이 끓이다 보니 연해진 건지 모르겠지만 진한 커피보단 연한 게 나에게 맞았다.

다 같이 커피를 마시며 나누는 가벼운 대화는 악몽의 숲을 가로지르느라 긴장한 몸과 마음을 약간이나마 씻어주는 듯했다.

평화도 잠시, 감각에 인기척이 걸렸다.

미헬라와 루벤 백작도 느꼈는지 눈빛이 변했다.

"누군가가 다가온다!"

루벤 백작의 낮은 목소리는 모든 기사에게 전달됐고 기사들의 중단전과 하단전이 일제히 빛났다.

"으……! 헉헉! 헉헉!"

인기척은 거친 숨을 몰아쉬며 어둠을 뚫고 곧장 우리가 있는 곳으로 다가왔다.

한 명. 하단전과 중단전에 빛이 없는 것으로 보아 일반인이었다.

루벤 백작도 알았는지 더 이상 기다리지 않고 라이트를 공중에 띄우며 외쳤다.

"일단 멈춰라! 누구냐?"

"아! 헉! 허억! 휴우~ 아, 아라 님! 감사합니다."

그는 대답 대신 무릎을 꿇으며 안도의 한숨을 내쉰 후 무사히 우리를 발견한 것에 감사 기도했다.

아무 힘도 없어 보이는 짐꾼이라는 걸 알게 되자 기사들은 긴장을 풀었다.

"A조의 짐꾼이냐?"

루벤 백작이 나서며 물었다. 그는 아직까지 의심이 풀리지 않았는지 거리를 뒀다.

"예예! 그렇습니다."

"어째서 너 혼자 이곳까지 온 것이냐?"

"그게… A조가 몬스터의 습격을 받았습니다. 들어서면서부터 계속된 공격에 한 명씩 한 명씩 목숨을 잃었습니다. 비명에 몬스터가 몰려들고 피 냄새에 벌레들이 몰려들었습니다."

짐꾼은 A조에서 일어났던 일을 설명했다.

"겨우 상황을 모면하고 다시 움직였습니다. 그러다 해가 지기 전 또다시 몬스터의 공격이 시작됐습니다. 갑작스러운 상황에 기사님들은 저희를 구해줄 여력이 없었죠. 그래서 죽기 살기로 도망쳤습니다. B조가 남기곤 간 표식을 보고 여기까지 온 것입니다."

당시를 생각하는지 짐꾼은 부들부들 떨면서 말을 했다. 그리고 그의 말이 끝나자 대부분의 기사는 나를 바라보았다.

두려움, 놀람, 고마움 따위가 혼재된 시선이었다. 거기에 내 뒤를 따라다니겠다는 의지가 느껴졌다.

'쩝! 부담스럽게.'

언제까지 오늘처럼 운이 좋을지는 알 수 없었다. 모두가 무사히 조사를 마치고 돌아가면 좋겠지만 그건 꿈같은 얘기였다.

지금까지 온 거리는 고작 15킬로미터도 되지 않았다.

"이상입니다. 혹시 물만이라도 얻어 마실 수 없겠습니까? 무작정 도망치다 보니 목이 말라서."

"…그런가? 이쪽으로 들어오게. 일단 숨 좀 돌리고 자세히 듣기로 하지."

"감사합니다. 감사합니다."

짐꾼은 감사를 표하며 다가왔다.

문득 뭔가 석연찮은 느낌이 들었다.

'가만, 이 어둠에서 표식을 봤다? 설령 그렇다고 하더라도 일반인에 불과한 그가……!'

마보세로 자세히 그를 보았다. 그리고 그가 다가오지 못하게 실드로 감쌌다.

"자네 뭐 하나?"

루벤이 내 행동에 인상을 쓰며 물었다.

"저자는 이미 죽었습니다."

"무슨 말인가? 조심하는 것도 좋지만 겨우 살아난 이를 몰아세우는 건……!"

내 검이 날아올라 그대로 실드를 꿰뚫고 짐꾼의 머리에 박혔다.

……!

모두들 말을 잃었다.

"존슨! 지금 행동을 제대로 설명하지 못한다면 용서 못 해!"

침묵을 깨뜨리고 미헬라가 화를 내며 외쳤다.

"저길 보세요."

난 손을 뻗어 죽은 짐꾼을 가리켰다. 사람들은 의아해하면서 그를 봤고 그 순간 짐꾼의 몸이 터지면서 뭔가가 튀어나왔다.

다다다다다다다닥!

손가락 한 마디보다 작은 수천 마리의 벌레가 실드를 부술 듯이 부딪혀 왔다.

"저, 저게 대체……!"

"글쎄요, 벌레 이름을 외우고 다니진 않습니다만."

"…없애 버려."

"파이어 월!"

실드를 파이어 월로 완전히 감싼 후 실드를 없애자.

타다닥! 타다닥! 타다닥!

벌레 타죽는 소리가 마치 밤 구울 때 나는 소리와 비슷했다.

"내일도 움직여야 할 텐데 이제 그만 쉬시죠."

끔찍한 죽음을 본 터라 다들 굳은 표정으로 서 있었다. 그래서 분위기를 환기시켰다.

"분대별로 한 명씩 불침번을 서겠다. 근무 시간은 분대별로 알아서 정하도록."

정신을 차린 조장이 외쳤고 하나둘 자신의 자리로 돌아갔다.

미헬라는 A조인 귀족파를 후발대에 출발하게 한 사람치곤 짐꾼의 죽음에 충격을 받았는지 멍하니 서 있었다.

'실제 죽음을 본 적이 많지 않나 보군.'

명령으로 수백 수천 명을 죽일 땐 죄의식을 느끼지 못하다가 실제 죽음은 제대로 직시하지 못하는 경우와 비슷한 증상일 것이다.

"마을에 두고 온 이들과 이곳에 같이 있는 사람을 살린 겁니다. 죽음에 너무 의미를 두지 마세요."

위로 겸 한마디 하고 지나가려는데 미헬라가 들릴락 말락 중얼거렸다.

"…알아. 한데 가슴이 아프네."

"아직까진 저보다 더 좋은 가슴을 가지고 계시네요. 직접 손을 쓴 저는 지금 아무렇지 않거든요."

"나 역시 익숙해지겠지?"

"네. 그런 세상이니까요. 다만… 아닙니다."

충고라도 한마디 할까 생각했지만 주제 넘는 짓이라 멈췄다.

"더 궁금해지니까 말해."

"음, 원하시니 제 개똥철학을 말씀드리죠. 죽일지 살릴지를 판단할 때 얼마든지 고민해도 좋지만 기왕 죽이기로 마음먹었다면 고민하지 마세요."

"치! 전혀 도움이 안 되거든."

"개똥철학이라 말했잖아요. 그럼 어깨라도 잠시 빌려 드려요? 아님 가슴?"

"좁은 어깨와 차가운 가슴 따위 필요 없어."

"쳇! 그새 싸늘하게 돌아왔군요. 쉬십시오. 전 내일을 위해 자야겠습니다."

겉으로나마 조금 풀린 것 같아 돌아서서 내 자리로 향했다. 그녀에게 말한 대로 내일을 위해 자야 할 때였다.

*　　　　*　　　　*

묵빛 철문 앞에 선 검은 로브를 입은 마법사가 하얗게 변한 손을 뻗으며 외쳤다.

"극한의 냉기!"

쩌저저저저정!

마법이 본격적으로 활성화되기 전임에도 주변의 바닥과 벽,

천장 할 것 없이 서리가 두껍게 내려앉았다.

쇄애애애애액!

보는 것만으로도 눈이 얼어버릴 것 같은 새하얀 기운이 그의 손에서 나와 철문에 닿았다.

철문은 단숨에 얼음처럼 변해 버렸다.

마법사의 손이 이번엔 빨갛게 변해갔다.

"극한의 열기!"

외침과 동시에 철문의 얼음을 제외하곤 실내의 얼음이 순식간에 녹으며 이글거리기 시작했다.

그리고 그의 손에서 나온 눈을 태울 것 같은 붉은 기운이 얼음처럼 변한 철문에 닿았다.

쿠웅!

순간적으로 지하실 전체가 울리는 듯한 진동과 소리가 터져 나왔다.

한데 진동과 소리에 비해 실내는 변함이 없었고 냉기에 산산조각 나고 열기에 녹아내릴 거라고 생각했던 철문은 물청소를 한 듯 반질반질 빛나고 있었다.

"큭! 빌어먹을! 하악! 하악!"

어마어마한 마나를 쏟아부었음에도 상처 하나 없는 묵빛 철문 앞에 마법사는 무릎을 꿇었다.

"평범해 보여도 9서클인 피트가 만든 철문이라는 건가? 아무리 그렇다고 해도 8서클 마법에도 끄덕하지 않을 줄이야.

탑주가 온다면 혹시 모를까 나로선 불가능이야."

숨을 돌리며 마나를 어느 정도 채운 흑탑의 오 장로는 고개를 절레절레 흔들며 뒤쪽에 있는 마법진에 올라섰다.

팟!

지하실에서 사라진 그가 나타난 곳은 좌우로 텅 빈 서랍장이 있는 방이었다.

"스승님, 성과는 있었습니까?"

"전혀. 오우거 이빨에 낀 때보다 못한 피트 새끼! 약 올리려고 만들어둔 게 분명해."

"그 정도였습니까?"

"마나가 다 떨어질 때까지 8서클 마법을 쏟아부었는데도 꿈쩍도 안 해."

"여는 방법이 따로 있는 것은 아닐까요?"

"아마도. 젠장! 아무튼 난 포기야. 어떤 놈이 열지 모르지만 열고 나면 그때를 노리는 게 좋겠어. 그나저나 발견된 건 더 없나?"

1년 전, 악몽의 숲에 피트의 집이 있다는 정보를 얻었다. 그에 많은 인원을 희생해 발견했지만 건진 것이라곤 하나도 없었다.

"깨진 유리병 말고는 없습니다."

"빌어먹을 놈들! 뒷사람을 위해서 최소한 몇 개는 남겨두는 게 예의 아닌가? 어떤 놈들이 먼저 선수를 쳤는지 모르지만 찾아내면 몽땅 갈아 마셔야 해."

"형제자매들이 움직이고 있으니 얼마 후면 선수 친 놈들을 잡을 수 있을 겁니다. 그럼 제가 가서 다 죽여 버리고 가져올 테니 그만 화를 가라앉히십시오."

오 장로는 제자의 너스레에 화가 조금 풀렸는지 피식 웃었다.

"미끼를 문 멍청한 놈들은?"

"대부분의 제국과 왕국이 재차 조사단을 속속 파견하고 있습니다."

"지난번처럼 멍청한 놈들만 보낸 건 아니겠지?"

"한 번 실패해서인지 이번엔 제법 단단히 준비를 했습니다."

"주의해야 할 자들은?"

"뮤트 제국의 베르마 공작, 플린 왕국의 타칸 후작, 도란스 삼국의 페루스 후작……."

오 장로의 제자는 주요 인물들을 쭉 나열했다.

"허~ 8극천 중 두 명과 12패왕 중 네 명이라니, 이번엔 작정을 했군."

"무슨 이유인지 모르지만 누군가가 만든 함정이라는 소문이 돌면서 나선 것 같습니다."

"심심해서야."

"네?"

"그 인간들이 여기 오는 이유는 심심해서라고."

"에이~ 설마 그렇겠습니까?"

"너도 8서클 돼봐. 얼마나 심심한지 알게 될 거야. 9서클이 되기 위해 수련을 하려면 일단 수준에 맞는 인간이 있어야 하는데 찾기 쉬울 것 같아? 천만에. 그때부턴 여기저기서 치켜세워 주니 파티에 참석하거나 업무에 찌들어 살 수밖에 없어."

"하긴 7서클인 저도 그런 생각이 간혹 듭니다. 하지만 마법 공간에서 수련할 수 있지 않습니까?"

"그건 7서클 이하에서나 가능해. 8서클이 만든 수련 공간에서 8서클이 수련을 하면 어떻게 될까?"

"버티질 못하겠군요."

"맞아. 하물며 8극천과 12패왕 그 인간들은 성취 후 마음대로 싸워본 적도 없을 거야. 그러니 기회다 싶어 달려오는 게지."

"음, 근데 그들이 오면 함정이 버틸 수 있을까요?"

"한동안만 버티면 돼. 영역 주변에 진을 치고 최대한 많은 인원이 모였을 때… 꽝!"

오 장로는 제자의 얼굴을 향해 잡아먹을 듯이 다가가며 소리쳤다. 하지만 그의 제자는 자주 당했는지 아무렇지도 않은 표정으로 바라볼 뿐이었다.

"재미없는 녀석."

"스승님 모신 지도 40년입니다. 이제 놀란 척하는 할 힘도 없습니다. 그나저나 이번에도 기다렸다가 이곳에 오는 놈들을 처리를 하는 겁니까?"

"극천과 패왕들과 싸울 자신 있으면 그러든가. 난 자신이 없어서 그냥 도망가련다."

"…물러나실 생각이시군요?"

"한 놈이라면 모를까 우르르 몰려오는데 무슨 수가 있냐? 오는 동안만 괴롭히고 물러난다. 한데 놈들은 언제쯤 도착하겠느냐?"

"빠르면 보름 정도 걸릴 것 같습니다."

"좋아. 그럼 열흘 뒤 떠난다. 이제 슬슬 본격적인 일을 해야 하지 않겠느냐."

오 장로는 씨익 웃으며 말했다. 한데 천진난만한 표정과 달리 그의 말투에선 진한 피비린내가 느껴졌다.

"끝으로 발칸 제국에서 부탁받은 건 어떻게 할까요?"

"아 참! 그 일이 있었지."

오 장로는 길게 생각하지 않고 말했다.

"가까운 곳에 있는 두 팀을 추가로 배치해서 몬스터를 왕창 몰아줘."

"그래도 살아남으면요?"

"플라잉도, 텔레포트가 불가능한 곳에서 솔직히 나라도 자신 없다. 넌 살아날 자신 있냐?"

"…아뇨."

"그렇게 했음에도 살아남으면 옆에 극천과 패왕이 있는 거야. 그땐 포기해."

발칸 제국의 부탁은 나중에 부탁할 때 면을 세우기 위해 들어주려는 것이지 꼭 들어줄 이유는 없었다.

자신들에게 부탁을 하는 순간 협박할 수 있는 약점을 잡은 것이나 다름없었다.

*　　　　*　　　　*

길잡이들의 역할은 나흘이 끝이었다. 이후론 그들도 모르는 미지의 영역. 결국 내가 선두에 섰다.

'90년이 흘러서일까 아님 그땐 운이 좋았던 건가?'

악몽의 숲 중앙을 위험도 10으로 보고 악몽의 숲 끝을 1로 본다면 현재 우리가 와 있는 위치는 위험도 3 정도.

윌리엄을 따라다닐 때 왔던 한계 지점이기도 했다.

마보세에 걸리는 몬스터의 분포를 봤을 때 일반인에 불과했던 우리가 이곳까지 왔다는 건 기적이었다.

때론 일자진으로 때론 역(逆)V진으로 아슬아슬 몬스터들을 피하며 움직였다.

"휴우~ 오늘은 여기서 야영하는 걸로 하겠습니다. 일단 마법진을 설치하고 잠자리를 준비하도록 하겠지만 최대한 소리를 죽여주십시오. 저녁은 스프와 빵으로 간단히 때우도록 하죠."

가만히 서 있어도 땀이 줄줄 흐를 정도로 습기가 높고 더운 날씨였다. 그런 곳을 5일 동안 걸었으니 비록 간단한 전투만 했다고 해서 힘들지 않은 건 아니었다.

지친 조사 팀은 실드 마법진이 펼쳐지자 말하는 것도 귀찮은지 서둘러 숙영을 준비했다.

"두 사람은 잠깐 이리 와봐요."

난 십삽이 두 명을 실드 마법진 밖으로 불러냈다.

"무슨 일로……."

"호, 혹시 길잡이를 못한 것 때문이라면 내일부터 저희가 최선을 다하겠습니다!"

두 사람은 왠지 두려워하고 있었다.

"쓸모없어졌다고 죽이려는 게 아니니 걱정 마세요."

차르르르륵!

가방에서 금속패가 나와 바닥에 깔렸다.

"헉! …이, 이게 뭡니까?"

"놀라긴. 텔레포트 마법진입니다. 두 사람을 야돌 남작령에 보낼까 생각 중입니다."

"네? 그게 무슨……?"

"중앙으로 갈수록 다섯 사람을 모두 지키는 게 버거워서 그래요. 만일 그런 상황이 오면 전 분명 두 사람을 먼저 포기할 겁니다."

솔직히 말했다. 짧은 인연이었지만 이들이 죽기를 바라지 않았다.

"그, 그래주신다면 더할 나위가 없겠죠. 한데 여긴 텔레포트가 안 되다고 들었습니다만."

"걱정 마세요. 실험 겸 해보는 거니까요. 아! 실험이라고 놀라진 말아요. 실패해도 이동을 못 하는 것뿐이지 죽거나 두 사람이 합쳐지거나 하는 일은 없으니까요."

안심을 시키기 위해 한 말에 인상이 더욱 구겨지는 두 사람이었다.

5일 동안 마보세로 주위를 살피면서 악몽의 숲의 마나 흐름에 대해 어느 정도 알게 되었다.

개미지옥과 비슷하면서도 달라 피트가 만들었다곤 할 수 없었지만 잘하면 텔레포트를 시킬 수 있을 것 같았다.

마나석을 마법진 한 곳에 끼우고 50센티미터 정도 되는 투명한 단을 만들었다.

"올라가세요. 단이 있으니 조심하고요."

"…예."

두 사람은 마지못해 올라갔다.

"돈은 다 받았죠?"

"출발하기 전에 다 받았습니다. 한데 이거 정말 무사하겠죠?"

"이곳보다 백배는 안전합니다. 그럼."

막 마나를 마법진으로 보내려는데 뒤에서 익숙한 발소리가 접근해 왔다.

"여기서 뭐 해?"

마법으로 씻었는지 깔끔한 모습의 미헬라였다.

"두 사람이 거추장스러워서 보내 버리려고요."

"굳이 그렇게 말하지 않아도 돼. 능력이 된다면 나 역시 보냈을 테니까. 근데 텔레포트? 여기선 텔레포트가 안 되지 않나?"

"마법진으로는 가능할 것 같아서요."

"뭐야? 저 두 사람 한 몸으로 만들 생각인 거야?"

미헬라의 말에 안 그래도 두려워하던 두 길잡이는 새파랗게 질렸다.

"아! 미안. 농담이야. 텔레포트 마법진은 안정적이라 그런 일은 드물어. 물론 사용하는 사람에 따라 다르지만 말이야."

"텔레포트하기 전에 새파랗게 질려 죽겠습니다. 반대하지 않으시면 시행하겠습니다."

"잠깐!"

'또 뭡니까?'라고 소리치기 전에 그녀는 성큼성큼 두 사람에게 다가가 금화를 건넸다.

"고생했어. 성공하길 바랄게."

"가, 감사합니다. 황녀……! 어이쿠!"

두 사람은 황송한 나머지 단 위에 있다는 것도 잊은 채 절을 하려다가 떨어질 뻔했다. 다행히 미헬라가 마법으로 두 사람을 받쳐주었다.

"처음 보는 것도 아닐 텐데 적당히 나오시죠?"

그녀는 바닥의 금속패를 한참 바라보고 있었다.

"…꽤 재미있는 마법진이네."

내 말에 기분이 상했을까. 무표정한 얼굴로 중얼거린 그녀는 조금 떨어지더니 팔짱을 끼고 섰다.

'뭐에 기분이 나빠진 거야. 하여간 9서클에 이르는 것보다 여자의 마음을 아는 게 더 힘들다니까.'

일단 무시했다. 그리고 눈을 감고 마나를 보았다.

악몽의 숲에서 불가능한 마법은 외부 마나의 지속성을 유지해야 하는 마법이었다. 참고로 단을 만든 것처럼 내부 마나를 지속적으로 사용하는 마법의 경우는 상관없었다.

가령 수정구 이용이 불가능한 이유는 두 개의 수정구가 안정적으로 연결되어야 가능한데 초 단위로 마나가 불규칙하게 움직이며 연결을 끊어버리니 불가능했다.

한데 마나를 살펴본 결과, 불규칙하다고 생각했던 흐름에 규칙이 있었다.

길지 않지만 악몽의 숲을 둘러싼 막의 끝까지 안정적인 마나의 길이 생겼는데 그 순간을 이용하면 텔레포트가 가능하다는 것이 내 생각이었다.

안정적인 마나의 길이 곧 마법진 쪽으로 다가옴을 느끼고 마나를 마법진으로 보냈다.

빛과 함께 룬어가 빙글빙글 돌았고 안정적인 마나의 길이 다가왔을 때 화악 빛을 내뿜었다.

"실패네."

미헬라의 말대로였다. 두 사람은 마법진 위에서 어리둥절한 표정으로 두리번거리고 있었다.

약간 빨랐다.

다시 눈을 감고 집중했다. 그리고 안정적인 마나의 길이 다가올 때 마나를 주입했다.

화악! 마법진이 다시 빛을 뿜었다. 그리고 이번엔 빛과 함께 두 사람은 사라졌다.

"…진짜 성공할 줄이야. 어떻게 한 거지?"

"운이 좋았죠."

난 마법진을 회수했다. 한데 줄을 맞춰 날아오던 마법진이 돌연 공중에서 멈췄다.

"쩝! 미헬라 님도 보내 드려요?"

미헬라가 금속 마법진 조각을 공중에서 얽맨 것이다.

"아니, 마법진을 자세히 봤으면 해서."

"그럼 그렇다고 말로 하시지……."

힘을 제거했다. 그러자 마법진 조각들은 일제히 방향을 틀고 날아가 미헬라의 손에 올려졌다.

"숨긴 부분이 있어서 알아보기 힘들 겁니다."

"그 정돈 나도 알아."

미헬라는 마법진을 보며 다 본 것은 휙 던졌다.

'성질하곤.'

투덜거리며 하나씩 받는데 다 봤다고 던지는 건 아닌지 네 개는 빼고 던졌다.

'어라? 흡입부와 저장부가 그려진 것만 뺐네.'

여전히 그녀의 손에 있는 건 흡입부와 저장부가 그려진 조각이었다.

7서클 마법답게 마나량이 많이 필요해 네 조각이나 필요했다.

"나름 고민해서 만든 겁니다. 비밀이니 가르쳐 드리진 못합니다."

혹시 물어볼까 봐 선수를 쳤다.

"7서클 마법진을 어떻게 이렇게 작게 만들었는지, 흡입부와 저장부를 따로 분리할 수 있었는지 궁금하긴 하네. 하지만 비밀이라니 묻지 않을게."

"그럼 이만 돌려……."

"단! 이건 설명해 줘야겠어."

미헬라는 다섯 개의 조각을 바닥에 나란히 던지며 말했다.

'응? 다섯 개?'

마지막 것을 보니 나머지 네 개보다 크기가 작았고 정사각형이 아니었다. 거기에 여기저기 찌그러지고 그을려진 자국.

합성 마법패의 한쪽이었다.

"…마지막은 뭡니까?"

빠른 뇌 회전 운동으로 금속패가 발트란에서 엔트 할아버지가 만들어줬던 것임을 알아챘다. 그에 시치미를 떼며 모른 척 물었다.

한데 약간 늦은 감이 있었다.

"조금만 반응이 빨랐다면 믿었을 거야. 이거 네 것이 맞지?"

"무슨 말인지 모르겠군요."

아차! 싶었지만 이번엔 빠르게 모르쇠로 반응했다.

"모르쇠로 나오겠다? 그럼 왜 똑같은 마법진이 그려져 있는지 설명해 봐. 그럼 믿어줄게."

"똑같다니요! 텔레포트 마법진이 훨씬 복잡합니다. 합성 마법패에 그려진 깃노나 세 배 이상 효율이……! 휴우~ 이건 완전히 빼도 박도 못하겠죠?"

빠르게 대답하려다 생각이 이성을 거치지 않고 바로 입으로 나와 버렸다.

"응, 기억을 되찾은 거야?"

"우연히 과거에 알던 사람을 만났거든요."

포기했다. 굳이 높임말을 쓸 필요가 있을까 싶었지만 나보다도 강한 황녀를 적으로 만드는 건 사양이었다.

"언제?"

"이곳에 오기 전에요."

"근데 왜 따라온 거지?"

"글쎄요. 알아볼 것이 있어서라면 설명이 될까요?"

"…원하는 대답은 아니지만 그 정도면 돼. 그럼 본격적으로 물어볼게."

본격적으로 하지 않아도 돼!

"발트란이 무너질 때 그곳에 있었지?"

"그 부분만 기억에 없다면 믿어주시겠습니까?"

"아니, 못 믿어."

"알고 싶은 이유를 물어도 되겠습니까? 그럼 기억이 날지도 모르겠는데."

"책임을 물으려는 게 아냐. 난 그저 무슨 일이 있었는지 알고 싶어."

"무슨 짓을 했어도 책임을 묻지 않겠다는 겁니까?"

"진실만 말해준다면. 그리고 책임을 묻는다고 그대로 따를 것도 아니잖아, 안 그래?"

맞다. 수갑을 받으란다고 순순히 손을 내밀 생각은 없었다. 다만 미헬라의 말을 믿을 수 있냐는 것이다.

고민은 길었다.

기사들이 기웃거리다가 미헬라의 손짓에 물러나길 여러 차례. 결국 그녀의 말이 아닌 심장의 두근거림을 믿기로 했다.

물론 약간의 각색은 할 생각이다.

누가 들을까 주변을 차단하고 엔트 할아버지에 대한 얘기만 빼고 발트란에 있었던 얘기를 했다.

"…사이팀 백작이 볼케이노를 사용해서 발트란이 무너지게 된 거였네."

"맞습니다. 전 조용히 탈출하려 했는데 그놈 때문에 그렇게 된 겁니다."

"알았어."

미헬라는 다 듣고 나서 쿨하게 뒤돌아섰다.

"…끝입니까?"

"책임을 묻지 않겠다고 말했잖아. 다만 약간 각색한 냄새가 나니 한 가지 벌을 내리겠어."

"약속과 틀리지……."

"별도의 말이 있을 때까진 내 옆을 절대 떠나지 마."

미헬라는 자신의 할 말만 하고 실드 안으로 들어가 버렸다.

"쳇! 무슨 냄새가 난다고그래."

그냥 기억이 안 난다고 할 것을 괜히 말했나 보다.

진실을 말한 것에 대한 자책을 하며 실드로 들어가려 할 때였다.

일곱 명의 기운에 이어 수많은 생명체의 기운이 느껴졌다.

"모두들 전투 준비 하십시오! 빌어먹을! 도대체 어떤 새끼들이 몬스터를 끌고 오는 거야."

공중에 여러 개의 라이트를 띄우고 기다리자 날듯이 뛰어오는 이들이 보였다.

그 새끼들은 익히 알고 있는 얼굴들이었다.

샤루틴, 자크, 탐스 외 4명.

"젠장! 징글징글하게 많군."

당장에라도 쓰러질 것 같은 일곱에겐 관심을 끊었다. 저들이 우리가 있는 곳까지 오기 전에 죽을 것이라 생각됐다면 그냥 돌아섰을 것이다. 하지만 그럴 것 같진 않았다.

'몬스터야 문제가 없을 것 같은데 벌레들이 문제군.'

벌레들이 실드 안에 들어오면 그땐 감당이 되지 않을 게 분명했다.

좌측 옆구리에 있는 검을 잡고 발도 자세를 취했다.

우웅! 우우우우우우우웅!

검이 서서히 빠져나오며 마나가 울었다. 그리고 검의 끝 부분으로 공기가 몰려들기 시작했다.

"따, 딸려간다. 저 새끼, 뭐 하는 거야!"

"…테린 백작의 중력검입니다. 발동되는 순간에 즉각 바닥에 엎드리셔야 할 겁니다."

"저 미친놈, 우리를 상관없이 베겠다는 거 아닌가! 당장 막아!"

"불가능합니다. 그리고 뒤쫓는 벌레들을 생각하면 가장 적절한 수법인 것 같습니다."

"그게 무슨 개소리… 으익! 버, 벌레들이!"

샤루틴과 7서클 마도사로 보이는 50대 초반의 중년인의 말처럼 죽고 살고는 저들의 문제였다.

내 머릿속엔 오로지 피해를 최소화할 생각뿐이었다.

'3중첩 파이어 볼!'

검 끝에 3중첩 파이어 볼을 생성했다.

잘려도 죽지 않고 오히려 두 마리로 바뀌는 벌레가 있었다.

타다다다다다닥! 타다다다다다닥!

회오리에 빨려든 벌레들이 불타 죽는 소리가 귀를 어지럽혔다.

"멈춰! 이 빌어먹을 놈아! 멈추라고!"

테린의 중력검은 벌레들을 처리하는 데 있어서 정말 최적이었다. 다만 문제는 벌레뿐만 아니라 일곱 명도 딸려온다는 것이다.

'소금반 너!'

벌레들이 거의 죽어가고 있었다. 여기서 멈추면 벌레들이 고스란히 나와 일곱 명을 공격할 것이다.

"야이! 오크 똥구멍에서 콩나물 빼 먹을……!"

"엎드려!"

더 이상 늦으면 웜 몬스터의 입에 들어갈 판국이다. 나머지 벌레는 어떻게 하든 처리할 수 있다고 생각되는 순간 검을 뻗었다.

번쩍! 스윽!

시간이 잠시 멈춘 듯했다.

이빨만 천 개는 족히 넘는 입을 벌리는 웜도, 낫처럼 생긴 기괴한 무기를 들고 오던 리자드맨도, 진흙을 잔뜩 처바른 듯한 머드 몬스터도 멈췄다. 그리고 검강이 지나간 자리가 서서히 벌어졌다.

푸와아아아악!

앞에 있던 몬스터들이 절반으로 잘렸다. 그리고 관성의 힘에 의해 체액을 뿜으며 스쳐 지나갔다.

상당수의 몬스터가 죽었지만 몬스터의 파도는 끝나지 않았다. 하지만 경고에 달려온 기사단과 미헬라, 루벤 백작이 있었다.

"블리자드!"

미헬라의 고성이 터지며 마나가 미친 듯이 움직였다. 그리고 스치기만 해도 얼어붙을 것 같은 매서운 바람이 몬스터 떼를 강타했다.

달려오던 몬스터들의 속도가 눈에 띄게 느려졌다. 작은 몬스터들은 순식간에 얼음덩어리가 되어버렸다.

"윈드 커터 토네이도!"

루벤 백작의 중후한 목소리와 함께 칼날의 바람이 불었다. 얼어붙은 몬스터와 속도가 느려진 몬스터들은 조각조각 잘려 나갔다.

이어 기사들의 다양한 마법이 쏟아졌다.

시기적절한 공격에 다행히 아무런 인명 피해 없이 막을 수 있었다.

말은 길었지만 단 2분도 되지 않았다.

"이 빌어먹을 자식! 감히 네깟 놈이 날 죽이려 들어!"

몬스터의 체액을 몽땅 뒤집어쓴 샤루틴이 살 만하다고 느꼈는지 일어서서 나에게 덤벼들었다.

쿠쿵!

체액을 피하려 쳐둔 프로텍트에 부딪혀 나가떨어지는 샤루틴.

"이놈! 이분이 누군지 알고 덤비는 거냐!"

자크 남작이 발끈해서 소리쳤다.

"글쎄요, 제가 안목이 부족해서. 근데 기운이 넘치는 것 같은데 저기 가서 돕는 게 어떻습니까? 자신들이 싼 똥의 마무리는 최소한 해야 하지 않겠습니까?"

죽이기 귀찮을 뿐이지 자크와 탐스가 나와 엔트 할아버지에게 했던 일을 용서한 건 아니었다.

자연 말은 좋게 나오지 않았다.

이번엔 탐스가 나섰다.

"이놈! 알량한 실력을 가지고 있다고 네놈이 함부로 할 분들이 아니다. 감히 듣도 보도 못한 놈이……."

"그리 중요한 분을 놔두고 먼저 살겠다고 고개를 숙이던 분은 빠지시죠?"

"이, 이놈이… 그래도……!"

"탐스! 자넨 빠지게."

"…네."

7서클 중년인의 말에 탐스는 깨갱거리며 물러났다.

광산에서 일하던 시절, 하늘처럼 높아 보이던 탐스였는데 지금은 그저 비루먹은 개에 불과했다.

"존슨 경이라고 했나? 난 와이론 자작이네. 자네의 활약으로 위기를 넘기게 된 건 고맙지만 그것이 귀족의 명예를 더럽히는 것과는 별개일세. 그러니 조심해 줬으면 하네."

와이론 자작은 염치를 아는 사람이었다. 다만 너무 고지식

하다는 걸 제외하곤 말이다.

"죄송합니다. 악몽의 숲에 들어와서 신경이 좀 곤두섰나 봅니다. 많이 피곤해 보이니 좀 쉬십시오. 전 혹시 몬스터가 더 있는지 주변을 살펴야겠습니다."

염치를 아는 사람까지 적대하고 싶진 않았다. 그래서 정중히 사과를 하고 자리를 벗어났다.

지랄하는 소리가 들렸지만 개 짖는 소리에 관심을 둘 이유가 없었다.

33장

함정

"빌어먹을! 빌어먹을!"

'빌어먹을!'을 연신 중얼거리며 검을 부지런히 움직였고 마법을 쉴 새 없이 쏟아냈다.

"크에에……!"

콰직!

몸과 분리가 되었음에도 고통의 비명을 지르는 리자드맨의 머리를 밟으며 또다시 두 마리의 리자드맨을 베었다.

약간의 틈이 생기자 뒤쪽을 살폈다. 다들 앞뒤로 다가오는 몬스터를 처리하기에 바빴다.

'빌어먹을 새끼! 누구 때문에 이 지경이 되었는데.'

새롭게 합류한 샤루틴은 내가 이끄는 대로 걷는 게 불만이 많았는지 쓸데없이 경로를 이탈하고 땅속에서 숨 쉬고 있는 몬스터를 자극했다.

그 결과 현 상황에 이르렀다.

한데 와이론 자작의 프로텍트로 보호를 받으면서 죽어가는 기사들을 아무런 감정 없이 바라보는 모습을 보니 속이 뒤집혀졌다.

하지만 틈은 말 그대로 틈에 불과했다. 다시 접근해 오는 몬스터에 신경을 써야 했다.

쿠아아아아아아!

"새로운 웜이다!"

세 명의 기사 앞에 웜이 일어났다. 기사들은 나름대로 검기를 발하고 6서클 마법을 구사했다. 그러나 웜의 껍질은 검기와 6서클 마법이 통하지 않았다.

"프로텍트! 투명 손! 파이어 볼!"

아무것도 하지 못하고 그저 나의 보호에 의존하는 세 명의 노인네들에게 프로텍트를 걸고 투명 손을 이용해 기사들을 잡아당겼다.

그리고 방금 기사들이 있었던 곳에 3중첩 파이어 볼을 만들었다.

덥석!

웜은 세 명의 기사 대신 3중첩 파이어 볼을 물었다.

'픽!' 하고 내부로부터 터지는 웜.

"…고마워, 존슨."

"고맙다는 말은 나중에 하고 일단 막아요!"

네 명의 기사들이 희생되고 나서야 몬스터 웨이브는 끝이 났나.

지금까진 참을 만했지만 오늘 같은 날은 도저히 용서가 되지 않았다.

미헬라와 루벤은 정치적으로 생각해서 불만을 삭일 수 있을지 모르지만 난 아니었다.

화를 참지 못하고 달려가 샤루틴의 멱살을 잡았다.

"야! 이 씨발 놈아! 한 번만 더 지금처럼 굴면 내 손에 죽을 줄 알아!"

"이 미친놈이……!"

챙! 챙! 챙!

그의 옆에 있는 기사들이 검을 뽑았다. 그러나 죽은 기사들의 검이 떠오르며 검을 뽑은 여섯과 대치했다.

"자신 있는 놈들만 검을 겨눠. 귀족이라는 타이틀로 날 급박할 수 있다는 생각을 버리는 게 좋을 거야."

난 그들을 못 움직이게 하고 샤루틴을 노려봤다.

"한 번만 더 지금처럼 굴면 그땐 내 손에 죽을 줄 알아, 알았어?"

"내, 내가 누군지 알아?"

"알아. 동생에게 밀려 이곳까지 온 뮬터 공작가의 대공자지. 하지만 네놈이 왜 여기 있는지 잘 생각해 봐. 네깟 놈 여기서 사라진다고 슬퍼할 사람 없어. 오히려 누군가는 좋아라 할 거야."

"……."

키우는 동물보다 못한 기사 따위에게 무시를 당해서일까. 그는 부들부들 떨었다. 그러나 두려움이 가득한 눈빛을 한 그는 아무 말도 하지 못했다.

이번엔 와이론 자작도 샤루틴을 두둔할 마음이 없는지 조용했다.

만일 누군가가 말렸다면 더 화를 냈을 것이다. 하지만 사위가 조용하자 분노가 조금 가라앉았다.

샤루틴의 멱살을 놓고 하반신만 남은 코나수스에게 다가갔다.

"…후욱! 후욱! 하반신이 느껴지지가 않아."

그는 마지막이 될지 모르는 숨을 뱉으며 말했다.

"마비 독을 가진 벌레에게 물려서 그래요."

"그, 그래? 고칠 수는 있는 거야?"

"당연하죠. 저 솔직히 7서클 마법사예요. 리커버리!"

리커버리라고 해도 하반신이 사라진 몸을 재생시키는 능력은 없었다. 다만 약간의 고통은 없애줄 수 있을 거라는 생각에 행했다.

"후후! 그, 그렇구나. 왜, 왠지 안심이 되네. 근데 많이 졸리다."

"자요. 깨어나면… 멀쩡할 거예요."

"그, 그래야겠다. 뒷정리를 해야 하는데……."

"제가 할게요. 그리고 오늘 밤은 딱딱한 빵 말고 맛있는 거… 해드릴게요."

"……."

코나수스는 말을 끝내기도 전에 눈을 감았다.

"…파이어 월."

마음이 무겁긴 했지만 눈물은 나지 않았다.

그의 주검이 악몽의 숲 벌레들의 먹이가 되는 건 싫어 불태웠다.

시체조차 남기지 못한 세 기사의 죽음에 잠시 애도를 표한 후 그들의 검을 챙겨 걸음을 옮겼다.

"이동하겠습니다."

기사들의 죽음을 머리에서 지웠다. 지금 내가 할 일은 살아 있는 자들을 계속 숨 쉬게 만드는 일이었다.

[왜 그리 화가 난 거지?]

미헬라가 딜리버리로 말을 걸어왔다.

[…….]

[말하지 않아도 대충 알 것 같아. 넌 사람을 만나면 일단 거리감을 두려는 듯하지. 낯을 가린다거나 사교성이 없다고 생각할 수 있겠지만 그게 아니라 상처받는 게 싫은 거야. 아니, 상처를 주기 싫어하는 건가?]

[…조잘대지 마요. 이 근처에 얼마나 많은 몬스터가 있는 줄 압니까?]

[훗! 정곡이 찔렸나 보네.]

틀린 말은 아니었다. 하지만 열 번의 다양한 삶 동안 형성된 성격이니 완전히 맞는다고 할 수도 없었다.

한 가지 확실한 것은 주변 사람이 죽는 걸 병적으로 싫어한다는 것이다.

[할 말 있음 빨리하세요. 없으면 차단시키겠습니다.]

착한 인상과 달리 냉정하다 싶을 정도로 이성적인 성격의 미헬라가 날 위로하기 위해 딜리버리를 사용하진 않았을 것이다.

[본론에 들어가기 전에 가벼운 대화는 필수야.]

[그건 우아하게 차를 마실 때나 가능한 얘기고요.]

[까칠하긴. 아까 몬스터 공격을 보고 느끼는 거 없었어?]

[이상함은 샤루틴 자작이 합류할 때부터 느끼고 있었습니다.]

서로 잡아먹고 먹히는 몬스터들이 함께 움직인다는 점과 너무 많은 몬스터가 한꺼번에 몰려온다는 점에선 분명 이상했다.

마치 누군가가 의도적으로 몬스터를 몬다는 느낌이었다. 물론 악몽의 숲에 대해 많이 안다고 할 수는 없었기에 확신할 순 없었다.

[역시 샤루틴 자작 때문일까?]

[뭔가 아는 거라도 있습니까?]

[약간. 현재 뮬터 공작이 후계자를 다시 뽑을 거라는 소문이 무성했거든. 한데 지금 보니 둘째인 베르딘 남작이 주도권을 쥐고 있다는 걸 알겠어.]

[엉뚱한 집안싸움에 말려서 우리가 이런 고생을 하고 있을 수도 있겠군요.]

[아마도.]

[그렇다면 다음 몬스터가 왔을 때 조용히 처리하는 건 어떻습니까? 처리는 제가 하죠.]

짜증스러운 놈 처리하는 건 일도 아니었다.

[안 돼. 난 징글징글한 베르딘 남작보다 샤루틴이 공작가를 물려받기를 원해.]

[왠지 사감이 들어 있는 것 같군요.]

[응. 그 자식이 계속해서 나에게 청혼을 해오는 바람에 짜증 나거든. 물론 사적인 감정만은 아냐.]

[…그렇군요.]

[왜? 기분 나빠?]

[제가 기분 나쁠 게 뭐가 있겠어요. 다만 사적인 감정 때문에 몇 명이나 희생될까 걱정이 돼서 하는 말입니다.]

[공적인 일이라니까! 그리고 두 번 다시 무례하게 굴지 마.]

[놈의 편을 드는 겁니까?]

[아니. 지난번에 내린 명령을 잊은 것 같아서 경고를 해주는 거야. 언제든 떠날 수 있다는 생각이 전제되어 있으니 그

런 행동을 할 수 있었던 거 아냐?!

발칸 제국에 계속 머물 생각이라면 절대 할 수 없는 행동이긴 했지만 그걸 단번에 꿰뚫어 볼 줄이야. 하여간 귀신이 따로 없다.

"속도를 높이겠습니다. 그리고 이제부터 웬만한 몬스터는 피해가지 않고 뚫고 가도록 하죠."

만일 누군가가 몬스터를 움직일 수 있다면 늦을수록 그만큼 공격받을 가능성이 많아질 수 있었다.

조사 팀에게 말하기가 무섭게 검 네 개가 하늘로 날았다. 그리고 각각의 검 끝에 일렁이는 불덩이가 생겨났다.

푸푸푸푹!

검은 동시에 땅을 파고 들어갔다. 그리고 잠시 후 북이 터지는 듯한 소리가 연이어 들린 후 땅이 꺼졌다.

"…뭐 한 거냐?"

우누스가 궁금하다는 듯 물었다.

"위장한 채 입을 벌리고 있던 웜을 제거한 겁니다. 가시죠."

연구 마법사 세 명을 공중에 띄운 후 본격적으로 뛰기 시작했다.

*   *   *

달빛마저 들어오지 못할 정도로 빽빽이 들어선 나무 사이로 검은 로브를 뒤집어쓴 세 명이 모여들었다.

"어떻게 됐어?"

걸걸한 목소리의 사내, 4팀장이 옆의 덩치가 작은 5팀장에게 물었다.

"…실패했습니다."

"뭐야, 또?"

"주변의 몬스터란 몬스터는 죄다 긁어모아 보냈는데도 막아 낼 줄이야……. 죄송합니다."

"7서클 마도사가 두 명 있다고 들었는데 설마 8서클 마도사가 있는 거 아냐?"

"절대 가까이에 접근하지 말라는 명이 있어서 직접 확인하지는 못했습니다."

"씨발! 한 팀도 아니고 세 팀이 모아 보냈는데도 막아냈단 말이지? 이거 은근히 사람 열 받게 하네."

샤루틴 자작을 죽이라는 명령을 받은 걸걸한 목소리의 사내는 짜증이 났다.

실패하면 그냥 탑으로 복귀하라는 오 장로의 명이 있었지만 자존심이 허락하지 않았다.

"한 번 더 공격한다."

"내일 복귀를 해야 하지 않습니까?"

"복귀는 할 거다. 단, 해가 뜨는 기점으로 다시 한 번 공격을 할 것이다."

"크험! 몬스터가 부족한데 어디서 몰 생각이십니까?"

가만히 옆에서 듣고 있던 눈썹이 짙은 8팀장이 처음으로 나섰다.

같은 계급인데 나이가 어리다는 이유 때문에 명령을 들어야 하는 그로서는 불만을 감추고자 가급적 입을 열지 않았다. 한데 너무 위험한 명령인지라 나서지 않을 수 없었다.

"위에서 몰아야겠지."

"너무 위험하지 않습니까? 그 지역은 워낙 위험해서 지금까지 소규모로만 몰지 않았습니까. 그렇게 하라는 명령도 있었고요. 게다가 잘못해서 얼스 드래곤이라도 깨면……."

얼스 드래곤은 드래곤이란 이름을 가지고 있지만 지직 생명체인 드래곤과는 달랐다. 그러나 드래곤이라는 이름이 붙을 만큼 강한 건 사실이었다.

"얼스 드래곤이 사는 곳까지 피리 소리가 들릴 것 같나? 무서우면 빠져. 다만 혹 문책이 내려오면 그땐 오늘 일을 보고하겠다."

오 장로의 명이 우선이었기에 문책이 두렵진 않았다. 다만 무서우면 빠지라는 말이 8팀장의 자존심을 상하게 했다.

"…동쪽에서 몰죠."

"좋아! 그럼 5팀장 자네는 가운데서 몰게. 난 서쪽에서 몰도록 하지. 실행 시간은 새벽 4시 반. 끝내고 알아서 복귀하도록."

두 사람이 떠난 다음 4팀장은 팀원들이 있는 곳으로 향했다.

잠깐 눈을 붙이고 일어난 4팀장과 그 팀원들은 악몽의 숲에서 가장 위험하다는 지역에 이르렀다.

"위험 지역이니 모여서 분다. 시작하라!"

4팀장의 명이 떨어시자 다들 피리를 입에 물었다. 그리고 마나를 이용해 세차게 불기 시작했다.

……!!!

인간이 들을 수 있는 영역을 넘어선 소리가 악몽의 숲에 울려 퍼졌다.

쿠아아앙! 카악! 우우우웅!

주변에 있던 몬스터들이 일제히 일어났다. 그리고 소리를 피해 한쪽으로 달리기 시작했다.

"불면서 놈들이 있는 방향으로 몬다."

그들은 계속 피리를 불며 몬스터를 몰았다.

한데 4팀장은 피리의 소리가 얼스 드래곤이 짝을 찾을 때 내는 소리를 본떠 만들었고, 열 명이 모여서 불면서 얼스 드래곤이 잠들어 있는 곳까지 이르게 되었다는 것을 까맣게 모르고 있었다.

드드! 드드드!

"땅이 흔들리는 게 느껴지지 않습니까?"

"대형 몬스터들이 날뛰는데 땅이 흔들리는 거야 당연하지. 쓸데없는 소리 말고……!"

말을 하는 도중 몸이 흔들릴 정도로 땅이 흔들렸다. 그리고 그제야 뭔가 잘못되었음을 깨달았다.

"모두 피……!"

푸와와와와왁!

피하려는 순간 그들 앞의 땅이 지진이라도 난 듯 벌어지며 거대한 물체가 올라왔다.

거대한 지렁이를 닮은 몬스터, 얼스 드래곤이었다.

짝을 찾아 땅 위로 올라온 얼스 드래곤은 갑자기 사라져 버린 소리에 순간 어리둥절했다. 그러다 곧 화가 났다. 숙면에서 일어나 기껏 나왔더니 암컷은 없고 꼬물대며 도망가는 벌레들만 있었던 것이다.

츠츠츠츠츠!

거대한 입을 벌리고 검은색에 가까운 침을 뱉었다. 안개처럼 나간 침은 4팀을 덮쳤다.

"크아아악!"

"아악! 모, 몸이 녹는……."

4팀 11명은 순식간에 녹아버렸다.

벌레들을 처리했지만 화가 가라앉지 않았다. 그래서 배부름으로 화를 잊으려는 듯 먹이인 웜을 찾았다. 한데 주위에 한 마리도 없었다.

잠시 주위를 두리번거리던 얼스 드래곤은 곧 몬스터들이 움직인 곳으로 거대한 몸을 움직였다.

＊　　　＊　　　＊

콰앙!

멀리서 들리는 폭발음에 눈을 떴다.

며칠간 계속된 전투와 새벽까지 각종 트랩을 설치하느라 피곤해진 몸을 일으켰다.

나 말고도 미헬라, 루벤 백작, 와이론 자작 세 사람이 깨어났다.

쾅! 쾅! 쾅!

트랩이 연속적으로 발동되는 걸 보니 분명 몬스터 웨이브가 분명했다.

"젠장! 쉴 틈을 안 주는군."

깨우지 않아도 일어난 기사의 투덜거림이 그들의 몸 상태를 말해주는 듯했다.

나야 과거 마나지를 몽땅 들이켜서인지 몰라도 금세 마나가 찼다.

그러나 다른 사람들은 아니었다. 아니, 마나보다 누적된 피곤이 그들의 몸을 좀먹고 있었다.

"어제와 같은 포지션을 한다! 가장 앞은 나와 존슨, 와이론 자작. 지원은 1소대. 2소대는 원진을 짠다. 황녀 전하는 중심에서 후방 지원을 부탁드립니다!"

일제히 자세를 잡았고 난 연구 마법사들이 쳐둔 마법진을 제거해 가운데 던져줬다.

"아아~"

1소대의 누군가가 터뜨린 나지막한 탄식이 몰려오는 몬스터의 수를 말해주는 듯했다.

어제 몬스터가 몰려왔던 곳이라 폐허처럼 되어버렸고 몬스터의 숲이 생긴 것처럼 보였다.

쾅! 쾅! 쾅! 쾅!

다가오던 몬스터들이 폭발음과 함께 한 뭉텅이씩 나가떨어졌다.

"…저건 뭔가?"

루벤 백작이 신기한지 물었다.

"혹시 몰라 트랩을 설치해 뒀습니다."

"트랩? 밟으면 작동되는 것 같은데 마법진으로 저게 가능한가? 저런 것이 있다고 들은 적이 없는데."

뜨끔했다.

대비하자는 측면에서는 훌륭한 선택이었지만 개인적으로는 나만의 노하우를 까발린 것이다.

"꼼수를 좀 써봤습니다. 오늘은 아무래도 시작부터 길 것 같은데 일단 제가 먼저 나서겠습니다. 뒤에서 보조 부탁드립니다."

말이 길어질 것 같아 아예 벗어나기로 했다.

20미터 앞으로 나가 검을 뽑았다.

'화염검!'

벌레들을 죽이기 위해 중력검과 파이어 볼을 동시에 쓰다 보니 자연스럽게 배웠다.

중력검파의 차이라면 빨아들이는 대신 화염을 뿌리는 정도.

거리가 있을 땐 이 방법이 더 좋았다.

푸왁!

검을 뿌리고 다시 발도세를 취했다. 그리고 계속 반복했다.

다가오는 몬스터들을 가르고 벌레들과 작은 몬스터들을 불 태웠다.

'어느 때보다 빨라!'

몬스터의 이동속도가 생각보다 빨랐다. 20미터 앞의 트랩 을 밟는 몬스터를 보고 뒤로 몸을 날렸다.

"지금 공격하십시오!"

"블리자드!"

"윈드 커터 토네이도!"

와이론 자작이 블리자드를 소환해 속도를 줄였고 뒤이어 루벤 백작이 그의 장기인 회오리 칼날을 소환해 몬스터를 잘 랐다.

때를 같이해 1소대들은 일제히 자신들의 주력 마법을 사용 해 속도가 느려진 몬스터를 공격했다.

나도 가만히 있지 않았다.

웜 몬스터들과 껍질이 단단한 갑옷형 몬스터들은 일일이 제거해 줘야 했다.

지금까지 죽은 여덟 기사의 검들이 일제히 날아올랐다. 그리고 각각 몬스터에 맞는 기운을 머금고 꽂혔다.

'폭(爆).'

웜은 화염 폭발로, 머드 몬스터는 얼음 폭발로, 고무처럼 몸이 늘어나는 몬스터는 바람 폭발로 죽였다.

악몽의 숲에 들어와 끊임없이 싸우다 보니 7서클 마법을 어떻게 사용할지 조금은 알 것 같았다.

7서클 마법, 상단전 마법은 두 단어로 표현할 수 있었다.

의지와 자유.

마나의 축복을 받은 나로서는 굳이 화염, 수빙, 뇌전을 따질 이유가 없었다.

우직! 콰직! 콰지직!

얼어붙은 몬스터들을 미처 다 처리하기 전에 뒤에 있던 몬스터들이 들이닥쳤다.

"너무 빠르다. 공격 속도를 높인다!"

미헬라의 블리자드가 몬스터들을 덮치면서 공격 속도를 높였다.

밀고 들어오는 몬스터와 밀리면 죽는다는 조사 팀과의 본격적인 전쟁이 시작됐다.

우리는 시체 더미가 쌓이는 걸 방지하기 위해 조금씩 뒤로 가며 방어를 했다.

"뚫렸다, 2소대!"

시간이 지나자 점점 마나가 떨어지면서 차츰 구멍이 나고 있었다.

"으아악!"

2소대 두 명이 멘티스의 칼처럼 날카로운 팔에 베여 쓰러졌다.

멘티스가 빠져나가는 것을 느꼈지만 그쪽까지 신경 쓸 여력이 없었다.

다행히 기사들은 멘티스를 베고 원의 크기를 줄이며 다시 방어 태세를 취했다.

'젠장! 끝이 없군. 마나가 점점 줄어들고 있어.'

다른 사람들은 마나 부족으로 손을 내리고 있을 때 난 단 한 번도 마나가 부족하다고 느껴본 적이 없었다. 한데 내가 부족하다고 생각할 정도니 다른 사람들은 오죽하겠는가.

"헉헉! 더 이상 마나가 없다."

"하악! 하악! 나, 나 역시!"

루벤 백작과 와이론 자작은 마나가 떨어지자 검을 들고 몬스터를 상대했다.

'튈까?'

같이 장렬히 전사할 마음은 없었다. 지금까지 충분히 내 몫 이상을 했다.

마음에 걸리는 사람이 있다면 미헬라와 친해진 휴가 정도였는데 둘 정도라면 데리고 충분히 도망갈 수 있을 것 같았다.

'조금만 더 버텨보다가 안 되면 그땐 떠난다.'

일단 일행이 마나를 회복할 때까지 버텨보기로 했다. 그러나 상황은 쉽게 변하지 않았다.

세 명의 기사들이 다시 쓰러졌을 때 결심을 굳히고 미헬라에게 딜리버리로 속삭였다.

[아무래도 후퇴해야겠습니다.]

[지금 움직이면 오히려 더 위험해.]

모두 같이 후퇴한다고 생각한 모양이었다.

[각자도생입니다. 전 미헬라 님과 휴가만 데리고 빠져나갈 생각입니다.]

[…결국 도망가겠다는 말이네?]

싸늘한 말투였지만 지금 이것저것 따지고 있을 때가 아니었다.

[모두 같이 죽자는 것만 빼고 좋은 방법이 있으면 말해보세요.]

[……]

미헬라는 잠시 말이 없었다. 그러나 그녀라고 현 상황을 모르진 않았는지 곧 대답이 돌아왔다.

[좋아. 네가 날 책임져 준다니 내가 마나를 다 써서 한 방 날릴게. 그다음 각자 흩어지는 걸로 해.]

[좋습니다.]

휴가에게도 내 생각을 말해준 후 미헬라가 마법을 쓰길 기다렸다. 미헬라의 마법이 펼쳐질 때까진 진형을 유지해야 했기에 다른 사람들에겐 비밀로 했다.

미헬라의 상단전이 하얗게 빛나며 마나가 일렁였다.

'8서클 마법!'

어떤 마법인지 아직까진 정확하게 알 수 없었다. 하지만 지름 60미터는 넘을 정도로 마나들이 춤을 췄다.

몬스터 밀집 지역에서 내 바로 5미터 앞까지 거대한 원이 그려졌고 원의 중심 하늘 위에 파란 마나구가 생성됐다.

"헬 게이트!"

그녀의 외침과 함께 마나구가 아래로 툭 떨어졌다. 그리고 땅에 닿는 순간 거대한 빛의 폭발이 일어났다.

번쩍!

처음 보는 8서클의 마법은 어마어마했다.

지옥의 문이라는 이름답게 마법의 범위 안에 산처럼 쌓여 있던 시체 더미들은 물론이고 방금 전까지 흉포하게 달려오던 몬스터들이 지옥의 문에 빨려 들어갔는지 깔끔하게 사라져 버렸다.

다들 도망가라고 소리를 쳐야 하는데 8서클 마법의 위력 앞에 잠시 멍해졌다.

짧은 순간 몬스터는 겁이라는 단어를 모르는지 다시 깨끗

해진 공간을 메우며 다가왔다.

'가만, 설마 저 앞에 있는 몬스터가 끝?'

넓게 확장시켜 둔 마보세에 이백여 마리의 몬스터를 제외하곤 더 이상 보이지 않았다.

[도망가지 않아도 될 것 같습니다. 끝이 보입니다.]

[응. 나도 방금 느꼈어. 한데 회복하려면 잠깐의 시간이 필요해.]

[나머진 제가 처리하죠.]

남아 있는 마나를 쓰면 청소가 가능할 것 같았다.

"화염검! 화염검! 화염검! 화염검!"

파파팍!

네 번의 화염검을 사용하여 살아남은 몇 마리를 제거하고 나자 더 이상의 몬스터는 보이지 않았다.

난 검을 놓고 바닥에 누웠다.

발트란 때처럼 처절하진 않았지만 힘든 것으로 따지자면 단연 으뜸인 하루였다.

"하아~ 두 번 다시 쓸데없는 짓에 목숨을 걸면 그땐 내가 빅존슨이다."

평범함이 삶이 미치도록 그리운 날이었다.

하나 마냥 누워 있을 수 없었다. 그래서 눈을 감고 마나를 모았다. 온몸으로 받아들이고 있음에도 워낙 소모한 양이 많아서인지 끝도 없이 들어온다.

"……!!!"

마보세에 걸리는 어마어마한 생명체.

[모두들 당장 일어나서 이곳을 벗어나요!]

슈우우우우우!

몸을 일으키기도 전에 50미터가 넘는 거리를 단숨에 좁혀 온 괴물이 나를 찍어왔다.

"블링크!"

쿠왕!

블링크가 되자마자 전해오는 땅의 진동. 그보다 더 놀라운 것은 어마어마한 덩치와 어울리지 않게 마스터인 나만큼 움직임이 빨랐다.

휘릭!

고개를 돌리는 짧은 순간 어느새 다가온 지렁이를 크게 뻥 튀겨놓은 듯한 괴물.

'피하면 뒤에 있는 이들이 당한다!'

나와 일행의 거리는 대략 40미터. 그러나 괴물은 그저 한 번만 꿈틀거려도 닿을 거리였다.

일단 막아보자는 심정으로 검에 검강을 두르고 천근추를 사용했다.

"큭!"

부딪히는 순간 전해져 오는 충격에 괜히 덩치가 큰 것이 아님을 깨달았다.

우주 끝까지 날아갈 것 같은 몸을 순간적으로 플라잉을 걸어 멈췄다.

악몽의 숲에선 플라잉을 사용할 수 없어 곧 취소되었지만 멈춘 것으로 충분했다.

날 날리고 도망치기 시작한 조사 팀을 공격하려는 지렁이. 일단 시선을 나에게 돌려야 했다.

'얼마나 단단한지 볼까?'

여덟 개의 검이 각각의 기운을 품고 날았다. 그리고 떨어지는 자세 그대로 화염검을 날렸다.

몸통이 워낙 커서 대충 날려도 충분했다.

콰콰콰콰쾅!

폭발이 일어나고 화염검이 지렁이에 부딪히며 큰 폭발이 일어났다.

'젠장! 소리만 요란했지 전혀 피해를 못 입히는군.'

화염검으로 약간의 상처를 낼 수 있었지만 마법으로는 흔적밖에 남기지 못했다. 하지만 모기가 귀찮아 잡으려는 것처럼 지렁이는 도망가는 이들을 내버려 두고 나를 돌아봤다.

"그래, 나를 봐! 지렁이 놈아!"

내 계산은 간단했다.

놈을 잡으려는 것이 아니라 일행이 도망가고 나면 나 역시 도망갈 생각이었다.

조사 팀 누구보다도 빠른 나 아닌가.

[뒤돌아보지 말고 무조건 도망가십시오! 전 놈을 떨쳐내고 뒤쫓아 가겠습니다.]

흘낏거리며 마지막으로 도망가는 루벤 백작에게 말한 후 난 그들과 반대편으로 몸을 날렸다.

쿵! 쿵! 쿵!

지렁이 입장에서 보면 난 약간 큰 바퀴벌레 정도. 한데 난 조금 빠른 바퀴벌레였다.

놈의 연속적인 공격을 빠른 몸놀림으로 피했다.

키익!

짜증이 났는지 지렁이는 괴상한 소리를 냈다. 그리고 살짝 벌어지는 입.

몸이 찌릿할 정도로 위험하다는 신호가 전해졌다.

안개 같은 것을 내뿜는 순간 몸을 뒤로 날리며 프로텍트를 걸었다.

내가 피할 수 있는 범위를 훨씬 벗어나는 공격 범위였다.

치익!

얼마나 지독한 독인지 주변의 나무와 풀을 모조리 녹이는 것도 부족해 프로텍트도 녹였다.

"프로텍트! 블링크! 블링크!"

안쪽으로 다시 방어막을 펼치고 재빨리 독 안개 지역을 벗어났다. 그런데 지렁이는 훨씬 똑똑했다.

내가 이동한 지역에 그대로 몸통으로 덮쳐왔다.

피하긴 이미 늦은 상황. 마나로 몸을 똘똘 말았다. 그리고 양손을 머리 위로 올렸다.

퍼억! 쿠우우우우웅!

우측에서 어마어마한 공격파가 지렁이의 옆면을 때렸고 덕분에 지렁이는 빈 공간을 때렸다.

"얼스 드래곤은 8서클이 아니면 어떠한 상처도 입히지 못해."

미헬라였다.

"지렁이 이름이 얼스 드래곤이었습니까? 한데 저기 상처 안 보이십니까? 제가 입힌 겁니다만."

"어디? 안 보이는데."

그녀는 어깨를 으쓱하며 말했다.

"그나저나 뭣 하러 온 겁니까. 루벤 백작께 곧 합류한다고 말했을 텐데요."

"어떻게 도망가는지 보러 온 것뿐이야. 근데 제대로 도망가지 못하는 것 같아 좀 도와주기로 했지."

"고맙긴 한데 별로 좋은 생각은 아닌 것 같군요."

지렁이의 공격 방향이 미헬라에게로 향했고 난 재빨리 그녀를 향해 몸을 날렸다.

*   *   *

휙~♪ 휘이익 휘익♬

악몽의 숲에 피크닉을 나온 양 휘파람을 불며 느긋하게 걷는 이가 있었다.

뒤따르는 이들이 긴장하며 걷는 것과 달리 그저 마냥 즐거운지 가벼운 허밍으로 최신 유행하는 오페라 가수의 음악을 흥얼거렸다.

"제대로 하지 못할 거라면 하지 마시죠. 귀가 아픕니다만."

그의 뒤를 따르던 나이 지긋한 마법사가 인상을 쓰며 말했다.

"후작한테 개기냐?"

흥얼거리던 중년인이 한쪽 눈썹을 올리며 말했다. 후작이라고 말하기엔 너무 값싼 말투였다.

"사형한테 드리는 부탁입니다."

"아이고, 그러셨어요? 근데 어쩌나, 이 사형은 건방진 부탁은 들어줄 생각이 없거든."

"크게 기대도 안 했습니다. 한데 긴장하면서 따라오는 국왕 폐하의 기사들도 신경 좀 쓰시죠?"

제리는 국왕을 들먹이며 압박했지만 돌아오는 대답은 변함없었다.

"누가 긴장하래? 몬스터 나오면 벌레 한 마리까지 내가 다 처리해 주잖아?"

"죽을 것 같은 순간에 구해주니까 문제죠."

"흥! 실력 키울 기회를 주는 것뿐이거든."

"다치면 치료는 제 몫입니다. 치료 실력은 사형보다 좋으니 기회를 주지 않아도 됩니다."

"그럼 내버려 두든가. 내가 죽냐?"

"네네, 이번부터 내버려 두겠습니다. 제가 책임자도 아닌데 뭘 하러 지금까지 아등바등했는지 모르겠네요. 노래를 불러 몬스터를 부르든 기사들 실력 향상을 위해 죽이든 이제 마음대로 하십시오."

제리가 강하게 나왔지만 타칸은 피식 웃을 뿐이었다. 환자가 발생하면 가장 먼저 달려갈 사람이 그라는 걸 알기 때문이었다.

"그나저나 오늘은 몬스터 씨가 말랐나. 아무 곳에도 없네. 어라? 대규모 이동이라도 한 거야?"

감각으로 몬스터가 있는지 살피던 타칸은 수많은 몬스터가 지나간 듯한 흔적을 보고 걸음을 멈췄다.

[역시 피트의 집은 함정인가? 한데 몬스터들을 조종할 수 있는 자들이 있을 줄은 몰랐군.]

[…….]

사제인 제리는 대답이 없었다.

[삐졌냐? 고작 그딴 걸로 그러냐. 너도 나이가 들더니 노인네가 다 됐구나?]

여전히 묵묵부답. 결국 답답한 타칸이 먼저 사과를 했다.

[알았다, 알았어. 두 번 다시 일부러 몬스터를 자극하지 않으마. 그리고 기사들이 다치기 전에 처리할게.]

[···약속하는 겁니다.]

[물론이다.]

[사형도 알고 계시겠지만 피트가 지내던 집을 처음 발견한 건 저희 도우 마탑입니다. 아무것도 없는 곳을 일부러 소문을 냈나? ㄱ 사제가 배후 세력이 있다는 얘기와 진배없습니다.]

약속을 받자 제리는 길게 설명했다.

[그건 나도 알아. 우리는 피트의 집이 목표가 아니라 배후 세력에 목표를 두고 온 것이잖아. 내 말은 몬스터까지 조종할 수 있는 놈들이 과연 누구냐는 거지.]

타칸이 몰라서 제리의 대답을 원한 건 아니었다. 대화를 하면서 생각을 정리하는 독특한 버릇 때문이었다.

[글쎄요. 뮤트 제국이나 발칸 제국이 일을 꾸미지 않았을까 생각했는데 이걸 보니 아무래도 제3세력인 듯 보입니다.]

[그렇게 생각하는 이유는?]

[두 제국이 몬스터를 몰아서 각국에서 파견된 조사단을 공격할 필요가 있을까요?]

[음, 합리적인 생각이네. 하면 어느 나라 조사단을 공격했는지 한번 보러 가볼까?]

"쓰, 쓸데없는 짓을 왜······?"

갑자기 방향을 바꾸는 타칸의 모습에 깜짝 놀란 제리는 딜리버리를 사용하는 걸 잊고 외쳤다.

타칸이 못 들은 사람처럼 이미 휘적휘적 가고 있었다. 조사

단으로서는 그의 무력이 필수였기에 어쩔 수 없이 그를 뒤따랐다.

"멈춰! 모두 뒤로 물러난다. 저쪽 숲이 시작되는 지점이 좋겠군."

두리번거리던 타칸은 상당히 멀어 보이는 곳을 가리켰다.

"당장 움직여라! 긴장을 풀지 말고 경계를 쓰면서 대기하도록."

지금까지 헤헤거리며 말하던 것과는 달리 후작으로서의 위엄이 묻어나는 목소리에 조사 팀은 그가 가리킨 곳으로 움직였다.

"갑자기 무슨 일입니까?"

장난기 없는 얼굴로 제리가 물었다.

"앞에 몬스터와 싸우는 이들이 있다."

"고작 그만한 일로 뒤로 물리다니……."

쿠웅!

엄청난 소리와 함께 땅이 흔들렸다.

"뭐, 뭡니까?"

"얼스 드래곤."

"에에~ 얼스 드래곤요? 자, 잠깐, 얼스 드래곤과 싸우는 자들이 있다고요? 사형처럼 미치지 않고서야… 근데 설마 구경하려는 건 아니죠?"

"이런 기회를 놓칠 수야 없지. 싫으면 넌 저쪽에 가 있어라."

"사형!"

뛰어가는 타칸을 바라보던 제리는 길게 한숨을 내쉬곤 그를 뒤쫓았다. 그 역시 책으로만 보던 얼스 드래곤을 보고 싶었다.

"여기……."

[조용! 바로 앞에 있으니 기척을 줄여라.]

타칸은 다가오는 제리를 조용히 시킨 후 얼스 드래곤 쪽을 보았다.

얼스 드래곤는 막 대치하고 있던 남녀 중 여자를 향해 공격했다.

그때 남자가 뛰어올랐다.

퍼퍼퍼퍼퍼퍽!

여자를 짓이기려는 듯 다가가던 얼스 드래곤은 갑자기 몸통 여기저기가 움푹 파이며 옆을 때렸다.

[헐! 저건 뭡니까?]

[암흑 계열 마법. 상당히 능숙하군. 게다가 몸놀림도 보통이 아냐.]

[상당히 젊어 보이는데 7서클입니까?]

[응, 7서클. 근데 그보다 더 놀라운 건 마스터인 것 같아.]

타칸은 사내의 검에 맺힌 검강을 보고 말했다.

[맙소사! 얼굴로 봐선 고작 20대에 불과한데… 도대체 누가 저자를 키웠을까요?]

콰앙! 끼이이익!

두 사람이 얘기를 나는 동안 치열한 싸움이 전개되고 있었다.

여자의 공격에 당한 얼스 드래곤은 고통에 괴상한 고음을 내며 꿈틀댔다.

[헉! 갈수록 태산이네. 저 나이에 8서클! 저, 저게 말이 된다고 생각하십니까? 피트의 많은 서책을 가진 우리 마탑에서도 불가능한 것을.]

[시끄럽다. 조용히 보자.]

제리의 말에 타칸은 검지를 입술에 대며 말했다. 그러곤 다시 넋을 빼고 바라보고 있는 타칸.

'괜스레 나서지 않았으면 좋겠는데.'

그를 흘낏 보던 제리는 살짝 인상을 쓰며 생각했다.

타칸이 대륙에서 가장 강하다는 8극천에 들 수 있었던 대표적인 이유는 광적으로 전투를 좋아한다는 점 때문일 것이다.

스승마저 지겨움에 타칸을 피할 정도였고 강자라는 소문이 있으면 타국의 황제에게도 대련을 신청할 정도였었다.

그런 그가 최근 후진 양성에 힘을 쏟고 있었으니 얼마나 심심했겠는가.

말릴 때 말리더라도 일단은 지켜보자는 심정에 제리도 전투로 시선을 돌렸다.

조금 전만 하더라도 위태로워 보이던 남녀는 차츰 안정을 찾아갔다.

[어째 갈수록 얼스 드래곤이 밀리는 것 같은데 저러다 잡는 거 아닙니까?]

[쯧! 녀석, 정말 말 많구나.]

[네네. 치료 미법이 주력인 선 씨그러져 있겠습니다. 근데 끝나고 혹시나 저한테 말 걸지 마십시오. 감히 전투 마법사님께 말이라도 걸겠습니까.]

[…어째 어릴 때보다 어리광이 더 는 것 같다.]

[사형만큼 하려고요.]

[쩝! 네가 이겼다. 지금 전투 패턴에 점점 익숙해지면서 안정을 찾고 있는 중이다. 덩치가 거대하다는 건 움직임을 파악하기가 그만큼 쉽다는 뜻이거든. 그리고 무엇보다도 저 여자 조금 전까지 전투에 익숙하지 않았어. 너처럼 책으로만 7서클에 이르렀다고나 할까.]

타칸은 졌다고 말하면서 끝까지 놀리는 것을 잊지 않았다.

[큭! 책으로만 7서클이 돼서 죄송합니다. 근데 저 여자애, 제가 보기엔 꽤 날렵한데요.]

[남자의 전투 모습을 보고 그대로 흡수하고 있어. 이상하단 말이야.]

[뭐가요?]

[저렇게 전투 중에 실력이 늘어날 정도로 전투 감각이 좋은 사람이 어떻게 조금 전까진 초보였는지 말이야.]

[사형이 말한 것처럼 책만 봤나 보죠.]

[전투 마법사가 책만 읽어서 마법이 8서클에 이른다? 절대 불가능한 얘기야.]

두 사람이 한참 설왕설래할 때였다. 갑자기 남자가 소리쳤다.

"독 안개를 뿜습니다! 프로텍트도 녹일 정도로 독하고 범위도 넓으니 피하십시오!"

남자의 말이 끝나기도 전에 얼스 드래곤의 입에서 독무가 뿜어져 나왔다.

타칸은 제리를 잡고 블링크를 이용해 멀찍이 물러났다.

치이익!

방금 전에 있었던 근저의 모든 깃이 녹아내렸다.

[휴우~ 남자애가 여자애에게 소리치지 않았다면 큰일 날 뻔했군요.]

[아니. 우리에게 알려주기 위해 소리친 거야.]

[그 거리에서 우리를 알아봤다고요?]

[마스터의 감각이면 가능하다. 그리고 두 사람은 우리처럼 딜리버리로 얘기하고 있을 텐데 굳이 왜 외쳤겠느냐.]

타칸의 설명을 들으니 이해가 됐다.

[넌 멀찍이 떨어져 있어라. 난 저들을 돕고 오마.]

[굳이 돕지 않아도 될 것 같은데요.]

[경고까지 해줬는데 예의가 아니지.]

말이 끝나기도 전에 타칸의 몸은 이미 얼스 드래곤으로 향하고 있었다.

'예의는 개뿔. 얼스 드래곤과 싸울 핑계를 찾다가 얼씨구나 싶었겠지.'

제리는 철이 덜 든 아들을 보듯 타칸을 바라보며 고개를 절레절레 저었다.

*   *   *

얼스 드래곤과의 싸움은 수많은 몬스터와 싸우는 것과 비교하자면 쉬웠다.

만약 지켜야 할 사람들이 있는 상황이었다면 최악이었을 것이다. 그러나 어느새 나보다 더 강력하게 공격을 퍼부으면서도 요리조리 잘 피하는 미헬라와 함께 공격하니 시간이 지날수록 편했다.

싸우는 도중 길진 않지만 마나를 보충할 정도의 여유까지 있어 마나가 떨어질 걱정도 없었다.

다만 문제라면 이 싸움이 언제 끝날지 모른다는 것이다.

검강을 두르고 온 힘을 다해 찔러도 검의 삼분의 일 정도밖에 박히지 않았는데 얼스 드래곤에겐 피부가 베인 수준에 불과했다.

'재미있나 보네.'

얼스 드래곤이 나타났을 때 놀람에 비해 다소 맥이 빠진

싸움이 계속되자 슬슬 지겨워졌다. 그런데 미헬라는 오히려 갈수록 날뛰고 있었다.

독무를 피하고 미헬라의 하는 양을 지켜보고 있는데 빠른 속도로 누군가가 다가오고 있었다.

[나무 뒤에 숨어 있던 자가 다가오고 있습니다. 적의는 없어 보이지만 일단 조심하세요. 달려오는 속도를 보니 무술도 마스터에 이른 자입니다.]

일견 평범해 보이지만 마보세로 자세히 보면 거대한 벽처럼 느껴지는 자.

[적입니까? 아군입니까?]

중년인에게도 닐리버리를 닐렸다.

[일단은 독무를 알려준 것에 고마워 한 팔 거드는 사람으로 해두지.]

중년인은 말이 끝나게 무섭게 얼스 드래곤을 향해 검을 뽑았다. 그리고 거리가 상당히 떨어져 있음에도 검을 내려치고 있었다.

일견 어이없어 보이는 행동. 그러나 마보세로 보면 전혀 달랐다.

어마어마한 검이 얼스 드래곤을 향해 내리꽂히고 있었다.

쿠아아아아아앙!

천둥이 귀 옆에서 치면 이럴까 싶을 만큼 귀가 멍멍해질 정도로 어마어마한 소리와 함께 거대한 얼스 드래곤이 땅에 얼굴을 처박았다.

그뿐만 아니라 당장 잘릴 듯이 거대한 마나검에 의해 절반쯤 움푹 찌그러졌다.

[최대한 멀리 피해요!]

미헬라에게 외치고 일른 뒤로 봄을 날렸다.

잘렸다면 모를까, 잘리지 않았으면 다음은 보지 않아도 뻔했다.

백 미터는 족히 될 얼스 드래곤이 꿈틀대기 시작했고 주변의 땅이 파도처럼 밀어닥쳤다.

그러나 그보다 더 놀라운 건 중년의 남성은 자리에서 벗어나지 않은 채 묵묵히 꿈틀거림을 검으로 막아내며 재차 공격을 하고 있었다.

"혹시 아는 자입니까?"

흙을 잔뜩 뒤집어쓴 미헬라가 옆에 착지했다.

"몰라?"

"견문이 좁아서요."

"8극천의 일원이며 플린 왕국의 검이라고 불리는 타칸 후작이야."

"8극천!"

8극천과 12패왕.

이름이 무엇인지, 어느 나라의 사람인지, 나이가 몇 살인지는 따위는 모르지만 호칭만은 알고 있었다.

대륙의 20인의 강자를 일컫는 말로 한 명 한 명이 왕국과 비견될 실력을 가지고 있다고 전해지는 인물들.

그중 한 명을 보게 된 것이다.

"어마어마하군요."

"8극천에서도 세 손가락 안에 드는 강자니까. 그나저나 실제로 8극천의 실력을 보게 될 줄이야."

우리는 그의 실력에 눈을 뗄 수가 없었다.

시기적절하게 사용하는 마법과 검술의 조화는 일견 별것 아닌 것처럼 보였지만 최소한의 힘으로 최대한의 효과를 얻을 수 있는 수법들이었다.

그러나 아무리 좋은 것도 계속 보면 시들해지는 법이었다.

"더 이상 볼 필요 없겠어요. 이만 움직이죠."

"…응? 그냥 가자고?"

"저 사람 지금 얼스 드래곤과 대결이 아닌 대련을 하고 있습니다."

"최선을 다하지 않고 있다는 말이야?"

"아마도요. 조금 지나면 실력을 발휘하겠지만 얼스 드래곤도 비장의 무기가 있을 겁니다. 괜히 근처에 있다가 벼락 맞지 말고 그냥 가죠. 미안해할 필요 없어요. 몬스터에 임자가 어디 있습니까? 굳이 따지자면 현재 싸우는 사람이 책임져야죠."

"하긴, 가자."

우리는 조사 팀과 합류하기 위해 그를 내버려 두고 멀찍이 돌아갔다.

＊　　　＊　　　＊

"검은색 구가 보인다!"

조사 팀과 합류해 다시 걷기를 사흘. 좀 더 강해진 몬스터들과 몇 번 조우를 했지만 힘겹게 싸워왔던 것에 비하면 아무것도 아니었다.

그리고 마침내 목적지에 도착을 했다.

열다섯 명의 기사를 잃은 것은 안타깝지만 돌이켜보면 이만한 것도 다행이었다.

"수정구가 작동합니다!"

검은색 구에 가까워지자 어지럽던 마나가 안정을 되찾았다.

"좋다! 난 먼저 도착한 이들과 인사를 나누고 올 터이니 일단 황실에 알려라. 기사들은 숙영지를 마련하고 연구 마법사들은 텔레포트 마법진을 만든다. 특별한 명이 있을 때까지는 구에 얼씬도 하지 말도록."

루벤 백작은 명령을 내린 후 먼저 도착해 있는 타국 조사단에게로 갔다.

"고생했어, 존슨. 숙영지는 우리가 만들 테니 쉬어."

"그래. 매일 밤늦게까지 고생했잖아."

내가 도우려고 하자 기사들은 등을 밀며 쉬라고 했다.

"하하! 사양하지 않겠습니다."

그들 나름대로 고마움을 표하고 있다는 걸 알기에 조사 팀에서 나와 산책하듯이 구 근처로 다가갔다.

'마법진인 건 분명한데 뭔지는 전혀 모르겠군.'

마법진에서 일어난 마나가 안으로 들어가면서 사라져 버린다고나 할까.

역시 세상은 넓고 인물은 많은 모양이었다. 안으로 들어가 보면 모를까 겉에서는 전혀 알 수가 없었다.

좀 더 다가가고 싶었지만 발칸 제국과 복장이 다른 기사들이 쳐다보고 있었기에 더 이상 앞으로 나가진 않았다.

그때 뒤에서 내 이름을 불렀다.

"아우스!"

존슨이 아닌 아우스라고 부를 이는 한 명뿐.

탐스였다.

"너 아우스 맞지?"

트랩을 보여주기 전부터 나를 유심히 살피던 그였기에 언젠가 이렇게 물어올 줄 예상했다.

물론 어떻게 대답할지 결정해 둔 상태였다.

"오랜만입니다, 탐스 경."

모른 척할까도 싶었다. 그러나 그의 실력에 죽을까 봐 도망가던 꼬맹이가 아니었다.

"역시 맞구나! 트랩을 보고 너임을 확신했다. 한데 네가 어떻게 제국에? 그리고 어떻게 기사가 된 거냐?"

"탐스 경, 우리가 이렇게 친근하게 대화할 사이는 아니라고 알고 있는데요."

"이미 지나간 과거 아니냐. 그리고 그때도 난 널 죽이려고 했던 게 아니다."

"참 편리한 기억이군요. 근데 제 기억엔 별로 좋은 기억이 없습니다. 아니, 솔직히 지금도 사지를 잘라 버리고 싶은 충동이 생깁니다."

탐스는 내 살기에 주춤 한 걸음 물러났다. 그러나 곧 스스로의 행동이 마음에 들지 않았다고 생각하는지 한 걸음 나서며 말했다.

"절대 널 죽일 생각은 없었다. 많은 기사를 잃고도 널 데리고 가려던 것 기억나지 않아?"

"글쎄요. 머리만 멀쩡하면 된다는 소리는 누가 한 걸까요. 뭐, 됐습니다. 굳이 지금 와서 과거의 누구의 기억이 맞느냐 따위를 따져봐야 무슨 의미가 있겠습니까? 그래서 무슨 일입니까?"

"그게… 그러니까… 혹시 생각이 있다면 널 공작님께 소개시켜 주려고……."

"훗! 샤루틴 자작에게 붙으라는 겁니까?"

"그래! 그렇다면 세습 남작은 물론이고 자작까지도 가능할 거다."

탐스는 작위를 가지고 나를 유혹하려 했다.

"내가 샤루틴 자작의 밑으로 들어가서 탐스 경의 목을 원하면 어떻게 될까요?"

"……!"

"설령 그게 아니더라도 댁이나 얼른 남작 위에 오르세요. 물론 그것도 샤루틴 자작이 베르딘 남작과의 승계 싸움에서 이겨야 가능한 얘기겠지만요. 한때 모셨던 분께 한 가지 충고를 하죠. 우리가 겪었던 수많은 몬스터가 누굴 노렸다고 생각합니까? 허황된 남작 위에 목매지 말고 댁의 목부터 챙기세요."

입을 벌렸지만 아무 말도 못 하는 있는 그를 지나쳐 다른 곳으로 움직였다.

"아우스! 가 본래 이름이야?"

"남의 말을 엿듣는 취미가 있는 줄은 몰랐군요, 미헬라 님."

"큰 소리로 얘기하는데 못 들을 사람이 어디 있어."

"마나를 교란시켰습니다만."

"아우스, 네가 잘못했나 보지. 난 그저 구에서 어떤 것을 느꼈는지 물어보기 위해 왔다가 들은 것뿐이야."

"…그렇다고 치죠. 한데 겉에서는 아무것도 느끼지 못했습니다. 제가 만든 구와 전혀 다른 종류입니다."

"그래? 어쩔 수 없지. 그렇다면 들어가 볼 수밖에."

"들어갈 수나 있겠습니까?"

또다시 새로운 조사단이 도착하고 있었다.

"걱정 마. 어차피 모든 것은 국력으로 판가름 나니까. 물론 누가 먼저 들어가느냐는 정도겠지만."

"그렇다면 다행이네요. 근데 저 사람, 타칸 후작 아닙니까?"

방금 도착한 조사단원 중 한 명이 우리를 발견하고는 뛰어왔다.

[우리가 도망쳤다고 따질 모양인데 어쩔 거야?]

[저한테 맡기세요.]

[그럼 난 간다.]

미헬라가 쌩하니 가버리고 나자 타칸 후작이 내 앞에 섰다.

"타칸 후작님, 무사하셨군요. 일단 며칠 전 저희를 도와주신 것 감사드립니다."

"감사는 됐고. 사람들이 어떻게 그럴 수가 있나?"

목소리를 높이는 타칸 후작. 난 그가 말을 잇기 전에 얼른 말했다.

"무슨 말씀이신지?"

"허어~ 이 친구 보게. 정녕 몰라서 묻는 건가, 아님 시치미를 떼는 건가? 적당히 힘을 빼면 합세해서 잡으려 했는데 나에게 맡겨놓고 도망가 버리는 게 말이 된다고 생각하나?"

"아! 그러셨습니까? 전 지켜보다가 얼스 드래곤을 데리고 노시는 것 같아서 방해가 될까 물러난 겁니다. 혹시 다치셨습니까?"

"홍! 내가 그깟 벌레 따위에게 다칠 사람으로 보이나?"

"아닙니다. 그래서 얼스 드래곤은 잡으셨습니까?"

"놓쳤어. 그 빌어먹을 놈이 위험하다 싶으니 땅을 파고 들어가 버리더군."

"그럴 줄 알았습니다. 8극천의 일원이신 타칸 후작님께서 미물 따위에게 당하실 분이라고는 생각하지 않았습니다."

"당연하지! 그런 놈이야 패턴만 알면 식은 스프 먹기나 다름없지. 하하하!"

"역시 그러셨군요. 하하하!"

타칸 후작 호탕하게 웃었다. 그러다 뭔가 생각났는지 돌연 웃음을 멈추곤 중얼거렸다.

"어라? 이게 아닌데?"

"무슨 말씀이신지?"

"……"

타칸 후작은 아무 말 없이 날 물끄러미 바라보았다. 그러곤 피식 웃으며 말했다.

"젊은 친구가 꽤 능청스럽군."

"후작님이 진짜 화가 나지 않아서 가능했던 겁니다."

타칸은 얼굴에 표정이 다 나타날 만큼 꽤 순진한 사람이었다. 물론 이런 사람이 진짜 화가 났을 때 무조건 튀는 게 최고였다.

"그것도 알아봤나? 이거, 세상 헛살았군. 원래 화를 내는 척

하며 물어보려고 했는데 이렇게 된 거 웃는 얼굴로 물어보지."

"말씀하십시오."

"나이가 어떻게 되나?"

"스물입니다."

"허어! 스승은?"

"글쎄요. 굳이 말하자면 마법은 도우 마탑의 마법서라 할수 있고 검술은 아카데미에서 배웠습니다."

"독학을 했다고? 엄마 배 속에서부터 배웠나?"

"그냥 이래저래 운이 좋았습니다."

길어질 것 같은 얘기는 대충 얼버무리고 간단한 것만 솔직히 대답했다.

"재능 없이 운만으론 절대 그럴 수 없지. 그나저나 도우 마탑의 마법서를 스승으로 생각한다면 내가 자네의 사조쯤 되겠군."

"도우 마탑 출신이십니까?"

"그렇다네. 혹 기회가 된다면 한판 붙는 게 어떤가?"

"지금은 곤란합니다."

"언제라도 상관없어."

7, 8서클들은 왜 이렇게 광적인지 모르겠다.

"아! 조금 지나면 발칸 제국 측에서 한 사람이 올 겁니다. 그 사람을 소개시켜 줄 테니 싸워보십시오. 아마 저보다 훨씬 재미있을 겁니다."

"누군데?"

"테린 백작입니다."

"그 친구에 대해 들었어. 오로지 검술에만 매진한다던데. 근데 자네보다 재미있다는 건 마스터의 단계를 넘은 건가?"

"직접 확인해 보십시오. 후작님 못지않게 전투를 좋아하니까요."

"기대하지. 나중에 보세."

타칸 후작이 가고 난 후 얼마 지나지 않아 마법진이 완성되었고 상당수의 기사들과 테린이 넘어왔다.

"여어~ 빅존슨, 엄청 고생했다며?"

저녁을 먹고 휴가가 타준 커피를 마시고 있는데 듣기 싫은 옛 이름을 들먹이며 테린이 다가왔다.

"포틀빈 자작가의 영애에게… 흡!"

테린은 주변의 마나막을 치며 번개처럼 다가와 내 입을 막았다.

"하하……! 반가워서 말이 헛 나왔네."

"전 감옥에 정신을 두고 온 줄 알았습니다, 하하하!"

우린 반갑다는 인사를 살갑게(?) 나눴다.

"과거 기억을 찾았다며? 그럼에도 불구하고 나와의 약속을 지켜줘서 고마워."

악몽의 숲에 오기 전 테린은 나에게 미헬라의 안전을 부탁했었다.

"그리 고마우시면 나중에 지론 남작가에 문제 생기면 도와주세요."

"안 돌아갈 사람처럼 말하는군."

"글쎄요. 아직까진 결정되지 않았지만 너무 바쁘게 산 것 같아 평범하게 살아보려고요."

"농부라도 돼서 검강으로 밀을 베게?"

"큭큭큭! 그것도 나쁘지 않을 것 같군요. 참! 테린 님처럼 승부욕에 불타는 사람이 있는데 만나보겠습니까?"

"누구?"

"플린 왕국의 타칸 후작이요."

"8극천의 일인인 그 타칸 후작?"

"다른 타칸이 있는지는 모르겠지만 맞습니다."

"당장 가자!"

테린은 눈을 반짝이며 내 몸을 일으켜 세웠다.

난 타칸 후작에게 가서 테린을 소개했다.

"허어~ 고국에 돌아가면 젊은 놈들을 닦달해야겠어."

타칸 후작은 우리 둘을 번갈아보며 탄식을 내뱉었다. 그러나 곧 본색을 드러냈다.

"가볍게 검을 맞대보는 건 어떻소, 테린 백작. 오늘이 아니면 언제 마스터를 보겠소."

"좋은 생각입니다! 후작님. 이곳에서는 그러니 숲으로 가서 하는 게 어떻습니까?"

"핫핫! 그럼 갑시다."

두 사람은 오랜 지기처럼 다정하게 걸음을 옮겼다. 그러다 내가 따라가지 않자 타칸 후작이 돌아봤다.

"자네는 왜 안 오나?"

"전 됐습니다. 두 분이서 실컷 즐기세요."

이곳까지 오면서 싸운 걸로 충분했다.

"그래선 안 되지. 주변의 몬스터를 제거하면서 심판이라도 봐주게. 괜스레 나중에 문제라도 생겨 국가 간의 분쟁이 발생하면 어쩌나."

핑계도 좋다.

"우리 둘을 소개시켜 준 자네도 곤란할 텐데……"

"갑니다!"

그들의 협박에 결국 난 둘을 따라나섰다.

"이 정도면 되지 않겠습니까?"

10분 정도 뛰어서 적당한 공터에 도착한 테린이 멈추며 말했다.

"딱 좋은 거 같소. 그럼 시작해 볼까."

두 사람은 검을 뽑았다.

난 멀찍이 떨어진 채 바닥에 앉았다.

쿠웅!

두 사람이 부딪혔다. 멀리 있는 내가 살짝 떨릴 만큼 진동이 왔다.

"쯧쯧! 저렇게들 좋을까."

입가에 미소를 지은 채 떨어진 두 사람은 대결에 들어갔다.

테린은 블링크로 착각될 만큼 빠른 속도로 접근했다. 그러나 타칸은 알고 있었다는 듯 예의 커다란 검을 휘둘렀다.

쾅! 쾅! 쾅!

타칸의 거대한 검을 작은 검으로 가볍게 막아가며 접근하는 테린. 검술로는 그가 조금 더 나아 보였다.

그러나 타칸은 엄밀하게 말하면 마법사였다.

테린이 가까이 다가가자 사방에서 새하얀 구들이 생성되더니 성게처럼 뾰족한 가시를 만들어냈다.

"아직까지 몸을 푸는 수준 같은데 본격적으로 하면 어떨는지!"

딱히 그들의 대결에 관심이 없었는데 막상 보기 시작하자 한 눈은 뜨고 한 눈은 감은 채 시선을 떼지 못했다.

겉으로 보기엔 화려함보다는 단순하다 싶을 정도로 절제된 동작들이었다. 그러나 마보세로 보면 마나가 끊임없이 요동치며 상대를 죽이려 들었다.

그들은 본격적으로 맞붙기 시작했고 눈으로는 좇기가 힘들 정도로 빨라졌다.

'나도 싸우고 싶어.'

나의 친구인 마나가 다른 사람들과 즐겁게 노는 것 같아 시샘이 났다. 하지만 어설픈 내가 나서기엔 분위기가 너무 흉흉

했다.

그래서 머릿속으로 내가 테린이었으면 이렇게 했을 텐데, 내가 타칸이었으면 이렇게 했을 텐데 그려보며 흠뻑 빠져들었다.

34장
피트가 남긴 것

검은색 구에 들어가는 순서와 피트가 남긴 것을 어떻게 할지를 정하기 위해 나흘이 걸렸다.

별것 아닌 것에 왜 그리 시간을 끄는지 이해를 할 수 없었다.

만일 타칸과 테린, 새로 합류한 12패왕인 도란스 삼국의 페루스 후작과 에시드 왕국의 엑스트 공작, 이 네 사람의 싸움을 구경하지 않았다면 지루했을 것이다.

"10시부터 10분 간격으로 들어가기로 했어요."

텔레포트 마법진이 열리면서 요리사들이 왔고 그들이 만든 아침을 먹고 난 뒤 미헬라가 입을 열었다.

"각국에 두 개 팀씩 들어가기로 했는데 황제파와 귀족파 두

팀으로 나눠서 들어갈 거예요. 한 팀당 인원 제한은 총 10명. 피트 님의 집에 혹 보물이 있다면 먼저 발견한 국가가 모두 갖는 걸로 했어요. 물론 뒤통수를 맞을 수 있으니 만반의 준비는 해둬야겠죠."

"어느 쪽이 먼저 들어가는 겁니까?"

얼굴에 욕심을 지우지 못한 샤루틴이 물었다.

"알아서 해요."

"험! 혹시 위험이 있을지 모르니 그럼 저희가 먼저 들어가겠습니다."

"그래준다니 고맙네요. 10시에 들어가려면 서둘러야 하니 준비해요."

미헬라는 주저 없이 허락했다.

아마 어젯밤 대련이 끝난 후에 타칸 후작이 테린과 나에게 했던 말을 전해 들었나 보다.

타칸의 한마디는 '구는 함정이다'였다. 그러나 확신에 찬 그 말에 담긴 뜻은 상당히 많았다.

각설하고 귀족파들이 자리에서 일어나자 미헬라는 말이 새어 나가지 않게 막을 씌운 후 말했다.

"우리 팀은 현재 나, 루벤 백작님, 연구 마법사인 우누스, 존슨 경 이렇게 넷이 들어갈까 생각 중이에요. 더 들어갈 사람 있어요?"

"저도 끼워주시면 좋겠습니다, 허허허!"

"저도 참가하겠습니다."

황실 마탑의 7서클 마도사 아테스토와 황제파 자르판 공작가의 7서클 제2기사 단장인 코넬이 나섰다.

"한데 황녀 전하, 10명을 채우는 게 좋지 않겠습니까?"

아테스토가 물었다

"많다고 꼭 좋은 게 아님을 악몽의 숲에 와서 뼈저리게 느꼈어요. 왠지 이번에도 비슷할 것 같군요. 그래서 지원자라고 해도 7서클이 되지 않으면 데려가지 않을 생각입니다."

"그렇게 생각한다면 따라야겠죠. 어떤 것들을 준비하면 되겠습니까?"

"그건 존슨 경이 말할 거예요."

미헬라는 나에게 발언권을 넘겼다.

"나름 피트 님의 집을 둘러싼 구와 비슷한 마법진을 만든 적이 있어 차출된 존슨입니다."

"아! 자네가 그 친구였군. 얼마 전 지론 남작의 파티에 갔다가 아주 재미나게 즐… 하… 하, 재미난 마법진이더군."

아테스토 자작은 말을 하다 말고 얼굴을 붉혔다.

"그리 생각해 주시니 감사합니다. 첫날 이곳에 도착해 살펴봤을 땐 제가 만든 마법진과 전혀 달라서 어떤 마법진인지 알 수가 없었습니다."

"마치 지금은 안다는 것처럼 들리는데 착각인가?"

코넬이 말했다.

"짐작이 갈 뿐입니다."

"어떤 마법진인가?"

"아마 아공간 미로 마법진인 것 같습니다."

"허어~ 아는 사람이 거의 없다는 아공간 마법진이라니. 역시 피트 님의 집답군."

아공간이라고 짐작한 것은 엑스트 공작의 공간 마법의 마나 움직임과 비슷했기 때문이다.

함정일 가능성이 높다고 굳이 바로잡지 않았다.

"아무튼 미로가 얼마나 큰지, 어떤 미로인지, 얼마나 머무를지 알 수 없기에 가지고 갈 수 있는 만큼 최대한의 음식을 가져가야 할 것 같습니다."

"구에 들어간 제1조사 팀의 생존자들의 소식이 여전히 없는 것을 보면 그럴 가능성도 배제할 수 없겠지. 음식 말고는 뭘 준비해야 하나?"

"각자의 생존 도구와 마정석, 혹은 마나석은 어느 정도 챙기는 것이 좋을 것 같습니다."

"그렇게 하지."

아테스토 자작과 코넬 자작은 말이 통하는 사람들이었다.

귀족파 팀이 들어간 후, 두 시간 뒤에 다시 발칸 제국의 차례였기에 우리는 11시에 이른 점심을 먹고 출발하기로 했다.

"존슨, 구 안으로 들어가기로 했다며? 이래저래 너만 고생하네."

배낭을 챙겨놓고 구 근처를 서성이고 있는데 휴가가 머그컵을 들고 다가왔다.

"타의보다는 자의로 들어가는 거예요."

"그렇다면 다행이고. 어련히 잘하겠지만 무사히 다녀와라."

"하하! 그럴게요."

"자! 줄 건 없고 이거 줄게."

그는 머그잔을 건넸다.

커피에 우유 거품을 부어 만든 라떼였다.

"우리 집안에서 커피의 쓴맛을 싫어하는 사람들은 우유를 타 먹거든. 그래서 만들어봤다."

"라떼군요."

"라떼?"

"네. 우유 거품의 양과 커피의 양의 차이로 라떼, 카푸치노로 나누어지잖아요. 음, 맛있네요. 단맛이 조금만 들어가면 제 입에 맞을 것 같아요."

"라떼? 카푸치노? 처음 듣는 말인데. 그건 어디서 들은 말이야?"

"…글쎄요?"

막상 말해놓고 물어오니 기억에 없었다.

"라떼와 카푸치노라… 우유 거품의 양과 커피의 양을 조절하면 된다는 거지?"

"아마도요."

내가 한 말을 연신 중얼거리며 조사 팀이 있는 곳으로 가는 휴가.

난 이상한 단어들이 왜 갑자기 떠올랐는지 다시 생각해 보았다. 하지만 너무나도 당연하게 아무것도 떠오르지 않았다.

'쩝! 기억을 다 찾지 못한 건가?'

금세 포기했다. 지금은 피트의 집에 어떻게 들어갈 수 있느냐가 급선무였다.

이른 점심을 먹고 구로 들어갈 사람들은 임시로 구의 출입을 관리하는 곳으로 갔다.

관리 팀은 각국에서 한 명씩 파견된 이들이 공동으로 맡고 있었는데 발칸 제국에선 테린이 관리 팀장을 겸해서 파견됐다.

"황녀 전하, 전 팀이 5분 전에 갔으니 5분만 기다리시면 됩니다."

테린은 미헬라에게 다가와 멋지게 경례를 한 후 보고했다. 다른 국가의 사람들이 지켜보고 있었기에 한 행동인 것 같았다.

주변의 마나를 교란시키고 난 후에야 평소의 그로 행동했다.

"밖에서 기다리셨으면 했는데 결국 들어가시는군요."

"눈으로 직접 확인하고 싶어서."

"누가 황녀님의 고집을 말리겠습니까. 아무쪼록 무사히 다녀오십시오. 다른 분들도 무탈하시고 황녀님의 안전에 만전을 기해주십시오."

루벤 백작, 아테스토, 코넬 자작과 일일이 눈을 맞춘 그는 마지막으로 나에게 반드시 미헬라를 보호하라는 뜨거운(?) 눈빛을 보냈다.

"내 걱정 말고 밖에 수상한 움직임이 없나 잘 감시해요. 그리고 내가 지시한 일 잊지 말고요."

"네네, 알겠슈다."

다른 나라도 비슷하겠지만 피트의 집에서 뭔가가 발견되었을 때를 대비한 모양이었다.

시간이 되자 테린을 필두로 관리 팀의 기사들이 양옆으로 비켜섰다.

"가죠."

미헬라의 말에 우리는 구 안으로 천천히 들어갔다.

경계를 넘자마자 새하얀 설원이 펼쳐졌다.

"으~ 추워! 옷을 갈아입어야 하나?"

우누스를 제외하곤 담담했다. 난 그의 주변에 마나막을 쳐준 후 말했다.

"잠시만 기다리면 이동합니다."

발밑에서 마나가 움직이고 있었다.

쑤욱!

시야가 변화하는 것이 아닌 텔레포트를 할 때처럼 이동하는 느낌이 들었다. 그리고 이동한 곳에서 느껴지는 수많은 기운.

아무도 움직이려는 기색이 없었기에 먼저 움직였다.

"프로텍트!"

원기둥 모양의 방어막을 만들었다.

크아앙! 크아! 캬욱!

실버 울프들은 프로텍트를 뚫지 못하고 발로 긁으며 분노를 토해냈다.

"이크! 긴장해야겠군. 존슨 경이 아니었으면 큰일 날 뻔했어. 셋에 방어막을 풀어주게. 하나! 둘!"

코넬 자작의 상단전에 빛이 났다. 우리가 있는 곳을 제외하곤 안개로 뒤덮였다.

"셋!"

프로텍트가 사라짐과 동시에 거대한 번개가 맨 앞줄에 내리꽂혔다. 그리고 번개는 안개를 타고 퍼져갔다.

"몇 마리만 남겨두십시오. 실험해 볼 것이 있습니다."

"조절하기 힘든데… 한번 해보지."

당연한 얘기겠지만 벼락을 맞아 쓰러지는 실버 울프들이 악몽의 숲 몬스터와 많이 달랐다.

마치 연기처럼 사라진다고 할까.

"됐나?"

20마리 정도가 남아 있었다.

"감사합니다. 아무도 나서지 말아주십시오."

난 실버 울프들을 향해 뛰어갔다. 그리고 몸에 마나막을 만든 후 공격을 받았다.

깡! 까강! 타당!

스무 마리가 때리는데 아무런 아픔도 느껴지지 않았다. 마나막의 강도를 조금씩 줄였다.

치익! 칙! 슥! 슥삭!

옷이 베이고 피부에 붉은 상처가 났다.

'아파. 환각 때문일까? 아님 실제일까?'

아픔을 느끼면서 마나의 흐름에 집중했다.

옷이 걸레가 되고 온몸에 핏방울이 송골송골 맺힐 때쯤 적당한 결론을 내릴 수 있었다.

투명 손의 심화.

보이지 않는다고 존재하지 않는 것이 아니며 환상이라고 해서 실재하지 않는 것이 아니라는 것이다.

'빌어먹을! 내가 내린 결론인데 왜 이렇게 복잡해.'

이해를 한 것 같은데 머릿속에서 개념이 빙빙 돌고 있었다.

"장난 그만해. 그러다 죽겠어. 힐링! 아이스 애로우!"

미헬라는 내 상처를 치료하며 실버 울프의 머리에 아이스 애로우를 하나씩 박았다.

"안 그래도 그만두려고 했습니다만."

"알아낸 것 있어?"

"글쎄요. 정리되면 그때 말씀드리죠."

"정확하게 설명을 할 수 없으면 모른다는 말이야. 우누스, 살펴봐요."

반박할 수 없었다.

연구 마법사인 우누스가 몇 개의 마법진을 꺼내고 있었기에 그에게 다가갔다.

"무슨 마법진입니까?"

"몇 서클의 마법인지, 어떤 계열 마법인지, 흐름은 어떤지를 파악해 주는 마법진이야."

"오! 신기하네요. 어떻게 작동되는 거죠?"

"몇 서클 마법인지 마나의 밀도를 살피는 거야. 마법진에 10초, 혹은 1분 동안 유입되는 마나량을 측정해 값으로 표시해 줘."

"마나 밀집 지역에서 마나를 더 빠르게 모을 수 있고, 더 쉽게 마법을 사용할 수 있는 이치를 이용하는군요?"

"한 가지 더하자면 지금처럼 밀폐된 지역이어야 한다는 단서가 필요해. 음, 여긴 5서클 마법을 사용했군. 게다가 암흑 계열 마법이야."

몇 서클인지 맞추는 건 이해했는데 계열까지 맞추는 게 신기했다.

궁금한 것들을 물어보며 대답을 듣는 동안 다시 바닥의 마나가 움직이는 것이 느껴졌다.

"계열은 어떻게 맞추는 겁니까?"

"이건 비밀인데……."

그는 황실 마탑에서 나온 아테스토 자작을 흘낏 보며 주저했다.

그에 자신에게 시선이 쏠리는 걸 알았는지 아테스토 자작이 말했다.

"험! 악몽의 숲에서 존슨 경의 공이 컸다고 들었는데 그 정도는 알려줘도 될 것 같군."

"자작님께서 그리 말씀하신다면 그리겠습니다. 이건 마나가 순수한 하나의 물질이 아닌 여러 개의 더 작은 물질로 이루어져 있다는 이론으로 만들어진 마법진일세."

"아! 저도 그 이론 알고 있습니다."

"그렇다면 얘기가 쉽겠군. 파이어 볼을 만들었다가 없애보게."

난 파이어 볼을 만들었다 마나를 끊자 없어졌다.

"방금 자네는 작은 열기를 만들었다가 없앴네. 그럼 이 밀폐된 곳의 온도는 높아졌을까 낮아졌을까?"

"높아졌겠죠."

"아니, 그대로네. 물론 정확하게 말하면 시간에 따라 조금 다를 수 있겠지. 그러나 결과적으로는 그대로네."

"아!"

이해할 수 있었다.

마법이 끝나고 나면 마나는 원래의 상태로 돌아오게 된다. 그 말인즉 중심으로 다가간 물질이 원래대로 돌아오면서 파이어 볼을 만들 때 사용한 열기만큼 냉기를 뿜는다는 얘기였다.

"알아들은 모양이군. 그 이론을 이용해 마법의 계열을 알아내는 걸세. 암흑 마법은 작은 물질이 아닌 마나 자체를 이용한다고 하지만 그 역시 마찬가지고."

재미있었다. 흐름은 어떻게 파악하는지 물어보려 할 때였다. 밑에서 마나의 유동이 느껴졌다.

"이동합니다. 준비하세요!"

"넌 정말 마나에 대한 감이 좋구나. 난 네 말을 들은 후에야 겨우 느끼는데 말이야. 나중에 꼭 배워야겠네."

"타고난 능력입니다."

나도 왜 보이는지 모르는 마보세를 가르쳐 줄 방법은 없었다.

말이 끝남과 동시에 우리는 다른 곳으로 이동했다.

*　　　*　　　*

"이번엔 라이트닝 숲이겠네."

이동하기 직전에 미헬라가 중얼거렸다.

"그렇겠죠."

대답과 동시에 이동을 했고 그 순간 마나 흡입력을 극대화시킨 검이 날아올라 방 가운데 꽂혔다.

번쩍! 번쩍! 지지지지직!

천장에서 내리치던 번개는 일제히 내가 던져둔 검으로 휘어져 꽂혔다.

"멋진 방법이군."

코넬이 칭찬을 했지만 영혼은 없었다.

당연했다. 이틀 내내 돌파를 했는데 사흘째부터 아공간 미로가 반복되고 있었다.

"그냥 잘되나 해본 것뿐입니다."

방어막을 차례대로 쳐도 되는 일이었다.

번개는 10분간 내리칠 것이고 다시 10분 뒤 오우거의 방으로 이동하게 될 것이다.

"우누스, 방법이 없어?"

"살펴보고는 있는데 변화를 일일이 제가 확인을 못 해서… 죄송합니다."

나머지 일행과 달리.

"존슨, 넌?"

"대충 파악했습니다. 하지만 위험이 있어 좀 더 지켜봐야 할 것 같습니다."

이틀간 아공간의 미로 방을 돌아다니면서 한 가지 공통점을 발견했다.

"설명해 줄 수 있겠어?"

"정확하게 설명할 수 없으면 모르는 것이라고 누군가에게 들은 것 같은데요."

"뒤끝 작렬이네. 여기 있는 우리가 알아서 판단할 테니 말해봐."

"각 방에서 상황이 끝나고 이동하기 전 다른 곳으로 갈 수 있는 길이 몇 곳 열립니다."

"그쪽으로 이동할 수 있어?"

"아마도요."

악몽의 숲에 들어서면서부터 지금까지 얻은 것이 있다면 마나를 어떻게 가지고 노냐는 것이었다.

"어디가 나올까?"

"글쎄요. 다른 미로로 갈 수도 있고 피트의 집이 나올 수도 있겠죠. 다만 최악의 경우 아예 비어 있는 아공간이 나올 수도 있습니다. 그럼 모두 죽음이죠."

"알았어. 일단은 지켜보기로……."

쿠우우우웅!

얘기를 하는데 거대한 방이 흔들릴 정도의 진동이 전해졌다. 그리고 잠시 후 다른 방향에서도 비슷한 진동이 밀려왔다.

"아! 빌어먹을 놈들! 이걸 노린 거였어!"

굶겨 죽일 생각이었는지는 모르지만 8서클의 마법으로 이루어진 함정치곤 7서클 한 명 통과할 수 있을 만큼 허술했다.

그에 내내 위화감을 가지고 있었는데 조금 전 충격으로 확실히 알 수 있었다.

8서클 마법과 8서클 마법이 부딪혀 만일 함정이 깨진다면 어떻게 될까? 내가 만일 함정을 만들었다면 모조리 아공간으로 날아가게 설계했을 것이다.

"무슨 말이야? 설명해 봐."

"함정을 만든 자들은 미로를 뚫지 못한 8서클 마법사들이 강제로 부수길 바라고 있습니다. 그렇게 된다면 붐! 모두 끝입니다."

"어떻게 해야 하지?"

"불확실에 맡길 수밖에요. 잠시 후 이동할 때 방향을 비틀겠습니다."

"자, 잠깐. 함정이 해체될 수도 있지 않나?"

"맞아! 앞서간 이들이 함정을 해체하는 걸 수도."

아테스토와 코넬 자작은 꺼려지는 모양이었다.

"계속 미로를 돌 분이 계시면 말씀하세요. 따로 움직이도록 하겠습니다."

쿠우우우웅!

첫 진동 이후 부수는 것으로 가닥을 잡은 건지 계속 두들기고 있었다.

"자신 있어?"

미헬라가 입술을 깨물며 물었다.

"혼자라도 갑니다."

난 확신했고 아무것도 못 해보고 죽음을 기다릴 생각은 추호도 없었다.

"…황녀 전하는 어쩌실 생각이십니까?"

"소신껏 먼저 말해요. 황녀라는 이유로 그대들의 선택까지 강요할 생각은 없어요. 또한 어떤 선택을 하든 선택을 존중해요. 말하세요."

"전… 섣부른 판단보단 일단 대기해 보자는 생각입니다."

"저도 마찬가지입니다."

"알았어요. 두 사람은요?"

"전 존슨 경을 믿겠습니다."

"존슨 경이 없었다면 이미 죽었을 목숨이니 저 역시 그를 믿어보겠습니다."

미헬라는 즉각 루벤 백작과 우누스에게 물었고 두 사람은 나를 따르기로 했다.

[나까지.]

두 사람이 미안한 감정을 느끼게 하고 싶지 않았는지 미헬라는 마법으로 속삭였다.

"움직입니다."

네 곳 중 어디로 움직일지 고민했다. 순전히 느낌만으로 선택해야 하는 상황.

좌측부터 번호를 매긴다면 1번과 3번이 끌렸다.

'몰라. 일단 1번으로 간다.'

마나 유동을 느낌과 동시에 의지로 마나를 움직여 방을 두 곳으로 분리했고 그 순간 이동했다.

스팟!

'성… 실패가?'

이동한 곳은 지금과 마찬가지로 방이었다. 게다가 모두 여섯 사람의 기운이 느껴졌다.

"프로……."

"프로텍트!"

"텍트."

오우거의 방이라고 생각하고 프로텍트를 펼치려는데 나보다 먼저 빨리 펼치는 이가 있었다.

"엥? 너 여기 어떻게 왔냐?"

타칸 후작이 눈이 동그랗게 뜨며 물었다.

실패가 아니었다. 오우거의 방 다음 방인 불의 방이었고 옆에 있는 두 사람은 플린 왕국의 타칸 후작과 그 사제였다.

1번은 두 칸 뛰는 곳이었나 보다.

"함정을 벗어나려 하다 보니 왔네요."

"오! 빠져나가는 방법을 알았냐?"

"알았으면 여기로 왔겠습니까? 목을 걸고 모험을 하고 있는 중입니다."

"8서클 마법을 갈겨대는 무식한 놈들 때문에?"

"느끼셨습니까?"

"응. 8서클 아공간 마법진을 부수면 어찌 될지 생각도 못하는지, 쯧! 한데 그럼 뭐 해. 무식한 사제 때문에 이러지도 저러지도 못하고 있는데."

"머리에 연기 나도록 생각하고 있는 사람 기죽일 겁니까!"

"제발 부탁인데 그놈의 기 좀 죽여라. 어떻게 된 녀석이 제

몫도 못하면서 뻔뻔하게 구냐."

"쳇! 그럼 사형이 푸시던가요. 그리고 제 전공은 마법진이 아니고 치료입니다."

두 사람은 불길이 끝날 때까지 티격태격 말싸움을 했다. 그동안 8서클 마법이 또다시 세 번이나 터졌지만 불길이 사라질 때까지 어떻게 할 방도가 없었다.

'마나의 흐름이 심상치 않아. 이번에도 실패하면 정말 위험해지겠어.'

마법진이 손상을 입기 시작했는지 아공간 방이 일그러졌다가 원래대로 돌아왔다.

"두 분 그만 싸우시죠. 같이 가실 겁니까, 아님 따로 가실 겁니까?"

"말이라고 하냐. 데리고 가준다면야 따라가겠다."

"죽을 수도 있습니다."

"아무것도 못 해보고 죽는 건 싫다."

"알겠습니다. 다만 혹시 피트의 집을 발견하면 물건에 대한 권한은……."

"당연히 발칸 제국의 것이지. 우리 그렇게 양심 없는 인간들 아니다."

타칸과 사제는 말이 끝나기도 전에 대답했다.

"이해해 주신다니 다행입니다. 그럼 이동하겠습니다."

한 번 해본 일이었기에 마나 유동과 함께 이동이 되기 직전

3번을 제외하곤 이동 통로를 막아버렸다.

번쩍!

이동하는 것이 지금까지완 달랐다. 그리고 두 발에 땅에 닿은 느낌이 들었다.

"성공이다! 피트 님의 집이다!"

우누스의 외침이 모두의 마음을 대신했다.

그의 말처럼 우리 앞엔 거대한 나무의 뿌리와 뒤엉켜 있는 집이 보였다.

웅성거리며 다가가 집을 살펴보는 다른 이들과 달리 난 멍하니 그 집을 보고 있었다.

뭐랄까, 처음 보는 곳임에도 아주 그리운 곳에 돌아온 듯한 느낌이었다.

"마치……."

"마치 고향에 돌아온 것 같은 느낌은 도대체 뭐지?"

내가 중얼거리기 전 나보다 먼저 내 현재 마음 상태를 정확하게 표현해 주는 이가 있었다.

미헬라는 나와 비슷한 표정을 지은 채 내 옆을 지나 피트의 집에 다가갔다.

같은 기분을 느낀다는 것이 이상하긴 했지만 그보단 발밑의 마법진이 신경이 쓰였다.

마법진은 당장에라도 폭발할 듯이 강한 빛을 내뿜고 있었다.

"이 함정을 만든 자들 보통 부자가 아니군."

마법진의 저장부와 흡입부는 마나석으로 이루진 마법진이라고 할 정도로 많은 마나석이 박혀 있었다.

9서클 마도사였던 피트의 집답게 마법진의 폭발에 휩싸일 것 같지는 않았지만 함정 안에 들어간 사람들과 외부에 있는 이들은 몽땅 사라질 것 같았다.

악몽의 숲을 뚫고 온 사람들이 마음에 걸려 마법진에 손을 올렸다.

물론 공간 마법을 알아보고자 하는 마음도 한편엔 있었다.

약간의 마나를 흘려 넣자 마법진을 따라 흐르며 머릿속에 전체 마법진이 그려졌다.

8서클 마법진답게 엄청 복잡했다.

게다가 이어진 마법진까지 그려지니 머리가 온통 마법진으로 덮였다.

다행히 나에겐 지금보다 훨씬 복잡한 발트란 감옥의 마법진을 파악했던 경험이 있었다. 마법진에서 일어나는 마나의 흐름에 미로의 방에서 느꼈던 마나의 흐름을 합쳤다.

'아! 공간 마법은 이런 식으로 이루어지는구나.'

공간 마법을 공부하는 데 아주 좋은 샘플이었다.

내가 만지고 있는 메인 마법진이 함정과 보조 마법진에게 마나를 공급하고 보조 마법진이 미로의 방을 만들어내는 구조였다.

지직! 지직!

천천히 살펴보며 더 공부를 하고 싶었지만 시간은 내 편이
아니었다.

잠깐 동안 마법진은 더욱 심각해졌다.

이렇게 하는 건 어떨까, 저렇게 하는 건 어떨까 하고 엇나
가는 생각을 추슬러 서둘러 마법진 파악에 나섰다.

'이런, 정지시키는 기능 자체가 없어. 마나가 소모되지 않으
면 알아서 폭발하게 되어 있고. 그렇다고 마법진에 박힌 마나
석을 뽑을 수도 없으니……'

처음부터 폭발시킬 생각으로 만든 마법진이었다.

멈출 수 없다면 폭발되지 않게 시간을 연장시키거나 다른
방법을 강구해야 했다.

'천운이라고 해야 하나. 추가될지 모르는 마법을 위한 통로
를 만들어뒀어.'

생각과 동시에 품속에 마나석 지팡이가 떠올라 응용 마법
진을 두 개 그렸다.

하나는 함정의 크기를 줄일 수 있는 마법진이었고 다른 하
나는 마나 저장부에서 마법 발현부로 가는 마나를 중간에서
뺏을 수 있는 마나 집적진이었다.

8서클 마법진 옆에 그려진 두 개의 응용 마법진을 통로와
연결하고 활성화했다.

마법진에 무리를 주던 마나들이 내가 만든 마나 집적진 쪽
으로 흘러들어 왔다.

한데 수많은 마나석이 토해내는 마나 덕분에 내가 만든 마나 집적진은 금세 찼다.

난 그 위에 올라섰다. 그리고 집적진에 쌓인 마나를 몸으로 받아들였다.

당장 터질 것 같던 마법진이 아주 조금 약해졌다.

물론 터지는 걸 근본적으로 막은 것은 아니었다. 진짜 원인은 함정 안에서 8서클 마법을 사용하고 있어서였다.

'하지만 마나 발현부로 가는 마나를 줄임으로써 함정의 크기를 줄일 수도 있게 되었다는 거지.'

"줄어라!"

정확하게 볼 수 없었지만 네 개의 보조 마법진에 가는 마나가 차단되면서 함정인 검은색 구의 크기가 줄어들었다.

명령을 반복했고 그때마다 멈추는 보조 마법진이 많아지며 검은색 구는 점점 작아졌다.

보조 마법진이 기능을 잃고 함정이 작아진다는 것은 미로의 방의 숫자가 줄어드는 것이었고 그 방에 있던 이들이 함정에서 벗어나게 됨을 의미했다.

문제가 있다면 이번엔 내 차례였다. 받아들이는 어마어마한 마나가 몸을 꽉 채웠다.

몸이 풍선처럼 커지진 않았지만 느낌은 당장에라도 터질 것 같았다.

'이러다 내가 터져 죽을지도. 멈춰야겠어.'

애초에 완전히 없앨 수는 없었기에 최대한 줄이는 것으로
끝을 냈다.

8서클들이 함정에서 거의 빠져나갔을까. 마법진의 빛이 잦
아들며 더 이상 악화되진 않았다.

빠져나가지 못했거나 또다시 힘징으로 들어와 8서클 마법
을 난사해 폭발한다면 이젠 어쩔 수 없었다.

"크! 인간들. 보물에 눈이 멀었구나."

함정을 줄이고 뒤돌아서자 아무도 없었다.

자신 외에는 어떻게 되어도 상관없다는 태도는 본받을 만
했지만 왠지 약간의 배신감이 느껴졌다.

"그나저나 무작정 채운다고 좋은 것은 아니구나. 마법을 난
사할 수도 없고. 쩝, 사라져 버렸으면 좋겠는데."

과한 건 부족한 것만 못하다는 것이 마나에도 통용되는 말
이었다.

"…어라?"

사라졌으면 좋겠다고 생각해서일까, 빵빵하던 마나가 더욱
압축되더니 작은 물방울처럼 바뀌어 상단전 쪽으로 올라가 어
디론가 쑥 들어가 버렸다.

이상한 현상에 뭔가 싶어 마보세로 상단전을 살폈다.

평소와 다를 바가 없었는데 들어가는 느낌을 생각하며 집
중했다.

먼지만 한 작은 점이 눈을 가득 채울 정도로 커질 때까지

확장되었다.

마치 나의 무의식의 세계를 뚫고 들어가는 묘한 기분과 두통으로 인해 포기하려 할 때였다.

새파란 작은 점이 보였고 더 집중하자 눈이 환해질 정도로 새파란 연못 나타났다.

아까 몸을 불편하게 할 정도로 많았던 마나가 한 방울에 불과했는데 연못의 크기라면 얼마나 많은 마나인지 상상이 되지 않았다.

'설마 예전 마셨던 마나지?'

다른 사람과 달리 단전의 마나가 떨어지면 곧바로 차오르던 현상과 어려움 없이 서클을 이룩한 이유를 알 수 있었다.

멍하니 마나지를 바라보던 나는 문득 두렵다는 생각이 들었다. 점이 완전히 사라져 평범하게(?) 살아갈 수 있을 거라는 생각이 연못을 보자 깨지는 것 같아서였다.

눈을 떴다.

무의식의 지저에 있던 난 금세 의식의 세계로 돌아왔다.

"못 본 거야. 아니! 그냥 내 생각이 투영된 거야. 그래, 그거야!"

이번 일만 끝나면 정말 평범하게 살고 싶었다. 지금도 평범하다고 할 순 없지만 마나지의 비밀을 아는 순간 결코 평범할 것 같지 않았다.

방금 본 것을 부정하며 걸음을 옮겼다.

＊　　　＊　　　＊

피트의 집으로 들어가는 계단을 내려가려던 난 입구 옆쪽의 나무뿌리 사이에 놓인 직은 절구 모양의 돌을 보고 걸음을 멈췄다.

오랫동안 그 자리에 있었는지 흙에 절반쯤 묻혀 있었는데 무척 낯익어 보였다.

투명 손을 이용해 들어 올렸다.

완전히 모습을 드러낸 사람 머리보다 조금 작은 돌은 내가 아는 물건이었다.

뜻밖의 장소에서 발견한 뜻밖의 물건. 윌리엄 아저씨가 릴리즈액을 만들 때 쓰던 절구통이었다.

"이걸 여기서 보게 될 줄이야. 그래도 죽기 전에 소원은 이루셨군요, 아저씨."

윌리엄 아저씨는 죽기 전에 악몽의 숲 중심까지 가는 게 소원이라고 말하곤 했었다.

피트의 집이 정확히 중심이라고 하긴 어려웠지만 죽을병에 걸려 악몽의 숲으로 들어가더니 이곳까지 도착한 모양이었다.

잠시 눈을 감고 그의 죽음을 애도한 후 절구통을 챙겨 안으로 들어갔다.

타칸과 그의 사제가 소곤거리는 소리가 들렸다.

그냥 시시껄렁한 말싸움이겠지 싶어 지나치려 했다. 한데 기생체라는 말에 기척을 숨기고 귀를 세웠다.

"…이것이 사부님이 떨어뜨렸다는 기생체가 들어 있다는 유리병의 조각인가 보군요."

"그래? 난 왜 기억에 없지?"

"술만 드시면 하는 얘기를 못 들었다는 게 말이 됩니까? 하긴 사형의 머릿속엔 온통 수련밖에 없었으니까 이해가 됩니다."

"그렇게 말하니 들은 것 같기도 하다. 수련을 도와주던 기생체라 했었던 것 같은데 맞나?"

"책에 그렇게 나와 있었죠. 다만 수련이 부족하면 몸의 마나를 모두 빼앗아서 다른 몸으로 이동한답니다."

"헐! 사부님도 참, 그런 게 있으면 조심히 다루어서 나한테 줄 것이지. 근데 하나밖에 없었대?"

"책엔 암수가 있다고 나와 있습니다. 하지만 저희 마탑이……."

"쉿! 큰 쥐가 있다."

내 삶에 대한 비밀이 풀리는 순간인데 타칸 후작의 감각을 벗어날 수 없었다.

아쉽긴 했지만 모른 척 나섰다.

"찍찍! 큰 쥐 들어갑니다."

"함정은 어떻게 됐냐?"

"일단은 폭발은 안 되게 막아뒀습니다. 근데 이곳이 텅 비어 있을 거라는 걸 모르는 발칸 제국 사람들이야 그렇다 치고 아는 분들이 저 혼자 내버려 두고 들어오셨습니까?"

"…무슨 말이냐?"

"에이~ 시치미 떼지 마세요. 아무것도 없는 걸 알았으니 편하게 포기한 거잖습니까. 함정이라는 말도 예전엔 없었던 것이 생겼으니 한 말이고요."

그 외에도 플린 왕국 조사 팀의 이상한 점은 더 있었다. 보물을 찾기 위함이 아닌 마실 나온 사람들처럼 구는데 모르는 게 이상했다.

"…얘가 괜한 사람 트집을 잡네. 우리 왕국에선 그런 일 없다."

"그럼 왕국에서 피트의 유산을 차지한 게 아니라 도우 마탑에서 발견하신 모양이군요."

"……!"

타칸 후작은 그의 사제와 달리 감정이 표정에 그대로 드러났다.

"걱정 마세요. 도우 마탑이 피트의 유산을 모두 챙겼다는 사실을 떠들고 다닐 생각은 없으니까요."

"아, 아니라니까. 누가 들으면 오해하겠다."

"네네, 오해하지 않게 입 다물죠. 대신 너무 내외하진 말아주세요. 피트가 남긴 물건에 대해 욕심은 없지만 전설적인 인물이 어떤 것들을 남겼는지는 궁금하거든요. 가령 깨진 유리병의 있었다던 기생체 얘기 같은 것 말이죠."

두 사람은 서로의 얼굴을 바라보다가 포기를 했는지 서로 말다툼을 했다.

"아~ 그 자식, 입도 싸요. 말을 꺼내려면 마나를 교란시키고 할 것이지."

"그러는 사형은 왜 안 하셨습니까?"

"나야 당연히 네가 할 줄 알았지."

"전 사형이 하실 줄 알았습니다."

태연한 척하고 있었지만 사실 두 사람의 말싸움을 들어줄 만큼 여유롭지 않았다.

내 삶에 대한 비밀이 풀려지는 순간 아닌가.

"제 제안이 마음에 안 드나 봅니다. 알겠습니다. 한동안 도우 마탑이 꽤 시끄럽겠네요."

"잠깐!"

돌아서려 하자 타칸이 나를 붙잡았다.

"성격도 급하군. 우리 마탑이 유산을 차지했다는 건 오해네. 다만… 약간의 정보를 알 뿐이지. 안 그런가, 사제?"

"마, 맞습니다. 정보를 알 뿐이라네. 궁금한 것 있으면 물어보게. 아는 한에서 말해주지."

"그러시군요. 그럼 우연히 들은 정보에 대해서 묻겠습니다. 일단 기생체에 대해 들어볼 수 있을까요?"

타칸의 사제는 어디선가 들었다고 보기엔 어려울 정도로

기생체에 대해 상세히 설명했다.

'내 10번의 삶이 피트의 기생체 때문이었다니…….'

착잡했다. 그리고 이어 기분이 더러워졌다.

마치 피트에게 삶을 조종당한 듯한 느낌이 강하게 들었다.

생각해 보면 이번 삶만 해도 그렇다.

내가 점이라고 생각했던 기생체를 제외한다고 하더라도 합성 마법패, 발트란 감옥, 악몽의 숲까지 피트와 연관이 되지 않은 게 없었다.

물론 결과만 놓고 본다면 지극히 평범했던 내가 어마어마한 능력을 얻었으니 좋다고 말할 수 있을 것이다. 그러나 내가 원했던 삶은 아니었다.

'빌어먹을, 피트!'

눈앞에 있다면 욕이라도 실컷 해주고 싶었다.

"어떤 보물들이 있었다고 합니까?"

기분은 엉망이었지만 내가 알고자 하는 바를 얻기 위해 쓸데없는 질문을 몇 가지했다.

"사람들이 오는군. 약속은 꼭 지키게."

텅 빈 피트의 집을 살펴본 미헬라와 일행이 다가오고 있었다.

"걱정 마세요. 95년 전의 일 따위 관심 없습니다."

"여기서 뭐 해?"

실망한 표정이 역력한 미헬라가 물었다.

"함정이 폭발하는 걸 막고 이제 막 내려왔습니다. 여긴 텅 텅 비었는데 다른 곳은 어떻습니까?"

"마찬가지야. 함정을 만든 자들이 다 빼돌린 모양이야. 거긴 뭐 있어?"

"보시다시피 없습니다. 어떻게 하실 생각입니까?"

"일단 밖에서 소식을 기다리는 이들이 있으니 이곳에서 나갔다가 연구 팀과 함께 올 생각이야. 비밀의 방이 있을 수 있잖아. 근데 그렇게 하려면 통로를 열어야 하는데 함정을 우회할 방법이 있을까?"

"지금으로선 없습니다. 다만 이대로 두면 함정은 열흘 안에 폭발하고 사라질 겁니다."

"그래? 폭발하면 이곳은 어떻게 될까?"

"아마 무사할 겁니다. 파악할 순 없지만 이 집에 특별한 것이 있는 것 같거든요."

"그럼 한동안은 너의 도움을 받는 걸로 하고 나갈 땐 어떻게 해야 하지?"

"나가는 방법은 어렵지 않습니다."

"그럼 부탁해."

우리는 우르르 다시 밖으로 나갔다.

"메인 마법진으로 올라가세요."

"어느새 마법진을 파악한 모양이군, 존슨 경?"

우누스가 마법진에 오르며 물었다.

"약간요."

"나가서 설명 좀 부탁해도 되겠나?"

"물론이죠. 자! 그럼 작동시키겠습니다."

마법진의 이동 기능을 활성화시키려 할 때 미헬라가 손을 들어 막았다.

"잠깐! 넌 어쩌려고?"

"일곱 명 이상은 불가능합니다. 전 바로 뒤따라가겠습니다."

"…그럼 나도 다음으로 갈래. 일곱이 한계인데 일곱이 타면 불안하잖아."

미헬라는 마법진에서 나왔다.

"…걱정 안 해도 됩니다만."

"글쎄, 난 조금 걱정되네. 얼른 작동시켜."

하여간 성격 이상한 건 알아줘야 했다.

난 여섯 사람을 먼저 이동시켰다.

"타세요."

마법진에 오르며 미헬라에게 말했다. 한데 미헬라는 오르지 않고 눈을 좁혔다.

"내가 올라가면 마법진을 활성화될 때 넌 마법진에서 나갈 생각이지?"

"무슨 엉뚱한 소리예요. 자꾸 이상한 소리하면 저 먼저 갑니다."

협박을 했지만 미헬라는 꿈쩍도 안 했다.

난 그녀를 어이없이 바라보다가 긴 한숨을 내뱉으며 물었다.

"휴우~ 제가 그럴 줄 어떻게 알았습니까?"

사실 난 사람들을 보내고 피트의 집을 더 살펴볼 생각을 하고 있었다. 그에 티 나지 않게 완벽한 연기를 펼쳤는데 너무 쉽게 간파당했다.

"네가 거짓말을 하면 그냥 느껴져."

듣기에 따라 묘한 말. 물론 오해를 하진 않았다.

"…암컷의 능력인가."

타칸의 사제에게 기생체에 대해 듣고 나서 미헬라만 보면 왜 심장이 미친 듯이 뛰었는지 알 수 있었다.

암수가 만나면 서로를 알아보는데 증상이 심장의 두근거림이라고 했다.

또한 암수 기생체의 능력이 다르다고 했는데 내 거짓말을 알아챈 것이 암컷의 능력이 아닌가 짐작했다.

"뭐? 너 방금 날 암컷이라고 부른 거야?"

"아! 아, 아뇨. 혼잣말이었고 미헬라 님을 지칭한 것이 아닙니다."

"아니긴 뭐가 아냐. 그럼 뭘 지칭한 건데?"

미헬라는 싸늘한 눈으로 날 바라보았다. 말을 할까 하다가 괜히 복잡할 것 같아 순순히 사과했다.

"죄송합니다."

"흥! 둘만 있다고 함부로 대해도 된다고 생각하면 오산이야."

이젠 말을 극도로 아껴야 할 것 같았다.

"됐고. 발견한 것이 뭔지나 밝혀."

"예?"

"우릴 밖으로 보내놓고 혼자 들어가려고 했던 거잖아. 아까 아무것도 없다고 한 것도 거짓말이었어."

"…미헬라 님 앞에선 이젠 거짓말도 못 하겠군요."

타칸과 그의 사제가 있었던 방에서 함정과 유사한 마나의 흐름을 느꼈다. 즉, 방에 아공간으로 가는 마법진이 있다는 얘기였다.

난 그녀를 데리고 방으로 갔다. 그리고 마나의 흐름이 이상한 곳에 섰다.

문득 이 상황 또한 피트가 만들어둔 농락이 아닐까 하는 생각이 들었다.

"왠지 불안한데 저 혼자 다녀오면 안 되겠습니까?"

"됐거든. 몰래 혼자 가려 했던 것도 아직 용서한 게 아니야."

"후회할지도 모릅니다."

"후회해도 내가 해."

워낙 강경하니 어쩔 수 없었다.

"제 주변에 쳐둔 마나막을 치우고 가까이 오세요. 더 가까이요."

난 안 듯이 다가오는 그녀를 바싹 내 쪽으로 당겼다.

보이지 않는 마법진이 작아서 한 행동이었다.

"흑심 때문에 이러는 것이 아니니 오해 마세요."

"…누가 오해를 한다고."

"그럼 이동합니다."

난 바닥으로 마나를 흘렸고 그 순간 우리는 어디론가 이동했다.

검은색 철문만 달랑 있는 방이었다.

"이젠 놔도 될 것 같은데……."

"아, 좋았는데. 근데 보기보다 글래머러스하시네요."

"둘만 있다고 본색을 드러내는 거야? 좋아. 원한다면 하고 싶은 대로 해봐."

상단전이 새하얗게 빛나고 있었다.

"하하… 농남입니다."

"단번에 꼬리를 내릴 일이라면 하지 마."

꼬리 내리지 않을 거면 해도 된다는 건지 모르겠다. 아무튼 텅 빈 방에서 볼 거라곤 철문밖에 없었기에 그쪽으로 갔다.

우우우우웅! 두근두근!

심장과 철문이 공명을 했다.

손을 올렸다. 마법진이 있는 것 같은데 마나를 불어넣어도 머릿속에 그려지지 않았다.

'역시 9서클인 피트의 마법진이라는 건가?'

검을 꺼내 검강을 뽑았다. 그리고 힘차게 휘둘렀다.

콰앙!

소리만 요란할 뿐 철문엔 흔적도 남지 않았다. 오히려 반탄력에 검을 놓칠 뻔했다.

"마법을 써볼 테니 비켜봐."

물러서자 미헬라의 상단전이 빛났다.

어마어마한 열기. 서둘러 프로텍트를 사용했다. 동시에 샛노란 빛이 철문을 때렸다.

좁은 방에서 사용한 8서클 마법의 열기는 프로텍트를 녹일 정도로 강력했다.

"멈추세요!"

세 번째 프로텍트가 녹아내리는 것을 보고 소리쳤다.

좁은 장소에서 절대 8서클 마도사와 싸우지 말아야겠다는 생각이 드는 순간이었다.

"…흠집도 나지 않네."

"흠집은 제가 냈습니다만."

"미안. 그나저나 저 철문을 뚫을 사람이 있을까?"

"없을 겁니다."

"물러나야 하나?"

"아뇨. 뚫지 못한다고 했지 열지 못한다고 하진 않았습니다. 따라오세요. 그리고 철문에 손을 올려보세요."

지금 이 순간에도 피트에게 놀아난다고 생각하니 기분은 더러웠다. 그러나 이번까진 끝을 보고 싶었다.

"무슨……!"

고개를 갸웃거리며 따라오던 그녀는 심장의 두근거림을 느껐는지 묘한 표정으로 손을 올렸고 때를 같이해 나도 손을 올렸다.

덜컹!

어이가 없을 정도로 쉽게 문이 열렸다.

우리는 홀린 듯이 안으로 들어갔다.

* * *

아기자기하게 꾸며진 응접실이었다.

벽난로와 푹신해 보이는 소파, 뭘 그린 것인지 확실치 않은 그림들.

쿠웅!

돌아보니 들어왔던 철문이 굳게 닫혀 버렸다. 그리고 문이 닫힘과 동시에 마보세는 물론이거니와 몸속의 모든 마나가 얼어버렸다.

"제 마나가 얼어붙었습니다. 미헬라 님은 어때요?"

난 옆에 있는 미헬라에게 물었다.

"그녀도 마나를 사용할 수 없을 거야. 자랑은 아니지만 상당한 마나 제어 마법진이 설치되어 있거든."

미헬라가 아닌 낯선 남성의 목소리가 들리자 깜짝 놀라 돌아봤다.

짧고 검은 머리에 다소 특이한 복장을 하고 있는 20대 초반의 남자가 웃는 얼굴로 서 있었다.

뒤로 물러나며 경계를 취했다.

"넌 누구지?"

"네가 미워하는 사람?"

퍼뜩 떠오르는 이가 있었다.

"…피트?"

"이런, 떠본 것뿐인데 정말 미워하고 있나 보군. 너무 미워하지 말아줘. 이미 이 세상 사람도 아닌데 말이야. 자, 이쪽으로 와서 앉게. 차나 한잔하면서 얘기하지."

"미헬라는 어디로 간 거지?"

"걱정 마. 옆방에서 또 다른 나와 얘기 중이니까. 안 올 거야? 오래 얘기하고 싶지만 남겨둔 의지가 얼마나 갈지 몰라."

"의지로 얘기를 나눌 수 있다니… 9서클 마법의 한계가 어디까지인지 궁금하군."

"나중에 직접 돼서 해봐. 그럼 알게 될 거야."

잠깐 고민하던 난 그의 맞은편으로 가서 앉았다.

"마셔."

환상인지 모를 긴 유리잔이 눈앞에 생겨났다. 그리고 사각형의 얼음 조각이 만들어졌고 검은색 음료수가 차올랐다.

"이건 뭐야? 이거 진짜야?"

"아이스 아메리카노. 내 처가 좋아하던 커피야. 진짜인지 아닌지는 직접 마셔보면 되잖아."

도대체 정상적인 것이 없다.

난 피트가 준 커피를 마시면서 가장 궁금한 점을 물었다.

"왜 자꾸 내 인생에 관여를 하는 거야?"

"내가 네 인생에 관여를 했다고? 그건 착각이야. 아니, 단한 번 관여한 적이 있긴 했지."

"한 번? 기생체를 이용해 여기까지 날 오게 만든 것도 당신이잖아! 그동안 나에게 어떤 일들이 있었는지 당신도 뻔히 알면서 그런 소리를 하는 거야!"

난 책임을 회피하려는 듯한 그의 모습에 버럭 소리쳤다. 사실 지금 많이 참고 있는 중이었다.

"워워~ 진정해. 이해할 수 있게 차분히 설명해 줄 테니까."

얄미울 정도로 태연한 그의 모습에 다시 발끈했지만 일단들어보기로 했다.

"어디서부터 얘기를 해야 이해하기 쉬울까? 음, 내가 13살때 일부터 얘기를 해야겠군."

"당신 인생사를 듣고 싶은 건 아냐."

"까칠하긴. 나도 내 인생사를 주절거릴 생각은 없거든? 하지만 그때 일어난 사건이 무척 중요해. 듣기 싫음 말고."

휙 사라져 버리는 피트.

이마의 혈관이 튀어나올 정도로 짜증이 났다. 하지만 현재나는 을(乙)의 입장이었다.

"이제 절대 방해 안 할 테니 설명이나 계속하지?"

혼잣말처럼 중얼거리자 피트는 그럴 줄 알았다는 표정으로 다시 나타났다. 그리고 별말 없이 하던 말을 이었다.

"발칸 산맥의 지류에 있는 산골 마을에서 태어난 나는 어린 시절부터 산에서 살다시피 했었지. 네가 살고 있는 때와 달리 몬스터들이 많을 때였지만 두려움 따윈 없었다."

서론이 싫었다. 하지만 괜스레 한마디 했다간 시간이 더 길어질 것 같아 조용히 들었다.

"한데 하루는 너무 깊이 들어가는 바람에 오우거를 만났고 절체절명의 순간을 맞이하게 되었어. 그때 천재지변이 일어난 듯이 산 전체가 떨리며 공간이 갈라졌어. 그러곤 한 여자가 공간에서 튀어나왔지."

여자라니 떠오르는 이름이 있었다.

"미나?"

"맞아. 나중에 알게 되었지만 그녀가 미나였어. 더욱 놀라운 사실은 그녀가 지구라는 행성에서 온 이계인이라는 거야."

"지구? 이계인?"

"밤하늘에 반짝이는 별 중 하나라고 생각하면 돼. 각설하고 이계의 존재인 미나는 우리와는 전혀 다른 지식을 가지고 있었어. 그녀가 하단전, 중단전, 상단전의 개념을 알려줬고 인체의 신비와 우주에 대해 설명해 줬지. 현재 네가 있는 시간의 지식 중 그녀의 지식에서 나온 것들이 상당해. …(중략)… 내가 9서클이 된 것은 기연도 있었지만 사실 그녀의 지식 덕분이었어. 나와 자연이, 우주가 하나가 됨을 느꼈지."

그의 말 중 이해할 수 없는 단어가 꽤 많았지만 피트의 설명에 흠뻑 빠져들었다.

"아무튼 9서클이 되고 나니 이상한 경험을 하게 됐어. 과거가 보이기도 하고 미래가 보이기도 하더군. 널 본 것도 그때였어. 마치 세상을 포기한 듯 살아가는 광산 노예인 널 보니 왠지 안쓰럽더군. 그래서 사관의 통해 너에게 합성 마법을 알려준 거야."

"합성 마법을 알려준 것이 간섭한 것의 끝이라고? 말도 안 돼. 기생체는? 발트란의 감옥은? 이 악몽의 숲은 어떻게 된 건데?"

"내가 천 년 후의 너의 인생이 어떻게 흘러갈지 모두 알 거라고 생각하는 거야? 착각이야. 9서클 마법사가 인간의 능력을 벗어났다곤 하지만 신은 아냐. 아주 짧게 스치듯이 보일 뿐이야."

거짓은 아닌 듯 보였다. 그러나 아직까지 인정하긴 힘들었다.

"…그럼 내가 여기 있는 건 어떻게 설명할 거야?"

"글쎄, 우연의 일치라고 해야겠지."

"믿을 수 없어!"

"사실 나 역시 내가 미래를 위해 남긴 희망이 너일 줄은 몰랐어."

"희망?"

"이계인 미나가 우리 세계에 온 것은 겉으로 보기엔 아무렇지 않았지만 실상은 커다란 공간의 균열을 만들어냈다. 천 년 전까지만 하더라도 흔히 볼 수 있었던 엘프, 트워프 같은 유사 인종과 각종 몬스터들이 왜 사라졌을까? 인간에게 모두 잡혀서?"

"공간의 균열 때문이라고 말하고 싶은 거야?"

"믿고 안 믿고는 네 마음이야. 아무튼 공간의 균열은 어느 순간 더 커지게 돼. 그리고 인류는 커다란 위험에 직면하게 되지. 사실 내가 존재하지 않는 세상 따위 어떻게 되어도 상관없었어. 하지만 미나는 아니었어. 그래서 미래를 위해 몇 가지 장치를 마련했고 네 몸에 스며든 기생체도 그중 하나야."

몰랐다고 하지만 결국 내 인생이 그의 의지대로 움직이고 있었다는 것은 변함없는 사실이었다.

"빌어먹을! 네까짓 게 뭐라고 남의 인생을 마음대로 유린하는 그따위 물건을 만들어낸 건데. 당장 내 몸에서 빼내!"

"그 점에 대해선 미안. 하지만 이미 네 몸에서 빼내는 건 불가능해. 기생체는 이미 1단계 임무를 마치고 너와 완벽하게 하나가 되었거든."

빼내지 못한다는 말보다 1단계라는 말이 더 거슬렸다.

"…단계가 더 있다는 말처럼 들리는데?"

"2단계가 끝이야. 2단계는……."

"듣기 싫어! 절대 안 해! 두 번 다시 네 맘대로 되지 않을 거야."

난 자리에서 박차고 일어나 문으로 향했다.

철컥! 쾅! 쾅!

손잡이를 내려보았지만 꽉 잠긴 문. 발로 차고 주먹으로 때려보았지만 꿈쩍도 하지 않았다.

"열어! 이 개자식아! 열라고!"

"나도 열고 싶지만 정보를 주기 위한 의지에 불과해."

"이, 이……."

피트에게 달려가 주먹을 휘둘렀다. 하지만 주먹이 닿기도 전에 어떤 힘이 팔을 잡았다.

"그렇다고 맞을 만큼 약하진 않아. 명색에 천 살은 어린 애에게 맞는 것도 우습잖아."

"절대 네놈이 바라는 대로 되지 않을 거야."

"의지에 불과한 내가 강제할 수 있는 방법은 없어. 하지만 둘 중에 한 명이 죽거나 2단계를 완성하지 못하거나 절대 이곳을 벗어나지 못할 거야."

"닥쳐! 네 말은… 욱!"

"고집이 세군. 2단계라고 어려운 것 없어. 그냥 이곳에 같이 온 제론의 후예와 잠자리만 하면 돼. 그럼 그 애의 몸에 있던 기생체가 너에게 전달될 거야."

보이지 않는 힘이 사지를 붙잡은 것도 부족해 입을 막아버렸다.

"그럼 넌 단숨에 8서클의 끝자락에 이를 거야. 그 다음에 잘만 하면 9서클에 이를 테고. 많은 것을 바라지 않아. 9서클이 되었을 때 인류를 한 번만 구해줘."

"욱욱! 우욱!"

입이 막혔기에 눈빛으로 절대 하지 않을 거라는 의지를 전달했다.

"후우~ 차라리 욕심이 많은 이에게 기생체가 들어갔으면 좋았을 텐데. 뭐, 상관없다. 난 할 만큼 했으니까. 세상이 망한다고 내게 피해가 오는 것도 아니니 네가 알아서 해라."

몸이 자유로워졌다.

"이, 이……."

욕을 나오려 했지만 모든 것을 포기한 듯 담담하게 앉아 커피를 마시는 그의 모습을 보고 있자니 나 혼자 발광하는 것 같아 입을 다물었다.

문 앞으로 가 열 방법을 찾기 위해 살펴보았다. 하지만 멀쩡할 때도 열기 불가능했던 문을 마나를 사용하지 못하는 지금 열 수 있을 리 만무했다.

한참 살펴보는데 뒤에서 피트가 말했다.

"이제 사라질 시간이다. 궁금한 것이 없으면 이만 가봐야겠다."

"…정말 이곳을 벗어날 방법은 없어?"

말하기도 싫었다. 그러나 그가 떠나기 전에 힌트라도 얻기 위해 물었다.

"없다. 여자애를 취할 생각이 없는 것 같으니 이곳에 대해 설명해 주지. 이곳의 시간은 현실 세계의 10배 늦게 가도록 되어 있다. 그리고……"

"뭐! 여기서 3년은 밖에서 1년이라는 거잖아?"

"그렇지. 밖에서 백 살까지 살 수 있다면 이곳에선 삼백 년을 이곳에 살 수 있을 거야. 물론 10년치 정도의 식량은 냉동고에 보관되어 있어서 10년 이상 버티는 건 불가능하겠지만."

"이 미친놈!"

"너 같은 꽉 막힌 고자가 올 줄 알았다면 넉넉히 준비했을 텐데 미안하다."

"고자는 아니거든!"

"그렇다면 10년 안에 할 수 있도록 해. 아님 먹을 걸 잘 짱박아둬. 여자애가 굶어 죽으면 빠져나갈 수 있을 테니까. 그럼, 간다."

"야! 피트, 이 오크 똥구멍에 걸린 벌레를 꺼내 먹을 놈아!"

욕이 끝나기도 전에 그는 사라졌다. 그리고 그 순간 주위 환경이 변했다.

한쪽에 하트 모양의 널찍한 침대가 있었고 다른 쪽에는 부엌이 위치해 있었다. 가장 어이없는 건 샤워실이었는데 벽이 유리로 되어 있었다.

"정말 미치겠군."

"뭐가 미쳐?"

기가 막혀 둘러보고 있는데 피트와 대화가 끝났는지 미헬라가 나타났다.

"아무것도 아닙니다. 피트가 뭐랍니까?"

"…미안. 황실과 관련된 일이라 말해줄 수 없어."

"이해합니다. 그나저니 방 분위기가 영 아니네요. 일단 식사부터 하죠."

절대 안 할 거라고 마음을 먹고 있었지만 이런 방의 분위기에서 언제까지 버틸 수 있을지 의문이었다.

*   *   *

남녀를 한 방에 넣고 생활하게 하면 얼마나 버틸 수 있을까?

화장실을 제외하곤 비밀이 없는 공간.

일주일은 아무렇지도 않았다. 한데 시간이 지날수록 조금씩 문제가 생겼다.

일단 빨래 문제. 마법이라도 사용할 수 있다면 빨래를 하고 바로 열기로 날려서 입으면 되지만 그게 불가능하니 걸어둘 수밖에 없었고 속옷 차림 혹은 속옷이 걸려 있는 걸 어쩔 수 없이 보게 되었다.

물론 샤워하는 모습도 몇 번 봤다. 우연찮게 본 경우도 있지만 의지와 상관없이 눈이 돌아가는 경우도 있었다.

날이 갈수록 처음 가졌던 의지는 무뎌졌다.

하루에도 수십 번 혹은 하루 종일 얼른 끝내 버리는 것이 낫지 않을까 하는 생각이 머리를 맴돌았다.

머릿속의 음란마귀를 몰아내야 했다. 그러기 위해서 탈출할 방법을 찾고자 머릿속의 기억을 끄집어내 하나하나 발가벗기며 공부를 했다.

젠장! 표현마저 음란하구나.

"식사 준비됐으니까. 먹고 해."

미헬라고 말했다.

"먹고 해요? 뭘요? 아! 이건 아니지. 미안합니다. 잠깐 딴생각하느라."

하루 한 끼, 저녁은 그녀가 준비를 했다. 음식 솜씨는 좋다고 할 수 없지만 못 먹을 정도는 아니었다.

오늘은 와인까지 준비해 뒀다.

"벗어날 수 있을 것 같아?"

"솔직히 아직까진 모르겠습니다. 마나를 파악해야 하는데 얼어붙어 기능을 전혀 쓰지 못하니 갑갑하군요."

마보세를 사용하지 못하니 바보가 된 것 같았다.

"좀 쉬어. 쫓기듯이 생각해 봐야 정신만 피폐해질 뿐이야. 그리고… 그만 나가자. 난 언제까지고 계속 이곳에 있을 수 없어."

"…네?"

우리가 왜 갇혀 있는지에 대해 미헬라도 알고 있었다. 그녀 또한 나와 같은 의견인지라 지금까지 버티고 있었던 것이다.

한데 그만 나가자니 나와 자겠다는 얘기였다.

"요즘 시대에 한 번 자는 게 무슨 흠이라고. 그냥 깔끔하게 끝내자. 힘들면 술이라도 잔뜩 마셔."

말하기 쉽지 않은지 그녀답지 않게 눈을 피하고 있었다. 그에 난 아무 말도 하지 않았다.

원하는 상황은 아니었다. 그러나 말이 길어지는 것 또한 예의가 아닌 것 같다는 생각이 들었다.

차라리 술에 취하게 만들어 재우고 나면 내일은 생각이 바뀔지도 몰랐다.

"자, 마셔요!"

우리는 서로 주거니 받거니 하면서 술을 마셨다.

한 병, 두 병 술병이 쌓여갔지만 미헬라는 취한 기색도 보이지 않았다. 오히려 내 이성의 벽이 조금씩 무너져 내렸다.

'그래, 그냥 한 번 자자. 어쩔 수 없는 상황이잖아. 그리고 피트의 의도대로 되지 않게 살면 돼!'

못난 것도 아니고 오히려 근접하기 힘들 정도로 아름다운 그녀 아닌가.

난 그녀와 하룻밤을 보내기로 마음먹었다.

"…내가 먼저 씻을게. 따뜻한 차 한 잔 부탁해."

"알았어요."

샤워실은 부엌에서 가장 보이지 않았다. 차를 마시고 싶은 것이 아니라 보지 말라는 얘기였다.

난 주전자에 물을 채우고 화염 요리기에 올려 불을 켰다. 그리고 고개를 돌리지 않으려고 멍하니 불을 바라보았다.

"아! 멍청이……!"

마보세와 내 몸속 마나를 사용할 수 없으니 방 안의 마나도 이용할 수 없다고 은연중에 생각하고 있었다.

난 얼른 배낭으로 달려가 마나석 지팡이를 꺼내 바닥에 아이스 마법진과 아이스 애로우 마법진을 그렸다.

"…뭐 해? 안 씻어?"

"잠깐만요. 어쩌면 해결 방법이 보일 것 같습니다."

"……."

뒤돌아보지 않고 마법진에 오로지 집중했다. 그리고 시간이 흘러 1서클 마법인 아이스는 작동을 하고 3서클 마법인 아이스 애로우는 마나가 부족해 작동하지 않음을 확인할 수 있었다.

'됐어! 이 정도라면 가능할 것 같아!'

탈출할 방법을 찾았다.

35장
플린

기회는 단 한 번이었기에 몇 가지를 더 실험했다.

실험하는 시간에 일(?)을 여러 번 치르고 남았을 것이라는 생각이 문득 들긴 했다. 하지만 원치 않는 관계를 맺는 것보단 나을 것이라고 생각했다.

"미헬라 님, 다 됐어요. 이쪽으로⋯⋯! 어? 안 자고 계셨습니까?"

미헬라는 침대에서 홑이불을 덮고 묘한 표정으로 바라보고 있었다.

"⋯고개 돌려."

한 달이 넘게 같이 지내며 조금 가까워졌다고 생각했는데 얼음보다 더 차가운 목소리가 흘러나왔다.

'방법을 찾았다는데 왜 저러는 건지. 은근히 자길 바라고 있었나? 쩝! 저 차가운 여자가 그럴 리가 없지.'

"어떻게 하면 돼?"

미헬라가 옷을 입고 다가왔다.

"잠시만 기다려 주세요."

난 배낭에서 텔레포트 마법진을 꺼내 내가 그려둔 마나 집적진 옆에 놓았다. 그리고 마법진의 마나 흡입부와 집적진을 이었다.

"7서클 마법이 작동될 리가 없을 텐데?"

"그렇습니다. 이 방의 마나량은 1서클 이상의 마법은 사용할 수 없죠."

"그런데?"

"마나량을 늘일 수 있는 방법이 있다면 어떨까요?"

"음, 증폭도 불가능하고 오로지 순수하게 마나량이 늘어나려면… 마정석?"

"딩동댕! 마정석을 녹여 만든 마나를 마법진에 전달하면 됩니다."

"마정석이 있어?"

"있습니다. 바로 여기에."

난 윌리엄 아저씨의 절구통을 들어 바닥에 던졌다.

콰직!

오랜 세월 방치되어 있던 절구통은 충격을 이기지 못하고 절반으로 쪼개졌고 새파란 마정석이 모습을 드러냈다.

"올라가세요."

"싫어. 못 믿겠어."

"하긴 위험할 수도 있겠군요. 그럼 제가 테스트해 보겠습니다."

난 마정석을 마나 집적진에 넣고 마법진에 올라갔다.

마정석이 서서히 녹는 동안 뻘쭘하게 얼굴만 보고 서 있기가 어색해 말을 걸었다.

"제가 성공하면 빠져나갈 수 있을 겁니다."

"벽과 하나가 되는 건 아니고?"

성공을 빌어주지 못할망정 저주를 거는 미헬라.

"하하… 그래도 빠져나갈 수 있겠죠."

"내가 한 말 잊지 마."

"무슨 말이요?"

"절대 내 옆에 머물라는 말."

난 말을 아꼈다. 그리고 마법진이 빛을 뿜으며 룬어가 빙글빙글 돌 때 대답했다.

"제가 도망갈 걸 예상했나 보군요. 미안해요. 이제 평범하게 살아볼 생각입니다. 잘 지내세요."

손을 흔들었다.

"…네 옆에서 평범하게……."

빛이 폭발하기 전 그녀는 꽤 슬퍼 보이는 얼굴로 중얼거렸다.
그러나 말을 끝까지 들을 수 없었다.
머릿속으로 그린 장소로 이동했다.

"…살아."
미헬라는 아우스가 사라진 곳을 멍하니 바라보며 중얼거렸다.
그때 피트가 나타났다.
"쯧! 결국 빠져나가는군."
"죄송해요, 피트 님."
그녀는 고개를 숙이며 사과했다.
"아니다. 네 잘못이 아니라 너무 이성적으로 만든 내 잘못이다."
"이제 어떻게 해야 하죠?"
"글쎄다. 의지에 불과한 내가 할 수 있는 일은 없구나. 내할 일은 여기까지란다."
"그렇군요. 한데 한 가지 여쭈어봐도 될까요?"
"말하려무나."
"황실에 전해오는 얘기로는 피트 님이 미나 님의 고향으로 가기 위해 노력했다고 들었어요. 성공을 했나요?"
"그건 모르겠다. 난 피트가 마지막으로 실험을 하기 전에 만들어놓은 존재거든."

"하면 한 가지만 더 물을게요. 그와 다시 만나게 될까요?"

"인연이 있다면 다시 만나지 않을까? 이제 사라질 시간이구나. 부디 무사하길 바라마."

빙긋이 미소 짓는 피트가 마나가 되어 사라지자 주변 환경은 악몽의 숲으로 바뀌었다.

＊　　　　＊　　　　＊

뮤트 제국 밀튼 공작령에 속한 스폰 백작가.

제국의 북쪽과 가까워 사계절이 또렷하고 뮤트 산맥의 산중 가장 아름답다는 밀튼 산이 있는 곳으로, 가을이 되자 온 도시가 울긋불긋 단풍으로 물들었다.

유명한 관광지답게 해가 졌음에도 다양한 색깔의 마나등이 켜지자 낮과는 다른 모습을 보여줬다.

밤에 가장 인기 있는 곳은 외성 서쪽에 위치한 연인의 호수로 밤늦게까지 뱃놀이를 하는 이들로 북적였다.

특히 호수 가장자리에 위치한 저택은 요정이 사는 곳인 양 독특한 모습이었다.

"우와! 저곳엔 누가 살고 있을까? 나도 저런 곳에서 하룻밤 보내고 싶어."

연인과 뱃놀이를 하던 여자가 저택을 보고 자지러질 듯이 소리쳤다.

"음, 아름다운 허니가 원한다면 얼마가 들더라도 그렇게 해 줘야지. 이봐, 사공. 저 건물은 뭐 하는 곳인가?"

조용히 노를 젓고 있던 사공은 남자의 질문에 천천히 입을 열었다.

"스폰 백작님의 저택입니다."

"어? 호텔이 아니고?"

"관광지에 있어서 오해하시는 분들이 많으시죠. 혹시 백작 님과 연이 있으시면 저쪽 선착장으로 가면 기사님들이 나올 겁니다."

"험! 여, 연이라면 약간은 있지."

사공은 남자가 히세를 부린다는 걸 눈치채고 한마디 더했다.

"한데 백작님이 돌아가신 후부턴 거의 손님을 받고 있지 않 는 듯합니다."

"그런가? 슬픈 일이 있는데 찾아가면 예가 아니지. 저쪽으 로 가세. 뭔가 재미있는 일이 있는 것 같군."

"알겠습니다."

부드러운 노질에 배는 저택에서 서서히 멀어졌고 그 모습을 저택의 창을 통해 바라보는 이가 있었다.

"…아직 못 찾았나요?"

젠느는 고개를 돌리지 않고 물었다.

"죄송합니다. 발트란 감옥이 사라지는 바람에 현재로서는 정보를 얻을 길이 막막한 상태입니다. 사실 친구인 지온이 말한 엔트 영감 때문에 그가 그곳에 갔다는 것도 확신할 수 없습니다."

"엔트라면 아우스가 할아버지라고 불렀다는 사람 말인가요?"

"예. 광산에 있다가 발트란 감옥에 이송되었다는 건 확인했습니다. 그러나 잠깐의 인연으로 발트라까지 갔다는 건 이해하기 힘듭니다."

"이마 발트란으로 갔을 거예요."

창에서 시선을 뗀 그녀는 소파에 앉으며 중얼거렸다.

"그리 생각하는 이유가?"

뮤트 제국 수도에서 정보 조직을 운영하고 있는 블랙이 물었다.

"그런 아이잖아요."

"아! 그렇군요."

블랙은 단순한 젠느의 말에 이해가 됐다.

아우스는 작은 인연에도 과하다고 할 만큼 그들에게 잘해줬었다. 그런 그라면 발트란이 아니라 그보다 위험한 곳도 갈게 분명해 보였다.

물론 상식적으로는 이해가 안 됐지만 말이다.

"그럼, 그 엔트 영감을 중심으로 조사를 다시 시작해 보는 건 어떻겠습니까?"

"그렇게 해줘요. 비용은 집사에게 받으면 될 거예요."

"최선을 다하겠습니다."

블랙은 인사를 한 후 일어났다.

"참! 그의 부모는 어찌하고 있나요?"

"걱정 마십시오. 주변에 상주하며 그들을 지키고 있습니다."

"수고해요."

블랙이 나가자 젠느는 한쪽에 위치한 바로 갔다. 술을 한 잔 따른 그녀는 다시 창밖을 보았다.

"나쁜 놈, 어디 가면 간다고 말하고 떠날 것이지……."

멀리서 천천히 다가오는 배를 보며 중얼거렸다. 점점 다가오는 배를 바라보고 있는데 노크 소리가 들렸다.

집사였다.

"공작님께서 오셨습니다."

"아버님이? 어디 계셔?"

"올라오고 계십니다."

"이런, 응접실로 모실 것이지."

집사를 꾸짖는데 파보 공작이 이미 문 앞에 있었다.

"미안하구나. 내가 고집을 피웠다. 네가 어떻게 지내는지 직접 확인해 보고 싶었다."

"굳이 그렇게까지… 들어오세요. 식사는 하셨어요?"

"오기 전에 간단히 먹었다. 술을 마시고 있었나 본데 간단히 한잔하자꾸나."

두 사람이 자리에 앉자 집사는 바에서 술을 가져다 줬고 잠시 후 시녀들이 여러 가지 음식을 들고 왔다.

"조용히 얘기하고 싶은데."

"밖에서 대기하겠습니다."

술을 따르던 집사가 나가자 파보 공작은 잔을 빙글빙글 돌리다 조심스레 말을 꺼냈다.

며느리라고 해도 미망인이었기에 조심스러울 수밖에 없었다.

"조금 전에 나간 이는 처음 본 인물이더구나."

"알아볼 것이 있어서 고용한 자예요."

"그렇구나. 한데 요즘 사교계에 우려할 만한 소문이 돌고 있더구나."

젠느의 눈썹이 순간 움찔했다. 그러나 곧 아무렇지 않은 목소리로 말했다.

"무슨 소문이요?"

"이거 참 말하기 곤란하구나. 별것 아닌 걸로 설레발 떠는 것 같아서 말이야."

"편하게 말하세요. 아버님과 저 사이에 꺼릴 것이 뭐가 있겠어요?"

"그리 말해주니 편하게 말하마. 네가 라이스 자작가의 아우스라는 아이와 부적절한 관계라는 소문이 있어서 사실인지 물어보기 위해 왔다."

무슨 말이 나올지 짐작하고 있었기에 젠느는 바로 대답했다.

"훗! 그 말을 믿으시는 거예요?"

"믿지는 않았다만 남녀 관계라는 것이 누구도 예상하지 못하는 일 아니냐. 네가 내 아들을 선택한 것처럼 말이다."

"……."

"아! 미안하다. 괜한 얘기를 꺼냈구나. 아무튼 네가 남자를 만난다고 이러는 건 아니다. 난 네가 오히려 만났고 다녔으면 한다. 다만 아우스라는 아이의 출신이 마음에 걸리더구나."

"그런 걱정일랑 마세요. 그 아이와 다녔던 건 아버지가 부탁하신 것이 있어서였으니까요."

처음엔 분명 그랬다.

아버지인 벤즌의 말에 흥미가 생겨 나섰을 뿐이었다. 한데 시간은 소년을 청년으로 만들고, 지켜봐야 하는 이를 지켜보고 싶은 이로 만드는 힘이 있었다.

어느 순간부터 동생같이 마냥 귀여웠던 아우스가 남자로 보이게 된 것이다. 그리고 전남편에게 그랬듯이 걷잡을 수 없이 빠져들었다.

젠느는 그를 찾기 전에 괜스레 분란을 만들어선 좋을 것이 없다는 생각에 자신의 감정을 숨긴 채 말했다.

"벤즌 백작의 부탁?"

"네. 이유는 말씀드릴 수 없지만 제국을 위해 그를 옆에 두고 지켜보라고 하셨어요."

"제국을 위해서라… 아! 몇 년 전에 벤즌 백작이 보고를 했던 그 일 때문이구나. 허! 나는 그것도 모르고. 미안하다. 내가 오해했구나."

"아니에요 설명드리지 않은 제 탓인걸요."

"허허, 이거 뜬소문에 조르르 달려와 닦달한 꼴이라니. 늙으면 주책이라더니 내 꼴이 딱 그 짝이구나."

파보 공작은 너털웃음을 터뜨리며 자책했다.

"낯 뜨거워서 이만 가봐야겠다."

"더 쉬시다 가시죠?"

"아니다. 아! 그리고 다음 세인트 바하마의 날에 파티를 열 생각인데 참석하려무나. 내 외종질 중에 널 소개시켜 주고 싶은 이가 있단다."

젠느는 남자를 소개받는 건 싫었다. 그러나 오해를 확실하게 풀 필요가 있다는 생각에 한번 얼굴을 비추기로 했다.

"후우~ 산책이나 해야겠다."

저택 입구까지 나와 파보 공작을 배웅한 젠느는 긴 한숨을 내쉬었다. 그리고 바람이라도 쐴 겸 호수를 가까이에서 볼 수 있게 만들어둔 길 난간을 따라 걸었다.

그때 저택 가까운 호수에서 마나 유동이 느껴졌다.

"경고를 했는데도 일주일에 한두 명씩은 꼭 있네."

저택 근처는 마법 사용 금지 구역이었다. 하지만 간혹 연인에게 보여준다고 마법을 사용하는 이들이 있었다.

평소라면 기사들이 알아서 처리하게 내버려 뒀을 테지만 막 그 방향으로 가던 중이었기에 어떤 기사들보다 먼저 도착할 수 있었다.

그리고 얼어붙은 호수를 밟고 텔레포트 마법을 사용하고 있는 사내를 본 젠느는 눈이 찢어질 듯 커졌다.

"아우스! 너 아우스 맞지!"

젠느는 반가움에 소리쳤다. 한데 그런 그녀를 보는 아우스의 표정은 무척 착잡하고 슬퍼 보였다.

'혹시 내가 한 얘기를 들은······!'

눈치챈 그녀는 바로 오해라고 소리치려고 했다.

그러나 그보다 빨리 그녀의 귀를 파고드는 목소리.

[돌아오겠다는 약속 지켰습니다. 한데 괜한 약속이었던 것 같군요. 행복히세요, ···누나.]

"네가 들은 말은······."

스팟!

"오해라고. ···이 바보야."

젠느는 빠르게 말했지만 아우스는 빛과 함께 이미 사라진 후였다.

*   *   *

피트의 방에서 사용한 텔레포트의 목적지는 젠느가 머물고 있을 거라 예상되는 스폰 백작령이었다.

보고 싶었다.

생각만큼 평범하진 않아도 정착한다면 그녀의 곁이 좋을 것 같았다.

한데 나를 향한 그녀의 친절이, 그녀의 마음이 목적을 위한 연극이었음을, 내 착각이었음을 알아버렸다.

씁쓸했다. 아니, 아팠다.

생각해 보면 그녀가 직접적으로 날 사랑한다고 말한 적이 없었고 나 역시 그랬다.

사귄 적도, 돌아오면 사귀자고 약속한 적도 없는데 배신 운운하는 것도 우스웠다. 그래서 말없이 떠나기로 했다.

떠나기 전 우연찮게 얼굴을 봤다. 쿨하게 웃으며 떠나고 싶었는데 표정이 도와주지 않았다.

각설하고 젠느를 뒤로하고 간 곳은 아우스의 부모님이 살고 있는 곳이었다.

일단 안면을 트고 마음이 움직인다면 한적한 시골로 모시고 가 사는 것도 나쁘지 않다는 생각에서였다.

한데 부모님 주변에 너무 감시자가 많았다.

대충 파악한 것만 열 명.

내가 나타나길 기다렸다는 것이 너무 명확했기에 어쩔 수 없이 물러설 수밖에 없었다.

마지막으로 향한 곳은 엔트 할아버지의 고향인 플린 왕국이었다.

할아버지가 무사한지 확인하고 인적이 드문 북쪽 나라로

가서 조용히 살 생각이었다.

"자자! 이번에 새로 나온 라디오입니다. 수정구를 최소한으로 사용해 가격은 저렴해지고 소리는 풍성해진 라디오입니다. 단돈 25은. 공짜나 다름없습니다."

"따르릉따르릉 비켜나세요. 마법 자전거가 나갑니다, 따르르르릉! 언덕길도 손쉽게 올라갈 수 있는 마법 자전거가 4금 99은."

"블로우 섬에서 오늘 올라온 싱싱한 생선 있습니다. 회로 먹어도 좋고 조림으로 먹어도 맛있습니다!"

상인, 서커스 단원일 때 플린 시티를 와봤었지만 그때의 모습이 남아 있는 건 멋지게 솟아 있는 왕성뿐이었다.

성벽 높은 줄 모르고 올라가는 건물들과 넓은 도로에 발디딜 틈 없이 꽉 찬 사람들, 그리고 가게고 좌판이고 할 것 없이 쌓여 있는 마법 물품들.

제국의 수도에서조차 보지 못한 물건들이 걸음걸음을 옮길 때마다 보였다.

전 대륙의 새로운 마법 물품 중 50퍼센트는 플린에서 만들어진다는 말이 거짓이 아닌 듯 보였다.

"그나저나 할아버지 어떻게 찾지?"

아는 거라곤 이름과 어떤 물건을 만들었다는 정도가 다였다.

난 마법 물품 가게 중 가장 큰 곳으로 들어갔다.

"한 가지 물어봅시다."

"…말씀하십시오."

기사 복장을 하고 있어서인지 귀찮음이 역력한 표정으로 돌아보던 사내는 얼른 공손한 태도로 바뀌었다.

"혹시 화염 요리기를 개발한 이의 집이 어디 있는지 알 수 있겠습니까?"

"…네?"

"집이 아니라 공장이나 물건 판매처를 알려줘도 상관없습니다."

"화염 요리기를 만드는 곳이라… 글쎄요. 제가 아는 곳만 스무 곳이 넘습니다."

"요리기를 맨 처음 개발한 곳 말입니다."

"모르겠습니다. 마법 물품을 개발하는 이들이 한두 명도 아닌데 기억할 수가 없습죠."

'너무 막연하게 물었나? 하긴 개발한 때가 언젠데.'

돌아서려는데 전시된 물품 중 발칸 제국에서 샀었던 화염 요리기가 보였다.

"이걸 만든 곳은 어딥니까?"

"그건 프링크 상회의 제품입니다. 텔레포트 탑 근처에 있는 창고 단지에 가보십시오."

"고맙습니다."

가게를 나와 직원이 말한 창고 단지로 갔다. 카트로 물건을 나르는 이에게 프링크 상회를 물었고 금세 찾을 수 있었다.

"어마어마하네."

프링크 상회라고 적힌 큰 창고 앞은 마차로 싣고 온 물건을 내리는 사람들과 카트에 물건을 싣고 어디론가 향하는 사람들로 북적이고 있었다.

"실례합니다."

팔짱을 낀 채 물건이 오가는 것을 살펴보는 중년인에게 말을 걸었다.

"무슨 일이오?"

"혹시 화염 요리기를 처음으로 만든 엔트라는 이를 아십니까?"

"엔트? 화염 요리기를 만든 분이 프링크가의 어르신은 맞지만 엔트라는 이름은 처음 듣소만."

엔트가 본명이 아닌 모양이었다.

"에리안이라는 이름은요?"

"…당신 누구요?"

경계심이 느껴지는 말과 함께 사내의 중단전이 움직였다.

"수상한 사람이 아니니 오해하지 마십시오. 에리안의 아카데미 친구입니다."

"왕국 플린 아카데미 말인가?"

"아뇨. 뮤트 제국 황실 아카데미를 나왔습니다만."

"미안하오. 워낙 친근하게 접근하는 사람들이 많아서 말이오."

"이해합니다."

"한데 무슨 일로 에리안 아가씨를 찾는 거요?"

"별것 아닙니다. 플린 왕국에 온 김에 안부나 알아볼까 하는 것뿐입니다. 잘 지내죠?"

"영지에 계시니 잘 지낼 거요. 수정구가 있는데 연락이라도 해보겠소?"

"하하! 아닙니다. 잘 지낸다니 그걸로 충분합니다."

그녀가 무사히 도착했다는 것은 할아버지도 무사히 도착했다는 뜻이다. 그러니 새로운 화염 요리기가 나온 것이 아니겠는가.

"잠깐만!"

돌아서서 가려는데 사내가 불렀다.

"멀리서 온 손님을 이대로 보낸다면 아가씨께 혼이 날 거요. 점심때가 다 되어가니 식사나 하고 가는 게 어떻소?"

"말씀만으로도 고맙습니다. 하지만 전⋯⋯."

"젊은 친구가 말이 많군. 그럴 땐 그냥 모른 척하고 대접을 받으면 되는 거요. 들어갑시다."

사내는 다짜고짜 날 데리고 창고 한쪽에 있는 사무실로 향했다.

그리고 잠시 후 열 명은 족히 먹을 음식이 들어왔다.

"아카데미에서 아가씨는 어땠소?"

"처음엔 얼음 골렘이 사람 말을 하는 줄 알았죠."

"하하하! 아가씨를 처음 보면 그런 면이 없잖아 있었지. 하지만 어린 시절엔 봄바람처럼 상냥하고 귀여웠다면 믿겠소?"

"상상이 안 되는군요."

"하하핫! 어지간히 당했나 보오."

아무 말 없이 식사를 하는 것보단 나았기에 이런저런 얘기를 하며 식사를 했다.

"맛있게 먹었습니다. 오늘의 호의 잊지 않겠습니다."

차까지 마시고 일어났다. 한데 사내는 다시 내 손을 잡았다.

"어딜 가기에 그리 급하오. 술이나 한잔합시다."

"이만 가야 할 곳이 있어서."

자꾸 잡는 듯한 느낌이 들었다. 그래서 단호하게 거절을 하고 밖으로 나왔다.

"헤이~ 이봐. 술이나 한잔하자니까."

쫓아와서까지 잡는 이유는 곧 알 수 있었다. 익숙한 기운 하나가 빠르게 다가오고 있었다.

"쩝! 이상한 점이 없었는데 언제 연락을 한 겁니까?"

"무슨 소린지……."

그가 변명하려 할 때 질끈 묶은 긴 머리를 날리며 여자가 도착했다.

"에리안, 오랜만이야."

"빌어먹을 자식!"

이왕 만나게 된 것 어쩔 수 없었다. 인사를 했다.

한데 돌아온 건 고맙다는 인사도, 반갑다는 인사도 아닌 말처럼 잘 뻗은 다리였다.

"하아~ 그때 일 때문이라면 잊을 때도 되지 않았어?"

그녀의 발차기를 막으며 말했다.

"너 같으면 잇겠니?"

멈출 의사가 없는 듯 그녀는 계속 공격해 왔다. 어쩔 수 없이 그때처럼 투명 손을 이용해 그녀를 붙잡았다.

"네 마음 충분히 알았으니 그만하… 헉!"

에리안의 하단전이 눈부시게 빛났다. 그와 동시에 투명 손이 터져 나갔다.

"마스터!"

"그래. 그날 일이 머릿속을 떠나지 않아 이를 갈고 노력한 덕분이야."

방심했다. 뺨으로 빠르게 다가오는 손. 무리하면 막을 수는 있겠지만 주변 사람들까지 위험할 수 있었다.

시원하게 한 방 맞아주기로 하고 눈을 감았다. 한데 뺨이 아닌 온몸에 무게가 느껴졌다.

에리안이 안긴 것이다.

"살아줘서 고마워."

"…그래."

고맙다는 말을 듣기 위한 게 아니었는데 그날의 일이 주마등처럼 스쳐 지나가며 울컥한 기분이 들었다.

그러나 따듯해지는 감정이 오래가진 않았다.

퍼억!

"……!"

순간적으로 숨이 쉬어지지 않을 만큼 묵직한 주먹이 복부를 강타했다.

"이건 숙녀를 쓰레기처럼 던진 벌이야."

뒤끝 작렬이었다.

*   *   *

새들의 지저귐과 창으로 들어온 햇살에 눈을 떴다.

침대 머리맡에 올려둔 편안한 바지와 티셔츠를 입고 문을 열고 밖으로 나갔다.

"아하아아아아~ 암."

기지개를 길게 켜고 하품을 한 나는 몇 발자국에 불과한 마당을 지나 좁은 오솔길을 따라 걸었다.

"산책 가십니까? 오늘은 좀 늦으셨군요."

집이 위치한 언덕에서 내려오자 넓은 보리밭에서 일하던 농부가 인사를 건넸다.

처음 봤을 땐 별 거부감 없이 말을 놓던 양반이 프링크가의 사람들이 오간 뒤부터는 굳이 괜찮다는데도 높임말을 썼다.

계속 말을 놓으라고 말하는 것도 귀찮았기에 이젠 그냥 그러려니 했다.

"일어나는 시간이 산책 시간이니까요. 수고하세요."

"예예."

스트레칭을 겸하며 걷다 보니 작은 마을이 보였다.

마을 유일의 여관이자 주점이며, 간단한 생필품을 파는 밥의 가게로 들어갔다.

딸랑!

도어벨 소리가 울리자 뒤의 텃밭에서 일하던 밥이 낫을 든 채 들어왔다.

여관 주인이 아니라 산적 같아 보였지만 사실 꼴 보기 싫은 상관을 패고 잘린 병사 출신이었다.

"왔냐? 오늘은 뭐 해줄까?"

뭐 먹을지 고민하는 것도 귀찮았다.

"아저씨는 아침에 뭐 먹었어요?"

"우린 어제 팔다 남은 빵하고 우유에 감자 샐러드 먹었다."

"그걸로 주세요. 맥주도 한 잔 주시고요."

밥은 두말없이 부엌으로 가서 쟁반에 음식을 담아 가지고 왔다. 쉬는 시간인지 그는 밀짚모자를 벗곤 맞은편 의자에 앉으며 물었다.

"식사거리를 사가는 걸 보면 음식을 할 줄 아는 것 같은데 매일 아침을 우리 가게에서 먹는 이유는 뭐냐?"

"하루 한 끼라도 남이 해주는 음식을 먹고 싶어서요. 아침을 하는 게 귀찮기도 하고요."

"그렇게 남이 해준 음식을 먹고 싶으면 장가를 가. 우리 마을에 은근히 널 마음에 들어 하는 아가씨가 있는데 내가 소개시켜 줄까?"

"예뻐요?"

"요 건너편 트린 영지의 공장에 다니는 앤데 싹싹하고 꽤 괜찮아."

이 오일리 마을은 프랑크 영지 경계선에 위치했는데 3분 거리에 있는 하천만 건너면 트린 영지가 나왔다.

"사양하죠. 지금은 일도 사랑도 모두 귀찮아요. 한없이 빈둥대 볼 생각이에요."

"쯧쯧! 젊은 녀석이 벌써부터 그러면 어떻게 하냐."

"제가 얼마나 생고생하며 살았는지 알면 이해하실 거예요."

"무슨 고생을 얼마나 했는데?"

"죽을 고생을 이~ 만큼 했어요."

난 양팔을 최대한 벌려 원을 그리며 말했다.

"놀고 있네. 얼굴 보면 지금까지 자기 손으로 돈 벌어본 적도 없어 보이는구먼."

"쩝! 이놈의 고운 피부 때문에 고생하고도 생색을 못 내겠네요."

"헐~ 자뻑까지! 골고루 한다. 다 먹었으면 헛소리 말고 꺼지시지. 네가 준비해 달라는 건 저쪽에 있다."

"헤헤, 잘 먹었어요. 얼마예요?"

"11은 30쿠퍼."

"여기 있어요. 갈게요."

팁까지 13은을 주고 보따리를 챙겨 가게를 나왔다.

바로 집으로 가지 않고 마을 근처에 있는 언덕으로 올라갔다. 오일리 마을과 넓은 논밭이 한눈에 들어오는 곳이었다.

"시원하네."

바위에 걸터앉아 바람을 느낀다.

자연은 바람을, 불을, 번개를, 물을 마법진도 룬어도 사용하지 않고 만들어낸다. 정말이지 신기하지 않은가.

"으~ 이놈의 고질병."

머리를 절레절레 흔들어 마법에 대한 생각을 머릿속에서 털어냈다.

에리안을 플린 시티에서 만난 지 한 달이 넘었다.

평범하게 살 생각임을 말하고 떠나려 했다. 하지만 평범함을 굳이 멀리서 찾지 말라는 엔트 할아버지의 말에 결국 프링크가의 영지에서 가장 조용한 곳에 자리하게 되었다.

평범함은 쉽지 않았다.

강해야지 살 수 있다는 강박증 같은 것이 있는지 새벽같이 절로 눈이 떠졌고 본능적으로 수련을 했다.

결국 일단은 아무것도 하지 않는 것으로 생활의 리듬을 깰 필요가 있었다.

졸리지 않아도 침대에 누워 일어나지 않았고 검은 아예 들지도 않았다. 마법은 생활의 편의를 위해 종종 사용했지만 애써 호흡법을 하지 않았고 공격 마법은 사용하지 않았다.

처음엔 힘들었지만 이제 슬슬 게으름 피우는 삶에 익숙해지고 있었다.

물론 머릿속에서 문득문득 떠오르는 것까진 어쩔 수 없었다.

부룽부룽!

"으아~ 제동, 제동! 제동장치를 밟아!"

시간 가는 줄도 모르고 하늘을 바라보고 있는데 바람을 타고 오는 시끄러운 소리에 시선을 돌렸다.

휴지기의 밑에 많은 사람이 모여 있었는데 직사각형의 틀에 네 개의 바퀴가 달린 마차의 짐칸 같은 물건을 가지고 뭔가를 하고 있었다.

신기하게도 요상한 물건은 말도 없이 저절로 움직이고 있었다.

"어라, 저건 자동차네."

난 그 물건을 보고 나도 모르게 중얼거렸다.

"…어? 자동차? 내가 저 물건이 자동차라는 걸 어떻게 알았지? 피트 그 인간의 장난인가?"

몸이 부르르 떨렸다. 치가 떨린 것이다. 하여간 그 인간과 관련된 건 생각을 안 하는 게 최선이었다.

"야야! 조심해! 피, 피해!"

쿠웅!

몇 번이고 곡예 운전을 하던 요상한 자동차는 결국 밭고랑을 넘어 밭에 처박혔다.

"쯧쯧! 총체적인 문제긴 한데 가장 먼저 손봐야 할 것은 브레이크네. 유압식으로 만들면 될 것을… 렌징! 난 또 뭘 씨부렁거리는 거냐."

잠깐의 여유로움조차 방해하는 생각을 무시하고 일어났다.

11시에 만나기로 한 약속 때문에 집으로 가야 했다.

"어? 근데 해의 위치가 좀 이상하다? 이쪽이 분명 동쪽이 맞는데……."

해는 이미 서쪽으로 상당히 기운 상태였다. 시계를 확인하니 시침이 오후 3시를 가리키고 있었다.

"헐~ 앉아서 존 거야, 뭐야. 마법을 가급적 안 쓰려 했는데 어쩔 수 없지."

가급적 안 쓴 거지 필요할 때 능력을 안 쓰는 것도 우스웠다.

방으로 텔레포트했다.

"빨리도 온다."

식탁에 앉아 있던 에리안이 비꼬았다.

"미안. 잠깐 구경한다는 것이 졸았나 봐. 안녕하세요, 시엔."

시엔은 발트란에서 봤던 절름발이로 현재 프링크 영지의 군행정관을 맡고 있었다.

그뿐만 아니라 발트란에서 보았던 로돈, 카루소, 해적들까지 대부분 프링크 영지에 정착했고 오직 세레트와 게일만이 발칸 제국에 남았다고 했다.

"아우스 님, 지난번보다 훨씬 얼굴이 좋아 보입니다."

"편하게 놀고먹어서 그럴 겁니다. 그리고 말 편히 하시라니까요."

시엔은 빙긋 웃을 뿐이었다.

"할아버지는 잘 계시지?"

"궁금하면 직접 와서 인사라도 드려. 할아버지가 매일 네 안부 묻는 건 아니? 그냥 텔레포트 마법으로 '뿅!' 하고 왔다가 가는 데 10분이면 충분하잖아."

"안 그래도 슬슬 그래볼까 생각 중이야. 대신 대련하자고 조르지나 마."

집을 구하는 동안 엔트 할아버지의 집에 사흘 머물렀는데 그때 하루 종일 그녀와 대련을 했었다.

"칫! 온 김에 잠깐 하고 가면 되지 비싸게 굴기는. 자! 할아버지가 이거 너한테 주래."

철컹!

에리안은 커다란 자루를 던졌다.

"뭐야?"

"할아버지가 약속했던 네 몫."

엔트 할아버지는 마나석 없이도 24시간 사용이 가능한 마법진에 대한 권리를 나와 나누길 원했다.

물론 난 거절했었다. 그러나 할아버지의 고집을 꺾기는 힘들었고 결국 설왕설래 끝에 순수익의 10퍼센트만 받기로 했다.

"소리를 들어보니 금화 같은데 뭐가 이리 많아? 과거의 것은 안 받기로 했는데."

"정확하게 네가 만들었다는 마법진을 이용한 제품으로 한 달 동안 번 것이 10퍼센트야."

"…도대체 얼마나 버는 거야?"

"다른 상회의 요청으로 마법진만 팔기도 하거든. 아까우면 다시 할아버지와 얘기해."

"많아서 놀란 거야."

"이 정도로 놀라지 마. 다음 달에 2배쯤 될 거야."

자루에 든 것만으로도 지금처럼 살면 평생을 먹고살 수 있을 것 같았다.

"아무튼 고마워."

"원래 네 몫인데, 뭐. 참! 저건 뭐야?"

그녀가 가리킨 것은 침대 머리맡에 놓인 두 개의 동그란 나무통이었다.

"라디오."

따악! 손가락을 튕겼다.

―아~ 름다운♪ 그대여~ 나를 보아줘요♫ …플린 왕국의 3대 오페라단의 하나죠. 베스티 오페라단의 최고 미남, 본조디의 '그대여 나를 보아줘요'였습니다. 다음으로……

라디오방송이 흘러나오자 에리안은 꽤 놀란 표정을 지었다.

"마치 오페라하우스에서 직접 듣는 것 같아."

"에이~ 그 정도까지는 아니고. 그저 평범한 라디오보단 엄청 좋은 정도. 마나의 떨림을 이용하는 위스퍼 마법을 응용한 거야."

"저런 제품 본 적이 없는데 만들었어?"

"응. 라디오를 살까 해서 플린 시티에 가봤는데 별로 마음에 드는 게 없더라. 그래서 겸사겸사 한번 만들어봤어."

"비용은?"

"직접 다 만들었으니 비용을 산정하긴 힘들지. 다만 생산을 하다고 생각하면 대략 2, 3금쯤?"

"가만, 마법 수정구도 직접 만들었단 말이야?"

"응. 발신 수정구와 같은 주파수를 맞추는 게 어렵긴 했는데 겨우 알아냈어."

"마법 수정구를 함부로 만들면 어떻게 되는지 몰라? 운이 좋아도 10년 형이야."

"개인적으로 만든 건데 뭐 어때. 그렇다고 신고하진 마라."

거의 모든 나라에서 마법 수정구의 관리는 나라에서 하고 있었다.

"이건 뭐야?"

이번에 그녀가 든 것은 어른 손바닥보다 조금 큰 직육면체의 상자였다.

"워워! 흔들지 말고 조심스럽게 놔줄래. 아직 불안전한 제품이라 터지면 지름 3미터 정도는 그냥 날아가."

투명 손을 이용해 상자를 들어 한쪽 구석 선반에 올려뒀다.

"폭발물이라도 돼? 조심스러워하니까 더 궁금한데."

"비슷한 원리로 작동하는 다른 걸 보여줄 테니까 관심 끊어라. 냉동고 열어봐."

"어디 있는데?"

에리안은 두리번거리면서 바로 옆에 있는 것도 알아채지 못했다. 기존의 것과 전혀 다른 모양이고 부피가 작다 보니 고정관념 때문에 찾지 못하는 것이다.

결국 내가 움직였다.

퉁! 퉁!

"여기 있잖아."

난 아래위 두 개의 직사각형 나무판 위에 손잡이가 달린 것을 두드리며 말했다.

"잘해야 10센티미터 정도 두께밖에 되지 않는데 그게 냉동고라고?"

"짜잔!"

난 위의 칸을 열었다.

문이 열리자 시원한 연기가 나오며 가로 50, 세로 70, 깊이 60센티미터 정도 되는 공간이 나왔다.

악몽의 숲에 펼쳐져 있던 공간 마법을 응용해서 만든 냉동고였다.

"…설마 공간 마법진?"

"응. 조금 응용해 봤어."

"피트 이후에 극소수의 사람들에게만 비밀리에 전해온다고 들었는데, 너 할아버지 말씀처럼 천재구나?"

"천재는 무슨, 운이 좋았지. 아래 칸은 냉동고가 아닌 냉장고. 얼지 않는 온도인 2도 정도로 맞춰져 있어. 오래 두고 먹을 거는 냉동고, 하루 이틀 안에 꺼내 먹을 건 냉장고."

"봐도 돼?"

"이건 폭발해도 마법진만 망가지는 구조라 실컷 봐도 돼. 만들기만 했지 사용히는 건 아니니까."

에리안은 물론 시엔도 궁금했는지 냉동고와 냉장고를 구경했다.

두 사람은 손은 물론 머리까지 집어넣으며 연신 감탄사를 터뜨렸다.

"기다리게 해서 미안하다는 의미로 줄 테니까 가져가. 나야 또 만들면 되니까."

"마법진도 그려줘. 이건 당장 상품화해도 되겠어. 가격도 정하기 나름일 테고."

"세상의 금화를 다 모을 생각이야?"

"많아서 나쁠 건 없지. 그것도 그거지만 열흘 후에 플린 마법 용품 박람회에 출품해 볼 생각이야."

"마법 용품 박람회?"

"올해로 4년이 되는 박람회로 플린뿐만 아니라 여러 나라의 마법 용품 상인들이 개발한 물건을 가지고 나오는데 최근 거기에 나온 제품들이 전 대륙을 휩쓸고 있다고 해도 과언이 아냐. 그래서 최근 각 상단과 상회나 마법 용품 개발에 사활을 걸고 있어."

"쩝! 어쩔 수 없지. 위험하니까 내일 할아버지 댁으로 가서 자세히 설명해 줄게."

사활을 건다는데 어쩌겠는가. 엔트 할아버지가 고민하는 모습이 그려져 허락했다.

"근데 저 농부들의 도시락 같은 게 왜 불안하다고 한 거야?"

냉동고를 보더니 상자도 욕심이 나나 보다.

'아무래도 위험성을 한번 보여주는 게 낫겠군.'

"이동용 창고로 만들어본 거야. 작아도 약 1세제곱미터의 공간을 이용할 수 있어. 따라와 봐."

투명 손으로 도시락 같은 것을 들고 밖으로 나와 집 뒤의 숲이 시작되는 지점으로 갔다.

"공간 마법진의 안전은 마법진의 크기와 비례하고 공간 확장에 반비례해. 즉, 작은 마법진으로 큰 확장 공간을 만들면 폭발 위험이 어마어마해진다는 거지. 그럴 경우 마법진이 자그마한 충격을 받게 되면……."

난 상자를 한 나무에 던졌다.

파악! 스팟!

상자가 부서지면서 순간적으로 검은 구가 생겨났다가 사라진다.

방금 전까지 멀쩡했던 나무의 중간 부분이 깔끔하게 사라져 버렸다.

"…아우스 님, 배낭이 아닌 도시락 폭탄이군요."

시엔의 말이 심장을 쿡 찔렀다.

"말했잖아요. 불완전하다고, 하하하."

"제가 보기엔 실패작이 아니라 대단한 발명품을 탄생시킨 것 같습니다."

"네네, 실패작이라고 해두죠."

시엔도 보기보단 잔인했다.

"해 지겠다. 볼일 다 봤으면 얼른 챙겨서 가."

두 사람의 등을 떠밀었다.

"오랜만에 왔는데 그냥 가라고?"

대련을 원한다는 걸 알았지만 모른 척 농담을 했다.

"왜? 자고 가게? 나야 좋지. 시엔, 먼저 가요. 에리안은 아무래도 나랑……."

스르릉!

에리안의 길고 뾰족한 검이 검집에서 나왔다.

"재미없는 건 여전하네. 오늘은 늦었으니까 그냥 가. 내일 6시쯤 갈 테니 그때 검을 맞대보자. 됐지?"

물론 느긋하게 일어나서 갈 것이다.

늦잠을 자려고 얼마나 노력했는데 생활 리듬을 다시 깨뜨릴 수 없다.

"이것도 가져간다"

냉동고를 챙긴 에리안은 라디오까지 챙기려 들었다.

난 얼른 달려가 품에 안았다.

"긴긴밤의 유일한 취미거리를 가져가면 어떻게 하냐. 내일 설계도와 마법진을 그려줄 테니 그만 가라."

"알았다, 알았어. 누가 보면 네 애인인지 알겠다. 그건 그렇고… 혹시 내일 먹고 싶은 거 있어?"

"네가 한 음식은 먹고 싶지 않다. 죽을 일 있냐?"

"요리사가 할 거거든!"

"그럼 신선한 해산물 요리로 부탁해. 매콤한 고기 요리도 좋고. 참! 막 구운 빵과 신선한 우유도 좋고."

"다 먹고 싶다는 거네. 간다."

"가. 가세요, 시엔."

두 사람은 방 한쪽에 엔트 할아버지 집과 연결된 텔레포트 마법진에 섰다.

마나가 충분히 있는지 바로 작동되었고 룬어와 함께 두 사람은 사라졌다.

두 사람이 사라지자마자 라디오를 켰다. 그리고 음악을 들으며 오전에 음식점에서 사가지고 온 것을 풀어 저녁을 만들었다.

점심을 먹지 않아서인지 유독 배가 고팠다.

지붕에 달린 유리창으로 밤하늘의 별을 보다가 잠이 들었다. 어디선가 그들만의 세상을 꾸리고 살고 있다는 엘프들과 행복한 시간을 보내고 있었다. 수많은 엘프는 내게 사랑을 갈구했고 난 그들 모두에게 사랑을 해줄 준비가 되었다.

두 명의 가슴 큰 쌍둥이 엘프가 독특한 나무뿌리로 된 침대 위로 올라온다.

그들을 향해 손을 뻗으려는 순간!

빌어먹을 살기가 느껴짐과 동시에 쌍둥이 엘프는 사라지고 에리안이 째진 눈으로 날 내려다보고 있었다. 그리고 그녀의 손은 검자루에 가 있었다.

"젠장! 꿩 대신 닭이라고 하지만 이건 수박 대신 귤이잖아. 불공평해."

그래도 귤이라도 만져야 할 것 같아 에리안의 가슴을 향해 손을 뻗었다.

사악~

파란빛을 머금은 검이 팔을 잘라온다.

그제야 현실임을 깨달은 나는 얼른 손을 뒤로 뺐다.

"휴우~ 인생 좆 될 뻔했네."

"아직 잠이 덜 깼어? 뭔 헛소리야!"

"만졌으면 책임지라고 난리쳤을 거 아냐. 그나저나 이 새벽에 웬일이야?"

지붕창으로 보이는 하늘은 아직 어두웠다.

"6시에 보자고 한 인간이 나타나지 않을 것 같아서 직접 마중 왔어."

"…고작 그깟 일로 나의 귀중한 꿈을……."

"여기서 할까? 난 그래도 상관없는데. 조금 부서지긴 하겠지만 지낼 곳이 여기만 있는 건 아니니까."

"…하하, 농담도. 가자. 안 그래도 일어나려고 했어."

텔레포트 마법진을 비활성화시켜 두는 걸 있다니. 그나저나 에리안을 누가 데리고 살 건지 같은 남자로서 조의를 표한다.

자리에서 일어나자 눈앞에 큰 물방울이 생겼고 그곳에 머리 전체를 넣었다.

투명 손이 머리와 얼굴을 닦아준 후 뜨거운 기운과 함께 다시 수증기로 사라졌다.

다시 작은 물방울이 생겼다. 이번 물방울은 입안으로 들어가 뽀드득 소리가 날 정도로 깔끔하게 이를 닦아줬다.

"세상 참 부러운 재주네."

"마법을 배워."

"할아버지를 닮아 마법에 티끌만큼의 재주도 없어."

"마스터가 그런 소릴 하다니… 뭐, 조금 지나면 알게 되겠지."

"자세히 말해봐."

"됐거든. 안 갈 거야?"

에리안은 더 묻고 싶은지 입을 달싹거리다가 마법진 위에 올랐다. 사용한 지 하루가 지나지 않아 몸에 있던 마나를 마법진에 밀어 넣었다.

룬어가 빛이 되어 사라지면서 엔트 할아버지 저택의 방으로 이동했다.

"어디 가? 수련장은 이쪽이야."

"할아버지께 인사드려야지."

"주무시고 계셔. 어제 늦게까지 네가 만든 냉장고를 구경하셨거든."

"할아버지도 참, 어련히 설명드릴 텐데."

빠져나갈 구멍이 없었다. 어쩔 수 없이 간만에 대련을 하기로 했다.

"합! 이얍!"

수련장에 다가가자 기합 소리가 들렸다.

해적 두목이라는 자와 해적들이 수련 중이었다. 아는 얼굴인 카루소도 열심히 검을 휘두르고 있었다.

그는 병사가 되길 원했고 그에 병사로 훈련받고 있는 중이었다.

"방장님!"

"카루소, 오랜만이야."

반갑게 인사하는 그를 향해 나도 인사했다.

"카루소! 누가 훈련 중에 인사를 하라고 했나!"

"…죄송합니다!"

"수련장 스무 바퀴를 돈다. 실시!"

"실시!"

나와 인사를 했다는 이유로 카루소는 뺑뺑이를 돈다. 이상한 건 해적대장이 나를 향해 소리쳤고 나에게 적의를 보인다는 것이었다.

"저 해적대장 페페라고 했던가? 근데 왜 나를 보며 소리치는 거지?"

"백인대장이야. 아마 너의 뺀질함을 한눈에 알아본 것이 아닐까?"

"오~ 단숨에 날 파악하다니 대단한데. 근데 저렇게 적의를 보이다간 열라 맞을 거라는 건 예상 못 하나?"

"쓸데없는 소리 말고. 여긴 안 될 것 같은데 어디로 갈까?"

"지난번에 대련했던 곳으로 가자."

난 그녀의 손을 잡고 텔레포트를 펼쳤다. 한데 이동하기 전 백인대장인 페페의 눈이 날카로워지는 걸 볼 수 있었다.

'에리안을 좋아하는 모양이네, 쯧쯧!'

결혼도 못 하겠지만 설령 결혼을 한다고 해도 감당할 수 있는 여자가 아님을 모르는 모양이다.

이동한 곳은 엔트 할아버지의 저택 뒤편에 있는 언덕의 꼭대기였다.

"일단 얼마나 늘었는지 보자."

할아버지 집에서 며칠 머물 때 마스터에 대해 내가 아는 걸 전부 설명해 줬다.

나에게 아낌없이 마법진에 대해 가르쳐 준 엔트 할아버지에 대한 보답을 에리안에게 한 것이다.

멀찍이 떨어져 적당한 곳에 앉았다.

에리안은 검을 뽑아 서서히 움직인다.

내 실력이 뛰어나서 그녀의 솜씨를 평가하기 위한 게 아니라 대련을 별 탈 없이 끝내려면 어느 선에서 멈추는 것이 좋을지 추측하기 위함이었다.

자칫 잘못하면 예전에 테린과의 대결할 때처럼 재앙이 될 수 있었다.

'역시 타고났어.'

형식이 없는데도 군더더기 없이 깔끔한 검무.

발트란에서 마나가 달려 죽을 뻔했던 기억 때문인지 검으로 베고, 찌르고, 훑는 동작이 더욱 간결해졌다. 그리고 그런 그녀의 생각에 맞춰 마나 역시 그렇게 움직이고 있었다.

스스스스스~

그녀의 검이 살짝 낮아지며 바닥에 있는 풀들을 베었다. 그러자 잘린 풀들이 바닥에 눕거나 날아가지 않고 그녀의 주변을 맴돌았다.

일견 휘날리는 풀잎들 사이로 추는 아름다운 춤사위처럼 보이지만 풀잎 하나하나에 기운이 스며들어 있어 들어가는 순간 온몸이 갈가리 찢길 것 같았다.

'중력검과 내가 솔잎으로 펼쳤던 검을 자신의 것으로 만들었어. 아니, 한 가지 더 포함된 건가?'

어지럽게 휘날리는 풀잎들이 서서히 모여 거대한 검이 되었다.

'헐~ 내가 말해줬던 걸 모두 자신의 것으로 만들어 버리다니. 괴물이 따로 없네.'

놀라웠다. 단 한 달 만에 검술은 내 수준으로 올라온 것 같았다.

'근데 왜 편하게 상대할 수 있을 것 같지? 쩝! 나 스스로를 과소평가한 건가?'

어떻게 피하고 어떻게 파훼할지가 훤히 보였다.

더 이상 머뭇거릴 이유가 없었다.

내가 자리에서 일어날 때 때마침 해가 서서히 떠올랐다.

"자, 대련을 시작해 볼까."

허리띠 양옆에 손바닥만 한 크기와 두께의 철판이 달려 있었는데 그곳에서 각각 한 개의 검이 튀어나와 내 좌우에 떠올랐다.

"몸 안 풀고 해도 되겠어?"

"핑곗거리는 만들어둬야지."

"왠지 자신 있다는 말처럼 들리는데."

"없다면 거짓말이겠지. 하지만 그렇다고 봐줄 거라 생각하면 오산이야. 나에게서 엘프들을 빼앗아간 악당! 덤벼라, 에리안!"

"도대체 무슨 소린지. 간혹 너 무서운 거 알아?"

말이 끝나기 무섭게 다가온 파란 검강을 머금은 날로 베어 왔다.

쾅!

내 오른쪽 검이 역시 검강을 머금고 막았다.

반탄력으로 밀려나는 힘을 이용해 검의 방향을 튼 그녀의 검은 매섭게 찔러왔다.

이번엔 검강이 검 끝에 맺혀 있었다.

"그냥 검강을 전체 검에 두르도록 놔둘 걸 그랬네. 그랬으면 이렇게 마구 사용하지 못했을 텐데."

왼쪽에 있던 검이 찔러오는 검을 중(重)을 이용해 무겁게 눌렀고 오른쪽 검이 그녀를 대각선으로 베어갔다. 거기에 놀고 있던 왼손을 그녀의 옆구리로 찔러 넣었다.

"고마워. 됐지?"

전혀 고맙지 않다는 듯 한마디 툭 던진 그녀는 한쪽 다리를 빼는 것만으로 두 가지 공격과 방어를 무력화시켰다.

게다가 방금 전 그녀가 있었던 자리에 빨아들이는 힘이 작용했다.

"중력검의 응용!"

그저 공중의 있는 검과 찌르는 팔이 순간 휘청하는 정도의 힘이었지만 순간적으로 자세가 무너지는 기가 막힌 한 수였다.

에리안은 기회를 놓치지 않았다. 재빨리 세 번 검을 휘둘렀다.

막을 수 있지만 다음 공격도 생각해야 했다.

"블링크!"

난 자세를 바로잡으며 그녀의 뒤로 이동했다. 빠르게 투명 손 세 개를 그녀에게 날렸다.

스윽!

등을 보이고 있던 그녀는 빙글 돌며 검으로 반원을 그렸다. 디스펠이 걸린 듯 공중에 떠 있던 두 개의 검이 바닥으로 떨어졌고 투명 손이 사라졌다.

"쳇! 성가신 검이네."

또다시 붙어오는 그녀를 향해 주먹을 뻗었다.

콰앙~

검과 주먹에 맺혔던 검강이 부딪히며 굉음을 만들어낸다.

이어 곧바로 땅에 떨어져 있던 검이 다시 움직이며 에리안의 급소를 노렸다.

"네 검이야말로 성가셔!"

"이제부터 좀 더 성가시게 해줄게."

마법 검집에서 두 개의 검이 더 튀어나왔다.

챙! 쾅! 채앵! 콰앙!

해가 완전히 떠올라 중천으로 올라갈 때까지 우리의 대련은 계속됐다.

'이 정도면 한동안은 조용하겠지. 배가 고픈데 슬슬 끝내볼까.'

오랜만에 땀이 날 만큼 움직여 기분이 좋았다.

'다음에 또 놀자. 이렇게 노는 건만 노는 게 아니잖아. 안 그래?'

마나들이 마치 더 놀아달라고 보채는 것 같았다. 그래서 그들을 다독인 후 에리안을 덮쳐갔다.

"허허허! 잘 지냈느냐?"

대련을 마치고 저택으로 돌아오자 엔트 할아버지가 따뜻한 미소로 맞이해 주었다.

"네, 할아버지. 간만에 빈둥거리며 노니 시간 가는 줄 모르겠더라고요."

"때론 빈둥거릴 줄 알아야 더 큰 것을 얻는 법이지. 이번에 만든 냉장고가 신기하더구나."

"식사하고 어떤 식으로 만들었는지 설명드릴게요."

"그래, 식사나… 허허, 아직 식사 준비가 다 안 된 모양이니 차나 한잔하고 있자꾸나."

엔트 할아버지는 뒤에 있는 에리안을 보더니 갑자기 차를 마시자고 했다.

뭔가 싶어 뒤돌아봤다. 그러나 대련 때 이상하게 졌다고 여전히 싸늘하게 노려보고 있는 에리안의 얼굴만 보일 뿐이었다.

"자자! 내 방으로 가자꾸나. 에리안, 식사 준비되면 알려주려무나."

등을 떠밀려 할아버지의 방으로 갔다.

"할아버지는 요즘 뭐 하고 지내세요?"

"서엄서엄 마법진 연구를 하며 지낸다. 한데 아무래도 예전만 못하구나."

"너무 방에만 계시지 말고 여행 다니면서 연예라도 하세요."

"에끼! 이 녀석아, 젊은 네 녀석이나 결혼 좀 해라."

"할아버지도 참, 아직까지 결혼 생각 없어요. 그리고 결혼은 혼자 하나요."

이백 년 전까진 성인이 되기 전에 약혼자를 정하고 성인이 되면 바로 결혼을 하는 것이 당연한 일이었다고 한다.

그러나 전쟁이 일어나지 않아서일까, 오십 년 전엔 결혼 평균 연령이 대략 18세에서 20세쯤 되었고 최근엔 점점 늦어지고 있는 추세다.

"여자가 있다면 결혼을 하겠다는 말처럼 들리는구나?"

"그걸 그렇게 해석하시나요? 하하하! 뭐, 있다면 마다할 이유는 없죠."

여러 번 삶을 살면서 결혼을 생각해 보지 않았다면 거짓일 것이다. 그러나 죽음이 예상되는 상황에서 나 좋다고 할 일은 아니었다.

'결혼이라……'

생각해 볼 일이긴 했지만 지금은 혼자인 것도 나쁘지 않았다.

차를 다 마시고 한참 지난 후에야 하녀가 식사가 준비되었다고 알렸다.

"아점이네요."

"많은 걸 준비하느라 좀 늦은 모양이구나."

엔트 할아버지의 말처럼 넓은 식탁엔 기다린 시간이 아깝지 않을 만큼 다양한 해산물 요리와 고기 요리가 차려져 있었다.

"먹자꾸나."

"잘 먹겠습니다!"

간만에 진수성찬이다.

내륙에서 신선한 해산물은 귀족의 음식이다. 텔레포트 마법진을 통해 배달을 해야 하니 일반 식료품 가게에선 구하기조차 힘들었다.

"맛있네요."

"허허허! 많이 먹으려무나."

족히 스무 가지가 넘는 음식들을 하나씩 먹어보는 재미도 상당했다.

"근데… 이건 뭐지?"

넓은 접시에 담겨 있는 검붉은 음식, 왠지 위험해 보인다. 집게로 앞 접시에 옮겨 담고 향을 맡았다.

매운 향과 독특한 향료의 냄새가 코를 자극했다.

"매운 관자야채볶음."

에리안의 말에 포크로 찍어 입에 넣었다. 지금까지 먹은 어느 음식보다 매웠지만 쫀득쫀득한 관자와 어울려 꽤 좋았다.

"…어때?"

"할아버지가 드시기엔 좀 자극적인 것 같은데 니힌덴 적낭하니 괜찮아."

다시 크게 한입 넣었다.

아득!

"……!"

관자가 아니라 딱딱한 것이 씹혔다. 꺼내 보니 두툼한 나뭇조각이다.

식탁에 정적이 흘렀다. 엔트 할아버지는 놀란 눈이 되어 에리안을 봤고 그녀는 자신이 나뭇조각을 씹은 듯한 얼굴을 했다.

"험! 요리하면서 검기를 쓴 모양이네. 그래도 음식 솜씨는 있는 편이라 다행이다."

에리안이 날 위해 요리를 했다는 건 바보가 아니니 알 수 있었다. 왜 했는지도 둔하지 않으니 짐작이 됐다.

그러기에 독설은 삼키고 적당한 말로 넘겼다.

"험험! 한데 아침에 한 대결은 어떻게 됐느냐?"

엔트 할아버지는 재빨리 화제를 전환했다. 나도 그편이 나았기에 얼른 대답했다.

"할아버지가 섭섭할지 모르지만 당연히 제가 이겼습니다."

"흥! 얼토당토않은 수법에 당황한 것뿐이거든!"

"싸움의 목표는 승리야. 어떤 치사한 방법을 쓰던지 이기면 되는 거 아닌가?"

위스퍼 마법을 이용해 귀를 못 쓰게 만들고, 라이트 마법을 이용해 눈을 못 쓰게 만들고, 아이스 마법을 이용해 수증기를 얼려 감각을 마비시켰다.

"치사한 방법이라는 건 인정하나 보네."

"너의 약점을 알려주기 위해 한 일인데 그렇게 매도하면 기분이 풀려? 뭐, 그렇다면 그런 걸로 해둘게."

"그런 걸로 해두는 게 아니라 치사한 거라니까!"

"그래그래. 그런 걸로 해."

"이익! 너 식사하고 다시 붙어."

"싫은데, 할아버지랑 마법진 얘기할 건데."

검 대신 나이프에 검강을 씌우는 에리안. 난 포크에 검강을 만들었다.

때마침 할아버지가 나섰다.

"허허허! 그러다 진짜 싸우겠다. 그만들 하려무나."

"장난이에요. 에리안은 놀리는 재미가 있거든요."

"난 재미없거든!"

"녀석들 하곤. 아무튼 내 눈엔 둘이 티격태격하는 게 참 보기 좋구나. 근데 아우스야?"

"네, 할아버지."

"나와 진짜 가족이 될 생각은 없느냐?"

"…예? 혹시 입양하시겠다는 말씀이세요?"

무슨 말을 하는지 퍼뜩 알아듣지 못했다.

"그것 말고도 가족이 되는 법이 있지."

입양 말고 가족이 되는 법?

아까 차를 마시면서 할아버지가 했던 말이 떠올랐다.

"아! 설마……?"

"네가 싫지 않다면 에리안과 연결시켜 주고 싶구나."

"……."

난 입만 벙긋거릴 뿐 아무 말도 할 수가 없었다. 아니, 정확히는 머리가 텅 비어 어떤 말도 떠오르지 않는다는 게 맞을 것이다.

에리안을 보았다.

그녀는 마치 다른 사람의 얘기인 양 아무렇지 않게 나를 바라본다.

내가 계속 바라보자 그녀가 말했다.

"왜? 내 생각을 묻고 싶은 거야?"

"…넌 아무렇지도 않아?"

"결혼에 대해 딱히 생각해 본 적 없지만 너라면 나쁘지 않다고 생각해. 내가 검술을 하는 걸 반대하지 않을 테고 언제든 대련할 수 있잖아. 그리고 무엇보다도… 널 좋아해."

이런 무덤덤한 고백은 근 백 년 동안 처음 받아본다.

아기자기하고 사랑스러운 결혼 생활이 떠오르는 것이 아니라 나이프와 포크를 들고 식탁을 사이에 두고 싸우는 모습이 먼저 떠올랐다.

그래서 에리안이 싫으냐고? 아니다.

미모? 10번의 삶을 사는 동안 본 여자 중에 다섯 손가락 안에 드는 미녀다.

성격? 차갑게 보이지만 내가 살아 있다는 걸 알고 격하게 껴안는 걸 보면 따뜻함도 있는 게 분명하다.

무공광이라는 것과 차가운 표정, 가슴이 조금 작다는 점 등 사소한(?) 단점을 빼곤 괜찮았다.

한참 생각한 끝에 결론을 내고 입을 열었다.

"…신중히 생각해 볼게요, 할아버지."

그녀의 장단점을 떠나 내 마음이 어떠냐가 내겐 가장 중요했다.

36장
마법의 시대

엔트 할아버지의 갑작스러운 제안에 대한 답은 일단 사귀어보자는 것으로 마무리 지었다.

뜬금없는 여자 친구가 생겼지만 부인이 아닌 게 어디냐고 자위했다.

생활은 딱히 바뀐 게 없었다.

여전히 빈둥댔고 떠오르는 것이 있으면 마법 용품을 만들었다. 다만 달라진 것이 있다면 일주일에 한 번 데이트 시간을 가지기로 한 것과 둘만의 수정구를 만들어 밤에 대화를 나눈다는 정도였다.

"오늘도 늦게까지 작업을 하는 거야?"

수정구가 비추는 화면 속 에리안은 여전히 정복 차림이었다.

─응. 누가 마법진만 달랑 가르쳐 주고 가는 바람에 그렇게 됐네.

"어차피 상품화시키려면 알아서 해야지."

─상품화하면 우리만 좋아? 이익의 20퍼센트를 가져가는 누구도 좋지 않나?

"글쎄요, 그 누구는 현재 돈보단 빈둥대기가 더 좋은 걸 어떻게 하지?"

─내가 너한테 무슨 말을 하겠니. 난 가봐야 하니 이만 끊어.

"너무 늦게까지 하지 마. 내일 데이트해야 되잖아."

─내일은 안 돼. 너무 바빠. 그냥 나흘 후 박람회 당일에 와. 그때 보자.

"나야 상관없어. 그럼 그때 보자."

마법 용품 박람회는 어차피 가려고 했다. 수많은 마법 용품을 보면 왠지 모를 자극을 받지 않을까 싶었다.

빈둥댐은 시간을 빠르게 흘러가게 하는 능력이 있었다. 나흘이 눈 깜박하는 사이에 지났다.

"첫 데이트인데 최소한 예의를 지켜야겠지?"

마법으로 씻고, 편하게 입고 있던 옷을 벗은 뒤 옷장을 열었다.

정장이라 할 만한 것은 발칸 제국의 지론 남작가에서 입었던 기사복뿐이었다. 견장과 가문 마크를 떼고 입어보니 그럭

저럭 봐줄 만했다.

"간만에 입어서 그런가, 어색하고 불편하네."

머리도 잘라야 할 것 같다.

거울을 보는 그대로 프링크 영지의 이발소로 텔레포트했다.

사실 프링크가 남작이긴 했지만 기존의 세습 남작처럼 커다란 영지의 빙어봉 성을 가지고 있지 않았다.

즉, 방어 마법이 없어 영지 어디든 텔레포트로 이동할 수 있었다.

"하아아… 허억! 누, 누구십니까?"

이발소 앞으로 이동하자 하품을 하며 문을 열고 나오던 중년의 이발사가 깜짝 놀라 바닥에 주저앉았다.

"머리 깎을 수 있을까요?"

"…네? 네네! 들어오십시오."

"기다려야 할 줄 알았는데 상당히 부지런하군요?"

"허허, 평소엔 11시쯤 엽니다. 한데 오늘은 마법 용품 박람회가 수도에서 열리지 않습니까."

"그거랑 상관있습니까?"

"재작년부터 박람회가 마치 축제처럼 바뀌었습죠. 그래서 많은 젊은이가 그것을 즐기러 갑니다."

"아하! 그러고 보니 저도 그러네요."

젊은이들이 즐기러 간다는 건 결국 연인과 행복한 시간을 보내기 위해, 연인이 없는 사람은 만들기 위해 간다는 것과 상통했다.

"어떻게 잘라 드릴까요?"

"시원하고 단정하게 잘라주세요."

마법사마다 주력 마법이 다르듯 이발사 역시 자르는 스타일이 조금씩 달랐다.

나의 경우는 지저분하지만 않으면 됐다.

이발사의 말처럼 오늘 수도로 가는 젊은이들이 많은지 내 머리를 다 자르기도 전에 두 명의 젊은이가 들어왔다.

시원하고 깔끔해진 모습으로 이발소를 나왔다.

이곳에서 15분 정도 걸어야 할아버지의 저택이 나왔지만 약속 시간까진 여유가 있었다.

마을 전체가 다소 들떠 있는 것을 느꼈다.

"에리안이야 준비 때문에 떠났지. 그 녀석이 수도에서 만나자는 말을 하지 않은 게냐?"

"하하… 전혀요."

"녀석하곤."

없는 에리안 대신 엔트 할아버지가 미안해했다.

"괜찮아요. 이동 한 번 더 하면 되는데요, 뭘. 근데 할아버지는 안 가세요?"

"작년에 갔는데 번잡스럽더라. 에리안이 없어 간만에 조용하니 독서나 하면서 있으련다. 재미있게 보내다가 오려무나."

"그러세요. 다녀올게요."

할아버지에게 인사를 하고 나와 수도를 떠올리며 이동을
하려 할 때였다.

"아우스! …경."

페페와 카루소, 해적들이 우르르 몰려왔다.

"그 어정쩡한 호칭은 뭡니까? 그냥 편하게 아우스라고 불러
요."

"…굳이 원한다면야."

원하지 않는다고 말해줄까.

악의는 없었기에 피식 웃고 말았다.

"할 말이 뭡니까?"

"지금 수도에 가려는 거라면 우리도 같이 데려가 줘. 듣자
하니 너 텔레포트를 사용하는 마도사라며."

다들 말끔하게 꾸민 걸 보아하니 돈을 아끼려고 나를 기다
리고 있었던 모양이다.

눈빛을 보니 차마 안 된다고 말할 수 없었다.

"더 갈 사람 있으면 데리고 와요."

"그래도 돼? 몇 명까지 되는데?"

"마법진을 그리면 돼요. 한 30분쯤 걸릴 테니까 천천히 준
비하세요. 보아하니 수련할 사람이 없는 것 같으니 수련장에
다 그릴게요."

"오케이!"

수련장으로 간 나는 한 자루의 검을 뺐다. 그리고 검 끝에

검강처럼 새파란 마나를 응축했다.

검강과 형태와 색깔은 비슷했지만 쓰임새는 전혀 달랐다.

'마법진을 그릴 때 쓰는 마나석과 비슷하지.'

굳이 마나석이 마나가 모여서 이루어진 것이라면 마나를 응축하면 비슷하지 않을까 라는 생각에 해봤다.

마나석으로 그릴 때와 달리 일주일 정도 지나면 사라진다는 단점은 있었지만 비용과 빠르게 그릴 수 있다는 점을 생각한다면 꽤 쓸 만했다.

검이 날아올라 머릿속에 떠올리는 마법진을 따라 그리기 시작했다. 거의 보이지 않을 정도로 빠른 속도.

마나석 지팡이로는 불가능한 일이다.

마나석의 마나가 빠져나가 마법진에 스며들어야 하는데 스며드는 속도보다 빨랐다.

붓이 되어 텔레포트진을 그리던 검은 모두 그리고 나자 남은 마나를 진에 넘겨주고 허리로 돌아왔다.

"우와! 신기하군요, 방장님. 도대체 얼마나 수련을 해야 그런 경지에 오를 수 있을지."

카루소가 감탄사를 터뜨렸다. 대답은 페페가 했다.

"쯧! 우리랑은 다른 세계에 사는 인간이야."

같은 인간에 불과하다고 반박을 하려다가 저들이 볼 때 그럴 수 있겠다 싶었다. 나 역시 과거 마법사를 보고 그렇게 느끼지 않았던가.

"수련장 위로 올라가요."

하인, 하녀 할 것 없이 저택에서 젊다는 사람들은 다 온 모양이다.

"자, 준비됐으면 출발하겠습니다."

"저… 아우스 님."

에리안을 담당하는 하녀가 조심스레 말을 걸어왔다.

"왜요?"

"…아직 한 명이 안 왔는데요."

"그럼 기다리죠. 다들 급할 것도 없잖아요."

미안해하는 그녀를 대신해 다른 사람들의 동의를 얻었다. 잠시 후에야 마지막 탑승자가 부리나케 달려왔다.

"죄, 죄송합니다. 급하게 준비하느라… 죄송합니다."

연신 죄송하다고 말하는 아직 어린 하녀 견습생에게 화를 내는 사람은 아무도 없었다.

"천천히 해도 된다."

어린 하녀의 두건을 벗겨주며 다독인 후 텔레포트진을 활성화시켰다.

"우와! 예쁘다."

"하하, 구토 조심하렴."

룬어의 반짝임을 보며 예쁘다고 말하는 어린 하녀의 머리를 토닥이는 순간, 이동했다.

"우웩!"

"으~ 콜록콜록!"

도착하자 하녀와 하인 몇몇이 구토를 했다.

"아우스, 근데 여긴 어디냐?"

한쪽에 위치한 수도의 모습을 빤히 보면서도 폐폐가 물었다.

"수도 근처엔 텔레포트 마법이 금지되어 있습니다."

"그렇다고 이렇게 멀리 하면 어떻게 하나?"

"가까워서 경비대에 걸리면 책임질 수는 있고요? 다시 프링크 영지로 보내줘요?"

그는 조용히 입을 닥치고 수도를 향해 걸었다.

역시 누군가를 데리고 다니는 건 성가시다. 그러나 몰린과 일행이 생각났다.

"15분 정도 걸으면 도착해요. 도착하면 맛있는 거 사줄게요."

대로로 올라가 수도 향하는 행렬에 몸을 실었다.

외성 밖에서 먹을 것을 입에 물고 외성 광장으로 들어섰다.

"다들 박람회로 갈 겁니까?"

"아니, 거길 무슨 재미로 가."

역시 그들의 목적은 박람회가 아닌 축제였다.

첫날 오전임에도 수도 전체가 축제 분위기로 후끈 달아올라 있었다.

"그럼 여기서 헤어져야겠군요. 갈 곳은 있습니까?"

"프링크 남작님의 수도 저택. 이렇게 많을 줄은 그쪽에서 생각 못 하겠지만 뒤뜰에서라도 자면 될 거야."

"그럼 박람회가 끝난 후 그곳에서 만나 돌아가는 걸로 하죠. 자! 이거 받아요."

난 작은 구슬과 금화가 조금 든 주머니를 건넸다.

"뭐냐?"

"혹시 문제 생기면 구슬에 마나를 주입하세요. 그리고 주머니는 찬조금이라고 해두죠."

"이 정도는 나에게도 있거든?"

그는 주머니 안을 흘낏 보곤 중얼거리듯 말했다.

"그럼 주든가요."

"흥! 성의를 무시하면 안 되지."

투덜거리는 일관성 하나만큼은 인정해 줘야 했다.

일행들과 헤어져 박람회장으로 향했다.

굳이 물을 필요가 없을 만큼 다양한 푯말의 화살표가 한 곳을 가리키고 있었다.

박람회는 수도 아카데미의 거대한 강당에서 열리고 있었다.

도시 전체가 축제 분위기이듯 아카데미도 예외는 아니었다.

"어째 해가 갈수록 드레스가 착해지는 것 같아. 아님 플린만의 분위기인가?"

강당에 들어가기에 앞서 아카데미를 걷는데 가슴 부근이 다양한 모양으로 파이고 뽀얀 다리가 훤히 드러나는 옷을 입은 여자들이 오고 갔다.

난 적당한 곳에 자리를 잡고 앉아 구경을 했다.

"구경만 하지 말고 가서 데이트 신청이라도 해보지그래?"

더욱 착한 의상을 입은 두 여학생을 보고 있는데 나쁜 의상을 입은 여자가 시선을 가로막았다.

늘씬하고 긴 다리보다 길고 날렵한 검이 인상적이다.

"여자 친구가 알면 큰일 나거든."

"그걸 아는 사람이 눈은 자꾸 뒤를 향하네?"

"늘씬한 다리 덕분이지. 근데 여자 친구, 왜 수도에서 만나자고 말하지 않았어?"

"페페의 부탁이었어. 이 시기의 텔레포트진이 비싸기도 하지만 일반 서민들의 경우 오래 기다리거나 이용할 수 없거든. 다 데려왔어?"

"네가 마음이 약하잖아."

"잘했어. 근데 그러다 저 애들 옷 뚫어지겠다. 차라리 내가 옷을 잘라줄까?"

"훗! 벗기면 오히려 감흥이 일어나지 않거든."

"변태적인 성향까지. 뭐, 남자 친구를 위해 나도 저런 옷을 입어볼까?"

"영차! 흥미가 사라졌어."

일어나자 한쪽 눈썹이 실룩대고 있는 에리안의 얼굴이 보였다.

"훗! 아침부터 고생시킨 복수는 끝. 준비는 잘했어?"

난 허리에 턱, 하고 올려놓은 그녀의 왼손을 잡아 풀어 당겨 옆으로 오게 만들었다. 움찔하며 거부하려는 힘이 느껴졌지만 강하진 않다.

"…그리 걱정되면 좀 도와주지 그랬어."

"그 정도로 걱정하진 않았어, 하하!"

우리는 손을 꼭 잡은 채로 캠퍼스를 돌며 대회를 나눴다.

"근데 어떻게 나왔어?"

"익숙한 마나를 가진 이가 들어오지 않고 밖에서 서성이고 있길래."

"헐~ 도망을 가려고 해도 갈 수가 없겠네. 안의 분위기는 어때?"

"네가 만든 물건에 대한 사람들의 반응이 어떤지 들어가서 직접 확인해 봐."

"한 바퀴 돌고 가자. 첫 데이트잖아."

"…응."

사실 엔트 할아버지의 손녀로서가 아닌 인간 에리안에 대해 좋은 감정을 가지고 있었다.

누군가처럼 그립고 보고 싶은 마음은 작지만 사귀기로 한 이상 최선을 다할 생각이다.

캠퍼스를 돌며 우린 어깨를 맞댈 정도로 조금 더 가까워졌다.

강당의 입구는 오우거 커플이 손을 잡고 들어가도 될 만큼 크고 웅장했다.

그리고 끝이 안 보일 만큼 강당 또한 컸다.

"와우! 엄청 크네."

"평소 아카데미 학생들이 마법 수련하는 공간이야."

"마법에 대한 투자가 엄청나네."

"응. 하지만 검에 대해선 그만큼 소홀하지."

"아! 네가 뮤트 제국 아카데미로 간 이유가?"

"그것도 여러 가지 이유 중 하나야."

에리안은 고개를 끄덕이며 말했다.

"사람 참 많다."

넓은 강당 다음으로 우릴 놀라게 한 것은 사람이었다.

도서관 서가처럼 나눠진 마법 부스가 족히 수백 개가 넘었고 그곳을 구경하는 이들로 북적였다.

"아직 시작이야. 내일이나 내일모레쯤 되면 발 디딜 틈도 없을 만큼 북적여."

"으~ 오늘 구경하고 축제나 즐겨야겠네. 요즘 조용한 곳에서 지내서 그런지 북적이는 건 질색이야."

무엇보다도 싫은 건 수많은 마법 용품 때문에 마나가 불규칙하게 움직이고 있다는 점이었다.

캠퍼스를 돌 때와 달리 강당에선 에리안이 내 손을 끌었다.

프링크가의 부스는 꽤 크고 눈에 잘 띄는 곳에 위치해 있었다.

그래서일까, 상인으로 보이는 많은 이가 상품의 설명을 들거나 전시해 놓은 물건을 확인하고 있었다.

"음, 뭔가 부족해."

"뭐가? 이 정도면 다른 곳에 비하면 성황이야."

"아니, 그게 아니라 사람들의 눈을 끄는 뭔가가 부족한 것 같아."

"그래? 나름 신경을 쓴다고 해둔 건데."

에리안의 말대로 프링크가의 부스는 다른 곳에 비하면 훌륭했다.

화염 요리기처럼 얼굴이 비치는 듯한 대리석으로 부스 주변을 꾸몄고, 마법진을 디자인처럼 과하지 않게 이용해 세련되면서도 고급스러운 느낌이다.

'그래도 이 부족한 느낌은 뭐지?'

한참 주변을 두리번거리다 박람회를 구경 온 아카데미 여학생을 본 순간 머릿속에서 무언가가 떠올랐다.

"알았다!"

"뭘?"

"나중에 얘기해 줄게. 내일 아마 어떤 부스보다 빛나게 될 거야, 후후후!"

에리안은 눈을 좁히는 걸로 궁금하다는 뜻을 내비쳤지만 내일의 즐거움을 위해 말하지 않았다.

"잠깐만, 집사가 부르는 것이 제법 큰 선주문이 들어왔나 봐. 천천히 돌아봐. 점심 같이 먹자."

집사의 기뻐하는 표정과 빨리 오라는 손짓이 눈에 보이지 않을 만큼 빠른 것을 보니 상당한 모양이다.

프링크가의 전시품은 냉장고와 라디오, 스피커라는 제품으로 고급스럽게 만들었다 뿐이지 내가 만든 것들이라 볼 이유가 없었다.

난 걸음을 옮겨 다른 부스로 향했다.

"이쪽으로 와 구경해 보십시오. 여름에 시원한 옷, 겨울에 따뜻한 옷입니다. 두 벌만 있으면 여행갈 때, 일할 때, 놀 때 언제든 하루 8시간은 걱정 없습니다."

옆 부스를 생각했는지 크지 않은 음성으로 홍보했다. 그러나 발길을 잡아끌기에 충분했다.

부스 앞에 진열해 놓은 옷이 10벌이 넘었지만 인기가 많아 차례가 올 때까진 조금 기다려야 했다.

'오! 아이디어가 좋은데.'

내 차례가 와 옷을 만져보는 순간 어떤 마법진이 사용되었는지 알 수 있었다.

사용된 마법진은 단순했다. 등에 따뜻해지는 옷은 파이어 마법진을, 차가워지는 옷은 아이스 마법진을 이용해 옷 안의 물을 데우거나 차갑게 만드는 원리였다.

'문제는 카피하기가 너무 쉽겠는데……'

그러나 머릿속으로 만들기를 하던 나는 이 상품을 카피하기 쉽지 않다는 걸 알았다.

"눈치채셨군요."

앞에서 손님들이 하는 양을 지켜보며 물어오면 대답을 해주던 까맣게 탄 피부의 사내가 웃으며 말했다.

"네?"

짐짓 모른 척 반문했다.

"마법사님들은 이 제품에 쓰인 마법이 단순하다는 걸 바로 아시더라고요. 개중엔 뭔 옷이 이렇게 비싸냐고 화를 내시는 분도 계셨고요."

"진정한 가치를 몰라서 하는 말이죠. 값어치는 충분합니다."

옷의 가격은 1금 10은. 그러나 내가 볼 때 이 옷은 결코 비싼 게 아니었다.

"역시 기사님은 아시는군요. 처음 표정에서 안타깝다는 표정을 지으시다가 놀라는 표정으로 바뀌는 걸 보고 그리 말씀드린 거니 기분 나빠하지 마십시오."

"전혀요. 마법이 전부가 아님을 알게 해준 제품이라서 오히려 안목을 넓혔습니다."

인사를 하고 물건을 놓고 돌아서려 할 때였다. 옆에 있던 상인이 물었다.

"이보슈, 기사 양반. 내가 생각하기도 이런 물건이면 50은이면 충분히 만들 수 있을 것 같은데 값어치를 한다니 무슨 말입니까?"

"아마 2금을 들여도 못 만들 겁니다."

"그럴 리가… 마법을 모르는 내가 봐도 파이어나 아이스를 쓴 것 같은데요."

대답해야 말아야 하는 고민하자 까맣게 탄 사내는 대답을 해도 된다는 듯 고개를 끄덕였다.

"이 제품은 마법이 중요한 게 아니라 옷의 방수를 어떻게 하느냐가 중요합니다. 방수가 되지 않으면 무슨 수로 데우고 차갑게 할 수 있겠습니까."

"아! 그렇군요."

상인인지라 금세 알아들었다. 그리고 가치를 눈치챘는지 물건을 사고 싶나머 흰쪽 구석에 위치한 상담 장소로 갔다.

그뿐만이 아니었다. 뒤에서 기다리던 이들도 꽤 긍정적으로 물건을 봤다.

부스의 사내는 내가 떠나려 하자 고맙다는 듯 꾸벅 인사를 했다.

'크~ 그 양반 순진한 줄 알았는데 꽤 영악하네.'

이용당한 듯했지만 기분이 나쁘진 않았다.

부스를 돌아다니다 보니 재미난 물건도 많았다. 라이트 마법과 다양한 색의 유리를 이용해 색색의 빛이 나는 라이트를 만든 이도 있었고 너무 엉뚱해서 과연 팔릴 수 있을까 싶은 것도 많았다

'이거 다 구경하려면 이틀은 빡세게 돌아야겠는데.'

꽤 봤다고 생각했지만 이제 한 줄을 봤다.

다음 줄로 가서 꼼꼼히 살펴보기엔 시간이 부족했고 대충 지나가자니 점심을 먹고 보는 게 나을 것 같았다.

후자를 선택해 프링크가의 부스로 돌아가려 할 때였다. 두 명의 상인이 지나가면서 얘기하는 소리가 귀에 들이왔다.

"올해도 역시 프링크가와 트린가의 대결인 것 같으이. 역시 수준이 달라."

"난 프링크가는 아직 못 봤는데 트린가보다 낫나?"

"글쎄, 어느 물건이 좋다 나쁘다고 할 수는 없지만 팔릴 걸 생각한다면 당연 프링크가의 냉장고와 라디오, 스피커지."

"냉장고?"

"냉동고와 냉장고가 있는 제품인데 아예 냉장고라는 이름 으로 냈더군."

"냉장고가 새로워 봐야 얼마나 새롭다고. 고급스럽게 보인 다고 다 잘 팔리는 건 아냐. 트린가를 봐. 물을 편하고 빠르게 데워 쓸 수 있는 마법 주전자와 돈 있는 집 마나님들과 영애 들이라면 끔뻑 죽을 헤어 드라이기와 고데기. 완전 새로운 거 잖아."

"그것도 나쁘지 않아. 하지만 냉장고를 직접 보면 자네 생각 도 바뀔걸."

프링크가를 물건을 좋아하는 상인은 놀라게 할 생각인지 정확히 설명하지 않았다.

"내 생각이 바뀌면 오늘 점심은 내가 내지. 단, 바뀌지 않으면 자네가 내게."

"허허허! 난 자신 있어."

두 사람이 가는 걸 보고 나도 마음이 바뀌었다. 그들이 조금 전에 오던 방향으로 갔다.

'저기가 트린가의 부스인 모양이네.'

헤매지 않고 바로 찾을 수 있었다.

모여 있는 사람으로 보자면 트린가의 승리였다.

특히 다른 부스에선 보기 드문 여자들이 상당히 많았다.

박람회장을 구경하러 온 이들은 각 대륙에서 온 상인이 50퍼센트, 귀족이 20퍼센트, 마법에 관해 관심이 많은 학생과 마법사들이 30퍼센트 정도였다. 그중 여자는 1퍼센트도 되지 않는데 그들 대부분이 트린가에 모여 있다고 해도 과언이 아니었다.

사람이 많음에도 넓은 부스와 상당한 수의 전시품 때문에 10분 정도 기다리자 물건을 볼 수가 있었다.

'대단해. 별것 아닌 마법으로 전혀 새로운 용도의 물건을 만들어냈어.'

마법진도 마법진과 물건의 낫 모양의 헤어 드라이기와 꼬챙이, 가위를 섞어놓은 듯한 고데기, 위에 버튼을 누르면 물을 끓게 만드는 마법 주전자는 엄지를 치켜들 만큼 훌륭했다.

에리안이나 다른 이들은 어떻게 생각할지 모르겠지만 내가 만든 냉장고, 라디오, 스피커와 비교해도 트린가의 제품이 우수해 보였다.

'오길 잘했어. 닷새 동안 다 구경하고 가야지.'

상상을 자극하기에 충분했다.

구경을 하고 돌아서려고 하는데 안쪽의 선주문을 받는 장소에서 약간의 소란스러움 들려왔다.

"발칸 제국의 뮬터 상단과 연관된 곳과는 거래를 하지 않습니다."

"올 6월부터 뮬터 상단과 거래를 끊었다니까. 도대체 어떻게 해야 믿어주시겠습니까?"

"우리가 조사한 바에 의하면 그쪽 상회에서 뮬터 상단에 우리 물건을 넘겼음을 알고 있습니다. 더 이상 말하기 싫으니 나가주십시오."

"계약된 것까진 넘겨야 하지 않겠습니까. 이번에도 뮬터 상단에 물건을 넘기면 위약금으로 세 배를 준다고 회주께서 약속하셨습니다. 그러니 다시 한 번 생각해 주시오. 프링크가도 그렇고 트린가까지 이러면 저 회주님께 죽습니다."

"그럼 귀상회의 회주 계약서를 가져오십시오. 그럼 그때 다시 얘기하죠. 다음 손님이 기다리니 이만 일어나 주십시오."

"에휴~ 잘나간다고 정말 너무들 하시는구려."

뮬터 상단이 여기저기에 원한이 많은 모양이다.

현재 상태로 계속되면 공작령과 일부 지역에서만 운용되는

군소 상단으로 전락할 날도 얼마 남지 않을 성싶었다.

'그나저나 트린가는 뮬터 상단과 무슨 안 좋은 일이 있었나.'

프링크가야 엔트 할아버지의 일 때문이라고 하지만 트린가는 무슨 일을 당했는지 궁금했다.

물론 애써 알아볼 정도는 아니었기에 프링크가의 부스로 발걸음을 돌렸다.

에리안은 상담이 끝났는지 부스 앞에 서서 기다리고 있었다.

"상담은 잘 끝났어?"

"응. 보폴스 왕국 상인인데 자국에서 우리 물건 총판을 하고 싶다고. 조건도 좋고 보폴스 왕국 전국 유통망을 갖추고 있어서 그러자고 했어."

"프링크 가문의 주머니가 두둑해지겠네."

"네 주머니도 마찬가지잖아. 근데 트린가 제품 구경은 잘 했어?"

감지인지 감시인지 모르겠다.

"응, 좋더라."

"장담컨대 냉장고와 라디오, 스피커가 더 인기가 좋을 거야."

"내가 보기엔 그쪽이 더 나아 보이던데."

"내가 보기엔 우리 쪽이 더 나아 보여. 설령 그쪽이 더 좋다고 해도 결과는 마찬가지고."

"확신하는 것 같은데 이유가 뭐야?"

"트린가는 개발자야. 획기적인 물건을 개발해 많은 이득을 얻고 있긴 하지만 상인으로서의 경영은 많이 부족해. 뭐, 덕분에 왕국의 상단, 상회가 이익을 많이 보고 있지만 말이야."

재미있는 판단이었다.

근데 내 생각으론 왠지 그보다는 다른 이유가 있는 것 같았다. 그러나 설명할 길이 없었기에 굳이 입 밖으로 끼내진 않았다.

"나머지 얘긴 점심 먹으며 하자. 뭐 먹을래?"

"아카데미 식당으로 가자."

"학생 시절을 떠올리고 싶으면 다음에 하자. 오늘은 맛있는 거 사줄게."

"박람회 기간 동안 제일 맛있는 곳이 아카데미 식당일 거야. 유명 요리사들이 다 모여 있거든."

뭔 소린가 했더니 박람회에 부스를 연 상인들이 부스 관계자와 선주문한 고객들과 구경 온 귀족들을 위한 임시 음식점을 차려놓은 것이란다.

유명 요리사들을 고용해 다양한 음식을 구비해 놓았다는데 마다할 이유가 없었다.

휘익!

"왜 여기로 오자고 했는지 알겠네."

넓은 식당 삼면에 수십 개의 테이블이 붙어 있었고 그 위에 본 적 없는 음식부터 각국의 요리까지 족히 이백여 가지가 넘는 음식이 진열되어 있었다.

게다가 요리사들이 연신 새로운 요리를 내보이는 코스도 따로 있었다.

우린 말끔하게 차려입은 이가 안내했다. 그리고 자리를 잡자 두 명의 여자가 조금 떨어진 곳에 섰다.

뭐 하는 이들인가 했더니 음식을 고를 때 접시를 들어주고 서비스를 하는 하녀들이었다.

그저 먹고 싶은 걸 손짓으로 가리키고 개수를 손가락으로 알려주는 것만으로 접시는 가득 찼다.

그마저도 귀찮은 귀족들은 앉아서 하녀들이 가져온 음식을 맛보고 마음에 들지 않으면 계속 반복시켰다. 하지만 그렇게 반복을 하는 하녀들의 눈엔 짜증이라곤 찾아볼 수가 없었다.

이유는 식사를 마친 이들이 테이블 위에 올려두는 팁 때문이었다.

"보올 지방의 레드 와인으로 갖다 줘."

보올은 길쭉하게 생긴 플린 왕국의 중부에 있는 대륙에서 유명한 와인 생산지였다.

에리안의 말에 하녀는 금세 와인을 가져와 마개를 따서 잔에 따른 후 원래 위치로 돌아갔다.

"보올 와인도 있어?"

"뮤트의 보드카, 발칸의 위스키, 보폴스의 곡주, 각국의 맥주 등 유명한 술은 다 있어."

"집에서 반주로 마실 겸 나중에 몇 병씩 사가지고 가야겠다."

"종류마다 한 박스씩 준비해 줄게."

"하하하! 도무지 사양할 수 없는 말이네."

통 큰 여자 친구 나쁘지 않다.

식사를 하는 동안 아는 이들이 있는지 지나가는 이들에게 가볍게 고개를 숙였다 들었다

"음식은 마음에 드는데 아는 사람들이 너무 많아 불편한 거 아냐?"

"이젠 익숙해. 아는 사람도 거래하는 상회 관계자 정도라 그리 많지 않은 편이고."

"근데 테트릭 남작님은 안 와보시는 거야?"

테트릭 디 프링크 남작.

에리안의 아버지로 플린 왕가에서 남작 위를 받아 프링크 가를 연 인물이다.

엔트 할아버지의 집에 머물 때 한번 본 적이 있는데 엔트 할아버지와 에리안을 못마땅해했다.

따로 사는 것도 그 때문인 것 같은데 정확한 이유는 몰랐다.

"폐회하기 전날 오실걸. 그때 왕국의 귀족들이 모이거든. 지금은 오빠랑 함께 공장을 관리하고 계실거야."

"엥? 마법에 대해 꽤 부정적이었던 것 같은데?"

"당신의 어린 시절 마법에 미쳐 무관심했던 할아버지와 말을 듣지 않는 내가 싫은 것뿐이셔. 영지의 부와 명성을 올려주는 마법 용품을 싫어하진 않아."

쓸쓸한 말을 아무렇지 않게 말했다. 정말 아무렇지 않은지 모르겠다.

"그럼 그날 인사라도 드려야 하나?"

"글쎄, 굳이 그럴 필요가 있을까 싶지만 기회가 된다면 소개시켜 줄게."

만나지 않아도 되면 나야 좋았다.

아직 미래가 어떻게 될지 모르는 상태에서 어른을 만나는 건 불편했다.

식사를 마치고 남아 있는 와인을 마시는데 뒤에서 누군가가 다가와 에리안에게 예를 하는 게 느껴졌다.

지금까지와 달리 에리안은 일어나며 예를 표했다.

"엘른 남작님, 오랜만에 뵙습니다."

"식사를 방해할 생각은 없었는데 미안하군요, 에리안 양 그리고 신사분."

남작이 사과를 하는데 마냥 앉아 있을 수 없었다.

"아닙니다. 전 신경 쓰지 마시고 얘기를……! …나누세요."

귀족에게 하는 예를 표한 후 고개를 들어 엘른 남작의 얼굴을 본 나는 정말 놀랐다.

시간이 흘러 약간 변했지만 절대 잊을 수 없는 얼굴이었다.

한때 나의 동생이었고, 또 한때 나의 상전이었던 사람.

아우스 직전 삶인 제리오일 때 모셨던 발칸 제국 드리니트 남작가의 둘째 아들인 엘소른 드리니트.

"이번 프링크가의 제품을 봤는데 역시 훌륭하더군요. 아공간을 이용한 냉장고라니, 상상도 못 했습니다."

"아니에요. 트린가의 제품을 볼 때마다 더 열심히 해야 한다고 생각을 한답니다. 매년 어떻게 기존에 없었던 제품을 창조하는지 남작님의 상상력을 배우고 싶어진답니다."

"하하! 저야말로 시간을 내서 마법진에 대해 프링크가에서 배워야 하는 거 아닌가 생각합니다. 방해꾼은 이만 갈 테니 식사를 마저 하세요."

엘소른, 아니, 이젠 플린 왕국의 엘른 남작이 된 그는 나에게도 살짝 눈인사를 하곤 걸음을 옮겼다.

난 그의 뒷모습에서 눈을 떼지 못한 채 중얼거리듯 에리안에게 물었다.

"…저 사람이 트린가의 현 가주야?"

"응. 뮤트 제국으로 가기 전까진 몰랐던 곳인데 할아버지를 구하고 오니까 엄청 유명해져 있더라. 하지만 유명세에 비해 얼굴을 거의 보기 힘들어. 연구에 미쳐 산다나 봐. 사실 할아버지와 네가 만든 24시간 마법진을 사용하고 싶다고 찾아오지 않았다면 나 역시 얼굴을 몰랐을 거야."

뜻밖의 만남에 멍해 있던 나는 에리안의 질문에 정신을 차렸다.

"근데 아는 사람이야? 꽤 놀라네?"

"…아니, 내가 알고 있는 사람과 닮아서."

불과 6년 전의 일이다 보니 아무래도 동요가 있었던 모양이다. 그러나 금세 안정을 되찾았다.

나름 괜찮은 주인이었고 행복했던 때였지만 그 시절로 돌아가고픈 생각은 없었다.

이제 제리오는 없고 아우스만 있을 뿐이다.

*　　　*　　　*

박람회장을 보고 왜 부족하다고 느꼈는지 알 수 없다. 또한 그 부족함을 채울 수 있는 방법 역시 설명할 길이 없었다.

에리안이 또다시 선주문 상담을 하는 사이 난 외성을 돌고 있었다.

배부르게 먹고 후식에 차까지 다 마셨음에도 포장마차에서 파는 음식을 지나칠 수가 없었다.

달콤한 사탕을 입에 물고 외성 남쪽에 위치한 술집 골목으로 들어섰다.

아직까지 낮이라 그런지 대부분 문이 닫혀 있고 열어둔 곳도 사람이 없긴 마찬가지였다.

"오빠, 아직 영업 시작 안 했는데. 한잔하고 있을래? 금방 씻고 나올게."

열린 곳을 기웃거리자 부스스한 모습의 아가씨가 호객 행위를 했다.

"귀족들도 많이 오가는 곳인데 술집에서 일하는 애들은 좀 그렇겠지?"

고급스럽고 세련된 분위기를 값싸게 만든다면 안 하니만 못할 것이다.

술집 골목을 나와 외성 밖으로 나갔다.

축제를 즐기기 위한 사람들이 계속 오는지 외성 밖은 걷기가 힘들 정도로 붐볐다. 그리고 벌써부터 흥겨운 듯 축제를 즐기고 있는 이들도 상당수였다.

'저기 있군!'

시선을 조금 높여 살펴보자 내가 찾는 곳이 보였다.

축제 때 빠질 수 없는 것이 있었으니 바로 서커스다.

먹고살 만한 일들이 넘치다 보니 예전만큼 서커스단이 많지 않았다. 그러니 인간의 한계를 넘는 동작과 다양한 볼거리를 제공하는 서커스는 여전히 인기였다.

넓은 공터, 서너 개의 서커스 팀의 천막이 쳐져 있고 천막 밖에선 연극, 인형극, 서커스의 맛보기를 보여주는 공연 따위가 벌어지고 있었다.

"자! 잠시 후, 발칸 제국 순회공연을 마치고 돌아온 톰의 서커스단의 공연이 시작될 예정입니다. 단돈 5은, 아이들은 2은. 들어오세요."

오랜만에 서커스단을 보니 과거 서커스단원으로 돌아다닐 때가 떠올랐다.

좋은 일보다 힘들고 나쁜 일이 많았었는데 지금은 왠지 아련하고 미소가 지어졌다.

"마왕! 내 사랑 라푼젤에게 손가락 하나 건드리지 못할 것이다. 헬파이어!"

연극의 주인공 손 위로 파이어 볼이 떠올랐다.

마법사의 시대라지만 연극배우가 3서클인 줄은 생각도 못하고 있었다.

"크아아악! 조셉! 이번엔 물러나지만 다음에 다시 찾아오겠다. 그땐… 그땐 반드시……!"

마왕이 사라지고 여주인공을 구하는 것으로 연극이 끝났다.

구경하던 관객들은 박수와 함께 쿠퍼와 은화를 던져서 그들의 연극을 성원했다.

나 역시 동전을 던진 후 그들이 사라지는 무대 뒤쪽으로 걸음을 옮겼다.

"수고들 했어. 다음 공연은 2시간 뒤에 있을 거야. 공연 팀은 들어가서 공연 준비 하고 나머진 좀 쉰 후에 들어와서 도와."

단장의 외침에 단역 배우들은 옷을 갈아입기 위해 천막으로 들어갔고 인기 있는 배우들은 무대 뒤로 쫓아온 열성 팬들에게 팬 서비스를 하고 있었다.

'여전히 바쁘네.'

서커스단이 한가할 때는 이동할 때뿐이었다. 일단 천막이 세워진 후엔 쉴 틈이 없다 할 만큼 많은 일을 해내야 했다.

"실례합니다."

"…기사님께서 웬일이십니까?"

단장은 미간을 좁혔다가 얼른 웃으며 물었다.

서커스단을 하다 보면 귀족들을 상대할 수밖에 없었다. 그들은 많은 돈을 펑펑 쓰고 서커스를 히게 공터를 빌려주는 없어선 안 될 존재였지만 한편으론 달갑지 않은 존재이기도 했다.

남녀 배우 할 것 없이 잠자리를 요구하는 경우가 허다했기에 얼마나 기분 나쁘지 않게 잘 해결하느냐가 단장의 실력이었다.

"서커스단 여단원 중에 반반한 이들을 며칠 고용했으면 좋겠습니다."

"기사님, 무슨 생각을 하고 오셨는지 모르겠지만 저희 단원들은 물건이 아닙니다."

"잠자리 시중들 사람이 필요해서 온 것이 아닙니다."

"그럼요?"

"박람회에서 물건을 안내하고 소개해 줄 사람이 필요합니다. 다소 민망할 수 있는 옷을 입게 되겠지만 결코 해를 입을 일은 없을 겁니다."

내 계획을 간단히 설명했다.

"무슨 말씀인지는 알겠지만 거기서 얼굴을 보고 반한 귀족이 잠자리를 요구할 수도 있는 일입니다."

일리 있는 얘기였다.

"그럴 수도 있겠군요. 하지만 그런 요구에 응할 수 있는 단원들도 있을 텐데요?"

싫어하는 이들도 있지만 즐기면서 많은 돈을 벌 수 있다는 점 때문에 꽤 적극적인 이들도 있었다.

"…저희 단원 중엔 없습니다."

"그렇습니까? 그럼 어쩔 수 없죠. 기분이 나빴다면 사과드리겠습니다."

강제할 생각도 권리도 없었기에 순순히 물러섰다.

너무 순순히 물러나서일까. 가려는데 단장이 물었다.

"그 일을 하면 얼마나 주실 겁니까?"

"글쎄요. 일 인당 하루에 2금 정도 생각하고 있습니다."

"2금! 자, 잠깐만 기사님, 어떤 일인지 자세히 말해주시겠습니까?"

다시 한 번 설명하자 그는 기꺼이 단원을 4명을 빌려주기로 했다.

"내일 10시까지 아카데미 입구로 보내주세요."

"복장은 어떻게?"

"일단 튀지 않게 보내주세요. 옷은 별도로 준비를 해둘게요."

여자들을 구했으니 다음은 옷을 준비할 차례였다.

'내일 사람들의 반응이 어떨지 궁금하군.'

즉흥적으로 머릿속에 떠오르는 것을 옮기는 일이었지만 딱히 걱정되진 않았다.

플린 왕국에 있는 공식적인 마탑의 수는 모두 10개.

비공식적인 마탑의 수까지 따지면 50여 개.

공식, 비공식의 차이는 마탑주가 7서클 이상이냐 아니냐의 차이였고 자잘한 교육기관까지 합친다면 그 수는 수백 개는 족히 되었다.

그중 최고의 마탑이자 마법 교육기관을 꼽으라고 한다면 어린아이들조차 도우 마탑이라고 할 것이다.

올해 백열 살이 된 마도사 론을 비롯해 8극천의 일인인 타칸 후작, 12패왕의 일인인 슈린 백작 등 공식적인 8서클만 세 명이었고 7서클 역시 일곱 명이 넘었다.

한 왕국과 비슷한 전력을 가졌다는 도우 마탑은 왕국 외성 북쪽에 위치하고 있었다.

수천 명에 이르는 소속 마법사가 다 머무를 수 없어 각 도시마다 지점이 따로 있었는데 수도의 마탑에서 마법을 공부한다는 건 그만큼 능력이 있다는 얘기였다.

'하지만 그건 외부에서 볼 때의 얘기지. 실제 안에 있는 사람들은 죽을 맛이라고!'

제이는 도우 마탑의 후드를 입고 있는 자신을 보며 대단하다는 표정으로 바라보는 사람들을 향해 속으로 소리쳤다.

위에 즐비한 고서클 사백, 사숙, 사형들, 아래에서 치고 올라오는 똑똑한 사제, 사질들.

스물셋에 5서클이라는 낮지 않은 서클을 이루었지만 그 정도로는 명함을 내밀기도 힘들었다.

잠깐이라도 쉬면 따라잡힐까 차이가 벌어질까 전전긍긍했고 공부하고, 수련하고, 연구하고, 뒤치다꺼리 하느라 하루가 짧았다.

간만에 생긴 휴식 시간. 쌓인 피로를 풀기 위해 잠을 청해야 함에도 불구하고 약간의 자극이라도 받을까 싶어 박람회로 가는 중이다.

'스승님은 여유를 가져야 더 높은 경지에 이를 수 있다고 했지만 그게 말처럼 쉬워야지. 쩝!'

투덜거리는 사이 어느새 아카데미 입구를 지나 박람회장에 이르렀다.

'가장 먼저 볼 곳은 역시 트린 남작가의 제품이지. 얼마나 기다려야 할지.'

작년엔 40분 넘게 기다려서 2분 보고 끝을 냈어야 했다.

제발 사람이 적길 바라고 트린가 부스로 갔다. 한데 아라님이 소원을 들어주기라도 한 것일까. 한산하진 않았지만 조금만 기다리면 될 정도로 적었다.

'올해는 사람이 더 많을 거라고 하더니 아닌 모양이네. 박람회는 안 됐지만 나에겐 천운이군.'

그의 차례가 되자 그는 제품을 꼼꼼히 살폈다.

역시 자극이 됐다.

대략적으로 원리를 알아내고 어떤 식으로 응용해서 어떤 물건을 만들지를 생각해 보았다.

사람이 적어서인지 한참을 봐도 눈치를 주는 사람이 없었다.

'좋아. 이 정도면 한동안 생각할 거리는 되겠어.'

부스에서 나온 그는 메모지를 꺼내 머릿속에 정리했던 것을 옮겨 적었다.

사형 중 한 명이 작년에 박람회를 보고 6서클에 이르더니 새로운 마법 물품을 만들어 개인 연구실을 얻은 것은 마탑에서 유명했다. 아마 그 물건도 이번 박람회에 전시가 되었을 것이다.

"이번엔 프링크 남작가로 가자. 마법진을 이용해 또 어떤 제품을 만들었을지 궁금하네."

트린가의 부스보단 못했지만 그래도 양대 가문 중 하나이니 도움이 될 거라는 생각에서였다.

한데 부스가 보이는 곳부터 사람들이 북적였다.

'뭐야! 웬 사람들이 이렇게 많아? 도대체 어떤 제품이기에……'

이런 상태라면 몇 시간은 족히 기다려야 할 것 같다.

다른 것들을 보다가 와야겠다는 생각으로 돌아서려는데 웅성거리는 소리가 커졌다.

돌아보니 부스 쪽에서 검은 대리석으로 된 아공간 냉장고라 적힌 제품과 냉장고 옆에 묘하게 기대선 여자가 무대와 함께 떠올랐다.

여자는 냉장고의 두께를 보여준 후 냉장고 문을 열고 깊이가 어느 정도 되는지를 보여줬다.

'아공간 냉장고! 근데……'

제품에 대한 놀람도 잠시, 눈은 자꾸 여자 쪽으로 갔고 마법적인 자극 대신 다른 곳(?)이 자극됐다.

여자는 배꼽이 다 보이는 투피스를 입었는데 입은 부분보다 벗은 부분이 많았고 치마의 길이는 한 뼘도 안 돼 보였다.

제이의 머릿속엔 무대 밑에 가면 과연 보일까 라는 의문과 얼른 앞으로 가고 싶다는 생각만이 가득 찼다.

캠페인 걸의 탄생.

제이의 삶의 일부가 바뀌는 순간이었다.

이른 아침 수련을 마친 제이는 샤워한 후 그의 스승을 찾아갔다.

"스승님, 오늘 제가 해야 할 일이 있습니까?"

"글쎄다. 딱히 없구나. 난 저녁에 네 사조님이랑 박람회 파티에 갈 생각이다. 사형들의 연구를 돕거나 네 일을 하려무나."

"그럼 박람회에 다녀와도 되겠습니까?"

"녀석, 어제 다녀오더니 자극이 좀 된 모양이구나. 매일 탑에 있는 거보단 그편이 낫겠지. 다녀오렴."

"한데 스승님 혹시 녹화용 수정구를 빌릴 수 있을 런지요."

"아주 본격적이구나. 저쪽 테이블 위에 있으니 가져가려무
나."

제이는 얼른 챙겨 밖으로 나왔다. 그리고 바로 박람회장으
로 향했다.

문을 열기 20분 전, 가장 먼저 왔을 줄 알았는데 상당수의
인원들이 서 있었다.

공통점은 대부분 자몽만 한 둥근 수정구를 가지고 있다는
것이었다.

"마법사님께서도 어제 오셨나 보군요?"

앞에 있던 앳된 모습의 아카데미 학생이 물었다.

"흠! 그렇소."

"누구 생각인지 모르지만 참 대단한 생각을 한 것 같지 않
습니까? 캠페인 걸이라니… 올해 박람회는 정말이지 배울 것
이 많습니다."

"…그렇긴 하죠."

별로 말을 섞고 싶진 않았는데 묘한 동질감에 대답을 하게
되었다.

"말 편히 하십시오. 근데 마법사 형님께선 어떤 수정구를
가지고 오셨습니까? 최신 수정구를 주문해 뒀는데 주문이 밀
려 열흘은 걸린다고 하더라고요. 그래서 예전 수정구를 들고

왔습니다."

어느새 호칭도 형님으로 바뀌어 있었다.

"험! 난 이걸 가져왔어."

"헉! 그건 일반 수정구보다 두 배 이상 선명하다는 가장 최신형이 아닙니까! 게다가 녹화형 크리스털을 사용하는!"

"스승님에게 빌려왔어. 나 역시 주문을 했는데 도착이 느리다고 해서."

"형님! 부탁 하나 드려도 되겠습니까?"

"빌려달라는 부탁이라면 미안하네."

"그게 아니라 나중에 녹화용 크리스털의 카피본 하나만 부탁드리겠습니다. 물론 크리스털 비용은 지불하겠습니다."

"생각해 보지. 한데 오늘도 캠페인 걸이 있을지 걱정이네."

"걱정 마십시오. 있습니다. 아까 어제 봤던 아가씨가 들어가더라고요. 그 외에도 몇 명을 더 봤는데 캠페인 걸인지는 정확하지 않습니다."

이상한 취미를 가지게 된 두 사람이 얘기를 하고 있는 사이 박람회장의 문이 열렸다.

두 사람은 차례를 기다려 안으로 들어갔고 부스를 보고 환호를 내질렀다.

많은 부스에서 캠페인 걸을 준비해 두고 있었다.

*　　　　*　　　　*

박람회장은 폐장 시간이 다가왔음에도 발 디딜 틈 없이 인산인해였다.

특히 캠페인 걸 앞에 수정구를 든 사람들이 유독 눈에 띄었다.

후문 쪽 관계자들만이 드나드는 곳에서 나는 그 모습을 흐뭇하게 바라보고 있었다.

"박람회를 술집처럼 만들어놓고 웃음이 나와?"

에리안의 박람회장 분위기가 마음에 들지 않는지 투덜대며 다가왔다.

"박람회는 시끌벅적해야 재미있지. 그리고 결국 저 사람이 미래의 고객 아니겠어?"

"신난 건 우리가 아니라 수정구 제작 업체거든."

"한 사람이라도 벌었으면 됐지, 왜? 주문량이 줄었어?"

"그건 아니지만 여자를 상품화하는 것 같아 싫어."

"캠페인 걸들은 돈을 벌어서 좋아할걸. 저들이 벌어야 물건을 살 거 아냐. 그렇게 선순환해야지 박람회도 더 커질 수 있고."

"훗! 경제학자 나셨네."

말하는 사이 박람회 종료 시간이 됐다.

―오늘 관람 시간이 끝났습니다. 모두 질서 있게 나가주시기 바랍니다.

스피커 마법을 사용한 안내 멘트에 사람들은 바람에 구름이 흩어지듯 박람회장을 빠져나갔다.

그와 동시에 각 부스마다 지금까지와 달리 고급형 물건들을 꺼내 전시했고 화려한 테이블과 금빛 식기류들이 한쪽에 마련됐다.

"이제 귀족들을 위한 파티인가?"

"응. 파티이면서 또 다른 판매 방식이야. 참석한 귀족들이 사가는 양도 만만치가 않거든."

"많이 팔아."

"…왜? 참석 안 하려고?"

"미안. 가급적 참석하려고 했는데 아무래도 안 되겠어. 지난 1년간 저질러 놓은 일이 많아서 잘못되면 이곳도 떠나야 할 것 같아."

어떻게 해도 상관이 없다더니 조금 서운한 모양이다. 그래서 사실대로 얘기했다.

지금 캠퍼스 근처를 서성이고 있는 인간들 중 아는 이들이 있는데 만나면 아무래도 피곤한 일이 생길 것 같았다.

"무슨 짓을 하고 다녔기에?"

"복잡해. 그렇다고 나쁜 짓을 하고 다녔다는 건 아냐. 다만 피곤해질 일이라. 아, 온다! 하여간 차분히 기다릴 줄 모르는 양반이라니까. 간다, 내일은 꼭 시간 비워둬! 데이트하자."

거대한 기운이 강당으로 다가오고 있었다.

"참! 나에 대해선 비밀이다."

에리안에게 한 번 더 주의를 준 후 천천히 후문으로 빠져나왔다.

*　　　*　　　*

사상 최대의 관객, 최대의 선주문, 최대의 사건 사고 등 여러모로 '최대'라는 타이틀을 얻고 마법 용품 박람회는 끝이 났다.

마지막 날 아침까지 이어진 축제를 즐기고 나서야 저택 사람들과 돌아왔다. 그리고 홀로 집으로 돌아와 부족한 잠을 청했다.

또다시 시간을 죽이는 나날의 연속이었지만 약간 바뀐 것이 있었다.

일주일에 한 번 데이트를 하자는 약속이 깨졌다.

에리안과 난 박람회 마지막 날 밤, 사랑을 나눴다.

이런저런 얘기를 하다가 뮤트 제국 아카데미 무도회 얘기가 나왔다. 그날 나랑 밤을 보내고 싶었다는 고백과 함께 발트란에서 죽기 직전에 그러지 못했던 것을 후회한다는 얘기 듣고 우리는 하나가 되었다.

즉흥적인 음심 때문이었는지, 축제의 흥분 때문이었는지, 마음속에 가진 그녀에 대한 감정이 커져서인지 정확히 알 수

마법의 시대 247

없었지만 하나가 되었다.

이후론 마법진이 활성화되는 이틀마다 찾아왔고 때론 내가 저택으로 갔다.

뜨거운 청춘 남녀에겐 너무 당연한 일이었다.

또 한 가지, 생활 패턴이 조금 바뀌었다.

무기력함이 사라지고 약간의 활력이 돌아왔다고나 할까.

보다 열심히 마법 용품을 만들고, 보다 적극적으로 마을 사람들과 얘기하고 친해졌다.

물론 바뀌지 않은 것도 있었다.

언덕에 올라 바람을 느끼고 마나를 느끼며 자연과 어우러지는 시간은 여전히 즐겼다.

부아아아아아앙!

"제동장치를 밟아!"

"제동장치가 말을 안 듣습니다! 으아~!"

쿵!

"쯧! 아직도 저러고 있네."

안전 펜스를 설치하고 안전 장비를 착용했지만 예나 지금이나 자동차의 제동장치가 말썽인 건 여전했다.

고요함이 깨졌기에 자리를 털고 일어났다. 그리고 자동차 테스트 하는 곳으로 내려갔다.

"이봐! 거기 젊은이, 더 이상 접근하지 말게. 이쪽으로 오면 곤란한 일이 생길 거야."

테스트 장소에 가까워지자 5서클, 4서클 기사 두 명이 앞에 나타나 경고를 했다.

5서클 기사는 과거 드리니트 남작가의 기사로 있던 사람이 었다.

"그저 소란스러워서 무슨 일인가 싶어 구경 온 사람입니다만."

"여긴 남작님 사유지야. 건너편 프링크 영지에서 온 모양인데 신경 끄고 가."

"참 매정하시네. 혹시나 구경하다가 도울 것이 있으면 도우려고 왔더니만."

"허어~ 촌무지렁이가 마법 용품으로 최고라고 청해지는 트린가를 돕겠다고? 하하하! 재미있네."

"이번에 최고의 칭호는 프링크가가 받은 걸로 알고 있는데요."

"…이놈이……!"

트린가를 얕잡아봤다고 생각해서인지 4서클 기사가 인상을 찌푸리며 다가왔다.

그때 펜스 위로 엘른 남작이 나타나며 물었다.

"무슨 일인가?"

"아닙니다. 촌무지렁이가 구경을 왔다고 해서……."

"어? 당신은 지난 박람회에서 에리안 양과 함께 있던 기사 아니오?"

엘소른, 아니, 엘른 남작은 내 얼굴을 기억하는지 기사의 말을 끊고 알은 체했다.

"안녕하십니까. 엘… 른 남작님, 아우스라고 합니다."

"반갑소. 한데 여긴 어쩐 일로?"

"저기 언덕에서 보고 있다가 자동… 말 없는 마차가 움직이는 게 신기해서 구경 왔습니다."

"그랬구려. 기밀이긴 한데 이미 언덕에서 봤다니 올라오시오."

"배려 감사합니다."

4서클 기사는 내가 기사라는 사실이 믿기지 않는지 입술을 삐죽였다.

"플라잉!"

난 일부러 5서클 마법을 사용해 펜스로 올라갔다.

애송이 기사를 놀라게 만들 생각이었는데 성공이었다. 그는 입을 벙긋거리며 말을 못 했다.

"젊은 분이 마법 성취가 뛰어나군요."

"어디 가서 맞고 다닐 정도는 아닙니다. 그리고 말씀을 낮추셔도 됩니다, 남작님."

"통성명했으니 그렇게 하지. 위험할지 모르니 펜스에 앉아서 보면 될 거야."

펜스는 밭의 높은 두렁 위에 밀단을 쌓은 것으로 꽤 푹신했다. 난 그곳에 앉아 수리 중인 자동차를 봤다.

외형은 목재와 철재를 적절히 섞어 만들었는데 성한 곳이 없을 정도로 찌그러지고 부서져 있다.

'채광기처럼 바람의 마법을 이용했군.'

이제 굳이 손을 대지 않아도 마나가 대략적인 정보를 알려 주었다.

"남작님, 수리 끝내고 제동장치를 더 바싹 조여놨습니다."

"좋아! 다시 1단부터 조심스럽게 시작해 보자. 조, 다시 올라가."

"으~ 남작님. …네, 알겠습니다."

마부라고 부르는 게 맞는지 모르지만, 조는 관에 들어가는 사람처럼 자동차 위에 앉았다.

"후진부터."

부웅~ 부웅~

조가 액셀을 밟을 때마다 차 뒤에서 소리가 났다.

스피커 마법. 내가 볼 땐 필요 없는 부분인데 왜 만들었는지 모르겠다.

바퀴는 흙을 긁으며 후진을 시작했다. 그리고 어느 정도 물러나서는 테스트장을 달리기 시작한다.

1단은 걷는 것보다 조금 빠른 수준. 바람의 마법 두 개가 작동되고 있다.

달리면서 간혹 브레이크를 밟는데 잘 작동되었다.

"2단으로!"

4개의 윈드 마법진이 빛을 내면서 차는 빨라졌다. 1단에 비해 2배쯤 빨라졌다.

먼지를 일으키며 달리는 차는 이때부터 제동력에 조금씩 문세가 생겼다.

'1단으로 줄이면서 제동을 하지만 밀리는 힘과 나아가려는 힘 두 가지를 다 잡기엔 힘들어 보여.'

속도가 높아질수록 더욱 심해졌고 3단으로 올라가자 제동장치가 버티지를 못했다.

'바퀴에도 무리가 가고. 총체적인 문제네.'

바퀴 부분을 유심히 살피던 난 고개를 절레절레 흔들었다. 그리고 그것이 신호가 되기라도 한 듯 축이 휘어지고 제동장치가 부러졌다.

"으아! 또 제멋대로 움직입니다!"

부앙! 부아아앙! 부아앙!

"가속 장치에서 다리를 떼! 제동장치를 밟고."

언덕에서 보던 똑같은 패턴이 발생했다.

마부가 반응속도가 느린 것도 문제지만 극히 짧은 순간에 이루어지고 있는 일인지라 그를 탓할 수만은 없었다.

기우뚱거리던 차는 나와 엘른 남작을 향해 정면으로 돌진했다.

"피해!"

엘른 남작이 옆으로 피했는데 오히려 차는 그쪽으로 향했다.

5서클 기사가 눈치를 채고 움직였지만 다소 늦은 감이 있었다.

'그대로 두면 다치겠는걸. 디스펠! 윈드 월!'

차의 엔진에 디스펠을 걸어 마법을 중단시킨 후 차의 앞에 바람의 벽을 만들어 천천히 멈추게 했다.

차는 펜스에 부딪히기 전에 멈췄다.

"……!"

"디스펠! 6서클 기사."

소리를 친 것은 조금 전 앞을 막았던 5서클 기사였다. 그 덕분에 모두의 시선이 나로 향했다.

"하하… 6서클 마법사가 어디 저 하나입니까."

"…고맙네, 아우스 경. 자네가 없었으면 크게 다쳤을 거야."

"아닙니다. 저 기사분이 구했을 겁니다. 그나저나 자동… 이 마차 좀 볼 수 있을까요?"

"마나차 말인가? …보게."

"감사합니다. 오늘 본 것은 비밀로 할 테니 걱정 마십시오."

펜스에서 뛰어내려 멈춰선 자동차, 아니, 마나차를 살펴보았다. 외형에서 볼 것은 별로 없었다.

"밑에서 봐도 되겠습니까?"

허락이 떨어지자마자 바닥에 누워 차 밑을 확인했다.

제동장치를 밟으면 길고 좁은 파이프 가운데에서 윈드가 발생하고 두 개 봉을 민다. 그리고 두 봉 끝에 달린 패들이 바퀴에 닿으며 제동을 한다.

문제는 제동하는 힘이 제대로 전달되지 않고 미는 힘을 강하게 하면 바퀴의 축이 버티지 못했다.

'다 버티게 만든다 해도 나중엔 고무바퀴가 버티지 못하게 되겠지. 이런 식보다 요런 방법이 더 나을 것 같은네……'

머릿속에 어떻게 제동장치를 만들어야 할지 저절로 그려졌다.

"아우스 경이 볼 때 어떤가?"

밖으로 나오자 엘른 남작이 물었다.

머릿속에 떠오른 것을 말해줘야 할지 고민됐다. 그러나 과거의 인연을 생각해 말해주기로 했다.

"지금 방식보다 좋을지 장담할 수 없지만 퍼뜩 떠오르는 것이 있긴 합니다."

"말해보게."

"대충 이런 식입니다. 제동장치를 밟았을 때 밀어내는 힘이 작동을 하고……"

바닥에 그림을 그리며 설명했다.

"그 밀어내는 힘이 고무바퀴가 아닌 그 안쪽에 있는 금속 휠 부분을 집게처럼 양쪽에서 잡아주게 만들면 괜찮을 것 같군요."

"아!"

엘른 남작은 내가 그린 그림에서 눈을 떼지 못하고 감탄사를 터뜨렸다. 그리고 물었다.

"이런 식으로 구부러져 있으면 파이프 안의 봉을 제대로 밀

수 없지 않은가?"

"금속 봉일 필요가 없죠. 공기 자체도 힘을 전달할 수 있습니다. 물론 물을 넣어도 상관없고요."

"아! 그렇다면 굳이 돌아오게 파이프 안에 스프링을 넣을 필요도 없겠군."

"제동장치를 놓았을 때 여기 집게처럼 생긴 부분만 다시 원래대로 돌아간다면 문제가 없겠죠. 아, 그리고 물을 넣으면 겨울 때 얼 수 있으니까 얼지 않게 얼지 않는 액체가 좋겠네요."

"이거였어! 그림이 가리킨 게 바로 이거였어!"

"네?"

"아, 아니네. 혹시 다른 것도 떠오르는 것이 있다면 말해주게나."

"가속 장치를 밟았을 때 서서히 속도가 올라가게 만들고 놓았을 때 속도가 떨어지게 만드는 게 더 낫지 않을까 싶은데요."

"어떻게 말인가?"

"글쎄요. 전 겨우 시동하는 걸 한 번 본 것뿐입니다."

조금 지나면 보따리 내놓으라고 할 것 같았다.

"이런! 의욕이 너무 앞섰군. 미안하네. 지금까지 고민하던 것을 알게 되어 제정신이 아니었던 모양이야."

"그냥 떠오른 것을 말했을 뿐인데요. 잘될지 안 될지는 직접 실험해 보십시오."

"그렇게 하지."

"오늘 테스트는 끝난 것 같으니 전 이만 가보겠습니다. 기회가 되면 다음에 뵙죠."

어느새 해가 서쪽으로 상당히 기울어 있었다.

"아우스 경, 시간이 된다면 저녁에 초대하고 싶은데 어떤가?"

"오늘은 약속이 있습니다."

"내일은 어떤가?"

"이번 주는 좀 그렇고 다음 주는 언제든 괜찮습니다."

오늘은 에리안과 저녁을 같이 먹을 생각이고 내일은 정식 데이트가 있는 날이다.

무슨 차이가 있느냐고 묻겠지만 정식 데이트 하는 날은 대련을 해야 했다.

"그럼 월요일은 어떤가?"

"좋습니다. 영주성으로 가면 됩니까?"

"마차를 보내지. 집은 어딘가?"

마차를 보낸다니, 그냥 고마워서 밥 한 끼 먹자는 것이 아니라 손님으로 정식으로 초대한다는 의미였다.

"오일리 마을에서 북쪽 문으로 10분쯤 걷다 보면 양 갈래로 갈라진 길이 나옵니다. 거기서 좌측으로 15분쯤 걷다 보면 집이 있을 겁니다."

"알았네. 그날 보세."

인사를 하고 펜스를 넘었다. 언덕 방향이 아닌 하천이 있는 쪽으로 갔다.

하천의 다리를 넘으면 바로 오일리 마을이었다.

*   *   *

밤엔 나긋나긋하면서 불처럼 뜨거운 요녀 에리안은 낮이 되면 언제 그랬냐는 듯 얼음 나라 전사처럼 매섭고 차갑게 바뀐다.

결혼하면 한 여자와 살면서 두 여자와 사는 것 같은 느낌을 받을 것 같아 나쁘진 않았다. 그러나 날이 갈수록 날카로워지는 검날은 두렵다.

"프로텍트!"

까강!

프로텍트에 비스듬히 빗나간 검 끝은 공중에서 한 바퀴 휙 돌더니 다시 프로텍트로 다가왔다.

몸이 찌릿찌릿해지는 것이 위험 신호였다.

"쯧! 인정사정없구나."

프로텍트의 한쪽을 열고 몸을 옆으로 뺐다.

서걱!

7서클 방어 마법이 마치 두부처럼 베어졌다. 아무리 검날에 검강을 둘렀다고 하지만 아무런 소리도 없이 잘리다니 너무 어이없다.

이유는 간단했다. 마나의 결의 베어버린 것이다.

"헐~ 그 괴물 같은 능력은 언제 배웠어?"

"박람회 나흘째."

짤막하게 대답한 그녀는 입술을 깨물며 계속 공격해 왔다. 누가 보면 불구대천지 원수와 싸우는 줄 알겠다.

"파티나 즐길 일이지. 마법사들이 치를 떨겠네."

"글쎄, 네 앞에 있는 마법사는 전혀 그런 것 같진 않은데. 이제 그만 나불거려. 안 그래도 바닥 때문에 신경 쓰여 죽겠어."

지금 주변의 바닥을 얼음보다 더 미끄럽게 만들어둔 상태였다. 나야 살며시 떠서 날아다니니 문제가 없지만 발을 내디뎌야 제대로 된 공격을 할 수 있는 그녀로서는 죽을 맛일 것이다.

"네네, 근데 왜 그 멋진 기술을 두고 그러고 있는 건지 모르겠네."

"또 무슨 헛소……!"

그녀는 말을 하다 말고 바닥을 흘깃 보더니 날 공격하던 검을 바닥에 휘둘렀다.

"헹! 좋은 시간 다 갔네."

허리띠에서 검을 하나 뽑아 손에 쥐었다.

바닥을 미끄럽게 한 건 그녀를 놀리기 위함이 아니라 하나라도 더 가르치기 위해 일주일간 고민하여 찾은 교육 방법이었다.

깔끔한 동작을 더욱 깔끔하게 만들기 위함이랄까.

콰앙!

건강끼 검깅이 부닞혔다. 지난주와 똑같은 힘인데 약간 밀렸다.

"어라? 뭔가 더 느낌이 좋은데?"

"괜한 짓을 한 건 아닌가 모르겠다."

"훌륭한 스승이네. 그럼 지금 감각이 익숙해지게 1시간만 놀아볼까."

"30분이면 충분할 것 같지 않아?"

"아니, 누구완 달리 둔재라 1시간은 필요해."

내가 자초한 일인데 누굴 탓하겠는가.

좀 더 힘을 끌어 올려 밀리지 않게 만든 후 공방을 이어갔다.

둔재라는 말과 달리 20분쯤 지나자 완벽하게 자신의 것으로 만들었다. 그럼에도 불구하고 신이 나서 공격을 해왔다.

쾅! 콰쾅! 팍! 파팍!

'이제 슬슬……! …그자가 왜 여기에!'

한 시간이 다 되어가서 끝내려 할 때였다. 엄청난 기운을 가진 한 사람이 언덕으로 날아오르고 있었다.

숨고 도망갈 시간이 없었다.

"핫핫핫! 존슨 경! 오랜만이군. 악몽의 숲에서 사라져 걱정

했는데 이곳에서 만나게 될 줄이야."

걱정은 개뿔. 그냥 대련할 사람이 없어져 서운한 것뿐이겠지.

도착한 자는 8극천의 일인인 타칸 후작이었다.

37장
또 하나의 과거

내가 귀족 파티가 있는 박람회장을 급히 떠난 이유는 타칸 후작 때문이었다.

한데 내가 타칸 후작과 에리안이 무공광인 것을 간과했다.

타칸 후작은 굳이 자신의 실력을 감추지 않는 에리안의 실력을 단번에 알아봤고 곧장 대련으로 이어졌다. 그리고 그는 오늘 다시 에리안과 대련을 하기 위해 프링크가로 왔다가 마나 유동을 느끼고 달려온 것이다.

한마디로 우연이 겹치면서 재수 없게 그에게 걸렸다.

타칸 후작은 보자마자 대련을 하잔다.

"전 평범하게 살고 싶습니다."

"지금 에리안과의 대련이 평범하다고 생각하나?"

"연인간의 사랑의 대화라고 할까요."

"커험! …못 본 사이에 많이 느끼해졌군."

"사랑을 하면 유치해진다는 말도 있잖습니까."

"치사하군."

"그렇게 느끼셔도 어쩔 수 없습니다. 점심 식사 하시고 원래 계획대로 에리안과 대련을 하십시오."

"음, 자넬 찾는 사람이 있던데 이렇게 나오면 가벼운 내 입이 열릴지 모른다네."

"자꾸 이러시면 안 그래도 간질거리는 제 입에서 피트의 얘기가 나올지도 모릅니다."

"큭! 됐네. 평범하게 살게."

피트의 얘기가 나오자 그제야 포기했다.

"후작님, 누가 아우스를 찾고 있나요?"

"…좀 원한을 진 사람이 있어. 신경 쓰지 말게. 그나저나 배가 고프군."

타칸 후작은 내 눈치를 흘낏 보더니 얼버무리고 화제를 바꿨다.

"할아버지 집으로 가시죠."

"그럼 그럴까. 어이, 평범한 청년. 자네도 가지. 식사 끝나고 혹시 자네 애인이 다치지 않나 감시해야 하지 않겠나?"

"지위도 연세도 지긋한 분이 설마 손녀보다 어린 레이디를 다치게 하겠습니까. 그저 배가 고프니 따라가겠습니다."

"쯧! 평범한 사람이 후작에게 한마디도 지지 않으려 드는군."

"소인이 무례했다면 용서하십시오, 후작 각하."

"…졌네. 가세."

우린 엔트 할아버지의 집으로 갔다.

한데 식사가 준비되기 전에 남작 저택의 집사가 찾아왔다.

"후작 각하, 여기 계셨군요. 혹시나 싶어 마을 전부를 찾고 있었습니다. 텔레포트 탑에서 연락을 받고 테트릭 남작이 식사를 준비하고 기다리고 있습니다."

테트릭 남작은 에리안의 아버지였다.

"…텔레포트 탑을 타고 오셨습니까, 후작 각하? 설마 텔레포트를 사용하지 못하시는 건 아니실 테고……."

"크흠! 여길 와봤어야지. 신경 쓰지 말라고 하면 예의에 어긋나겠지?"

후작이 마음대로 한다는데 누가 뭐라 하겠는가. 하지만 남작 입장에선 그리 기분 좋은 일은 아닐 것이다.

"에리안 님과 아우스 님도 함께 모셔오라고 했습니다."

만나야 할 때인가 보다.

"잠시만 기다려 주십시오."

난 밖으로 가 페페의 옷 중 적당한 것을 빌려 입고 왔다.

"애인의 아버지를 만날 땐 평범한 청년으론 부족한가 보이,

핫핫!"

"이럴 땐 조금은 특별해져야죠."

할아버지의 저택을 나오니 마차가 준비되어 있었다.

성은 없지만 남작의 저택이라 그런지 여러 채로 되어 있고 입구에서 거리가 꽤 됐다.

"어서 오십시오, 타칸 후작님."

"조용히 대련을 하고 갈 생각이었는데 괜스레 남작을 귀찮게 했군."

지금까지와 달리 후작으로서의 근엄함과 기세를 보여준다. 역시 후작을 노름해서 딴 건 아닌 모양이다.

"별말씀을 다 하십니다. 후작님이 방문하신 것만으로도 영광입니다."

"그리 말해주니 고맙네."

"이쪽은 제 처인 벨루이고 이쪽은 아들인 행크 내외입니다."

"처음 뵙겠소, 벨루 남작 부인. 반갑네."

후작이 남작 가족과 인사를 하는 동안 테트릭 남작은 나에게 말했다.

"아우스 경도 어서 오게."

"진즉에 인사드렸어야 하는데 죄송합니다."

"아버님을 구해줬다는 얘긴 들었네. 늦었지만 고맙다는 얘기를 하고 싶어 불렀다네. 들어감세."

꽤 차갑다. 말 안 듣는 딸의 남자 친구가 마음에 들 리가 없을 것이다.

아버지가 되어본 적이 없어 전부 이해할 순 없지만 지금은 이해하려 노력할 때였다.

아우스를 바라보는 테트릭 남작은 만감이 교차했다.

'얼굴 반반한 것 빼곤 뭐 하나 특출한 것이 없는 놈이 뭐가 좋다는 건지. 아버지도 그래. 에리안의 가장 좋은 시절을 방해했으면 얌전히 계시지 광산에서 조금 잘해줬다고 손녀의 인생을 노예에게 주려 하다니. 정말 하나같이 마음에 안 들어.'

마나석이 없이도 24시간 쓸 수 있는 마법진을 만들고 마법 물품을 잘 만든다는 얘기가 있었지만 일부러 띄워주기 위해 한 얘기라고 생각했다.

결혼 적령기를 조금 넘긴 게 흠이라면 흠이지만 마스터의 실력에 머리 좋지, 얼굴 예쁘지, 어느 하나 부족함이 없는 딸이었다.

'나이는 흠도 아니지. 결혼하고 싶다는 귀족가의 자제들이 줄을 섰잖아.'

가장 최근에 들어온 청혼서가 후작가의 장남이었다.

비록 최근 들어 가세가 기울긴 했지만 자신의 가문과 합쳐지면 충분히 다시 일어날 가능성이 높았다.

'차라리 남자였다면 실력만으로 세습 귀족이 될 수 있을 것을.'

사실 그는 에리안이 원하는 사람과 결혼해도 상관이 없었다. 그러나 가문을 이끌 아들인 행크의 미래도 생각을 해야했다.

행크는 우직하고 절대 딴 곳에 한눈을 팔지 않는다는 상점을 제외하곤 모든 면에서 평범했다.

"아우스 경이라고 했죠? 반가워요. 행크라고 합니다."

"만나서 반갑습니다, 행크 경. 에리안에게 말씀 많이 들었습니다. 말 편히 하십시오."

"그럴까? 앞으로 잘 지내자. 자네도 편하게 형이라고 불러."

"예, 형님."

'쯧! 저렇게 속이 없어서야.'

행크와 아우스가 식탁에 앉자 하는 양을 지켜보던 테트릭은 속으로 혀를 찼다.

사실 가문을 위해 가장 좋은 방법은 에리안이 결혼을 하지 않고 집안에 남는 것이고 차선이 고위 귀족 집안에 시집을 가 행크를 돕는 것이다.

어린 시절 누구보다 사랑했던 딸이다.

어느 순간부터 말을 듣지 않고 엇나가 그 마음의 일부가 미움이 되어 냉정하게 대하고 있지만 사랑은 변함이 없었다. 그는 에리안이 좋은 사람 만나 행복하길 바라고 있었다.

이런 복잡한 상황에서 한 가지를 제외하곤 모든 것을 충족하는 것이 데릴사위였다.

물론 아버지 집에 심어둔 하녀의 입에서 나온 담기도 싫은 얘기가 아니었다면 이런 생각은 하지 않았을 것이다.

'에휴~ 이 아비의 마음에 대못을 박아놓고도 그렇게 좋으냐.'

테트릭은 에리안을 보곤 살짝 눈을 찌푸렸다.

다른 사람이 볼 땐 차가워 보일 정도로 무표정한 표정을 짓고 있지만 그는 행복해하고 있음이 보였다.

"음식이 아주 맛있군."

타칸 후작의 말에 에리안의 얼굴에서 시선을 뗐다.

"입맛에 맞으시다니 다행입니다. 이번에 좋은 와인을 구했는데 반주 삼아 드시면 좋으실 겁니다."

테트릭 남작이 한쪽에 서 있는 집사에게 신호를 보내려 할 때였다. 타칸 후작이 손을 들어 막았다.

"고맙지만 에리안 양은 술을 먹고 대련을 해도 될 만큼 약한 상대가 아니라서 사양해야겠네."

"너무 과한 평가에 건방져질까 저어됩니다."

"솔직한 말이네. 한데 아우스 경이 에리안 양과 사귄다고 들었는데?"

"젊은 남녀가 그럴 수 있죠."

"두 사람이 잘되면 앞날이 든든하겠구려, 핫핫핫!"

그가 듣기엔 악담처럼 들렸지만 싫은 내색을 할 만큼 내공이 낮지 않았다.

"…그렇습니다."

"하면 혹시 아우스 경의 실력을 본 적이 있는가?"

"실력이 있다는 얘긴 들었지만 못 봤습니다."

"그럼 오늘 실력을 보는 게… 커험! 아우스 경, 딜리버리 마법으로 욕을 하면 어떻게 하나?"

테트릭은 욕을 했다는 소리에 깜짝 놀라 아우스를 돌아보았다.

"…어찌 제가 그랬겠습니까. 원체 장난이 심한 분이라 농담을 하신 것 같습니다."

아우스의 말에 그가 후작과 구면이라는 것을 알게 되었다. 어찌 알게 되었는지 의문이었지만 일단은 정리를 하는 게 우선이었다.

후작이 농담을 하고 있다는 걸 알고 있었지만 지금은 후작의 편을 들 수밖에 없었다.

"음, 타칸 후작님께서 없는 말을 하실 분이라고 생각하지 않네. 조용히 있어주길 바라겠네."

"…네."

"말씀 계속하십시오, 후작님."

"큼! 아주 잘해주었네. 사실 저 친구와 아는 사이인데 내가 약점 잡힌 게 있어서 말이야. 아무튼 저 친구의 실력을 확인해 보는 건 어떤가? 딸 가진 부모 마음이야 내가 잘 알지. 웬 놈팡이와 눈이 맞지는 않았는지 왜 걱정되지 않겠는가. 안 그런가?"

아우스가 마음에 들진 않지만 그렇다고 뒷담화라면 모를까 앞담화를 깔 생각은 없었다. 그러나 답은 정해져 있었다.

계급이 깡패였다.

"그렇습니다."

"그래. 그럼 식사 끝나고 내가 확인시켜 주겠네. 음, 다시 욕이 날아올 것 같은데 자네가 확답을 받아주면 어떻겠나?"

억지로 떠밀려서 하는 일이지만 궁금하긴 했다.

정말 형편없다면 허락하려던 마음을 접고 무조건 막을 생각이다.

"아우스 경, 자네의 실력을 보여줄 수 있겠나?"

"남작님께서 원하신다면 대련을 해보겠습니다. 하지만 제대로 보실 수는 있으실런지……."

테트릭의 귀엔 아우스의 말이 순식간에 대련이 끝이 날 거라고 들렸다.

"그래도 최선을 다해보게. 후작님께서 나섰는데 험한 꼴을 보여선 안 되지 않겠나."

"노력해 보겠습니다."

'쯧! 저렇게 패기가 없어서야.'

대륙의 여덟 강자라는 8극천의 한 사람인 타칸 후작이 대련을 해준다고 하면 영광으로 알아야 할 텐데 영 시큰둥한 반응이다.

대련 얘기가 나온 후 얼마 되지 않아 후작은 더 이상 식사를 하지 않겠다는 듯 접시 위에 나이프와 포크를 X 자로 놓았다.

"더 많은 요리가 있습니다. 천천히 즐기십시오."

"맛있게 먹었네. 많이 먹으면 둔해지거든."

"아무리 작은 동물을 잡을 때도 사자는 최선을 다한다더니 대단하십니다."

"잘못 물리면 내가 죽을 수도 있거든."

"네?"

"아무것도 아니네. 한데 식사 속도가 느리군, 크흠!"

타칸 후작의 말에 남작을 시작으로 다들 나이프와 포크를 놓았다. 한 사람을 제외하곤.

"전 먹어야 힘이 나는 타입이라."

괜히 먼저 놓았다는 생각이 들 정도로 아우스는 느긋하게 식사를 했다.

하지만 뭐든 끝이 있는 법. 결국 아우스도 나이프와 포크를 놓았다.

포크가 접시에 닿자마자 타칸 후작이 일어났다.

"자, 모두 아까 그 언덕으로 움직이지."

"언덕이요? 후원에 좁지 않은 수련장이 있습니다."

"자네 저택을 날리고 싶지 않네. 얼른 서두르게."

타칸 후작이 앞장서니 사람들은 어쩔 수 없이 그의 뒤를 따라 한참 떨어진 언덕으로 이동했다.

"여기서부터 여기까지, 꼼짝하지 말고 구경하게. 그럼 별일 없을 거네."

타칸 후작이 손을 뻗으니 바닥에 네모난 그림이 그려졌다. 그러곤 얼굴을 확인하기 힘들 정도로 멀리 가서 섰다.

"쩝! 이래선 제대로 볼 수가……."

아버지와 에리안이 띄워주기를 했듯이 혹시 후작도 아는 사이라고 띄워주기를 하려는 것 아닌가 싶었다.

한술 더 떠 에리안은 검을 뽑고 경호를 하듯이 한쪽에 섰다.

"기사들이 있는데 뭐 하느냐?"

"아우스가 본격적으로 할 생각이에요. 두 사람의 대결에 파편만 튀어도 위험해요."

"오버가 심하구나. 기사들이 있으니 굳이 너까지 나설 이유가……."

쿠웅!

앉으라고 말하려는 순간 언덕에서 흔들리는 공기의 진동이 느껴졌다.

두 사람은 아직 움직이지도 않고 있었다. 혹시 자신이 착각했나 싶어 주변을 둘러봤다.

가족들은 자신과 마찬가지로 어리둥절해하는 표정이었고 주변에 보초를 선 기사들은 경악 어린 얼굴이 되어 있었다.

유일하게 담담한 표정을 짓고 있는 사람은 에리안뿐이었다.

그리고 그녀의 입이 열렸다.

"시작하네요."

테트릭 남작은 시작한다는 소리에 후작과 아우스에게 시선을 돌렸다.

한데 두 사람은 이미 없었다. 연속해서 몸으로 느껴지는 충격파만이 두 사람이 싸우고 있음을 말해줬다.

'이, 이게 도대체……!'

아예 보이지 않았다.

후작이 없었다면 어디서 사기를 치느냐고 고함을 쳤을 것이다.

그의 그런 생각을 읽기라도 했을까. 어마어마한 폭음과 함께 뿌연 흙먼지가 덮쳐왔다.

에리안의 검이 방어막을 만들 듯 움직여 피해는 없었지만 언덕 위는 흙먼지로 한참 동안 보이지 않았다.

오직 충격파만이 그들이 여전히 싸우고 있음을 알려줬다.

바람이 불었다. 그리고 흙먼지를 씻어줬다.

"마, 맙소사! 언덕의 한쪽이……!"

테트릭 남작은 비명처럼 소리를 질렀다.

아까까지 보였던 언덕의 일부가 보이지 않았다.

8극천은 국가의 보물임과 동시에 재앙이라는 말을 들을 땐 몰랐는데 이제 보니 이해가 됐다.

언덕 일부가 사라진 것에 대한 놀라움에 휩싸여 있는 사이

충격파도 사라졌다.

"두, 두 사람은 어디 있느냐?"

"저기 위쪽에 있어요. 타칸 후작님의 예상보다 아우스가 더 뛰어난가 봐요."

에리안이 보고 있는 곳은 딩 빈 하늘이었다.

에리안의 시선을 좇아 하늘을 본 건 마른하늘의 날벼락과 같은 소리가 난 후였다.

갑자기 나타난 두 사람은 화살을 맞고 떨어지는 새처럼 떨어지고 있었다.

"위험해!"

에리안이 몸을 날리려 할 때였다. 떨어져 내리던 두 사람이 자세를 바로 잡더니 또다시 사라져 버렸다.

아니, 아우스는 사라졌지만 후작은 테트릭 남작 눈앞에 나타났다.

싸우기 직전의 근엄하고 모습은 온데간데없었다. 전쟁이라도 치른 듯 옷은 걸레처럼 너덜너덜했고 여기저기 피를 흘리고 있었다.

"괘, 괜찮으십니까? 다, 당장 포션을⋯⋯."

"괜찮네. 길게 얘기하기엔 힘드니 짧게 얘기하지. 그 친구를 잡게. 그러면 자네 집안은 최소한 세습 자작은 될 수 있을 거야. 잘하면 백작까지도 될 수 있을지도. 에리안 양, 아무래도 대결은 다음으로 미뤄야겠네."

타칸 후작은 그 말을 끝으로 텔레포트해 버렸다.

"…도대체 이게 무슨… 도대체……!"

일부가 사라진 언덕, 타칸 후작이 흘린 바닥의 피, 그가 남긴 말, 급하게 어디론가 뛰어가는 에리안.

테트릭은 비현실적인 상황에 한참을 서 있었다.

*　　　*　　　*

의지에 주변의 마나들이 모여들었다. 그리고 금세 거대한 방패를 만들었다.

그 위로 떨어지는 거대한 검.

콰아아아아아앙!

천지가 개벽하는 소리가 들렸다. 그러나 거대 방패로 인해 몸은 아무렇지도 않았다.

방패는 결코 방어로만 쓰라는 법은 없었다.

방패의 둘레에 날카로운 날이 생겼다. 그와 함께 빠르게 돌기 시작하며 타칸 후작에게 날아갔다.

거대 톱니와 거대 검의 대결.

공격은 이게 끝이 아니었다.

원래는 구름이 되어야 할 수증기가 짝짓기를 하듯이 일정한 크기로 모여 날카로운 얼음덩어리가 되었고 그대로 쏘아져 나갔다.

"헤어진 지 얼마나 되었다고 벌써 이런 단계란 말인가. 오늘 망신을 당하지 않으면 다행이겠군."

그의 팔이 붉게 물들었다.

한번 휘저을 때마다 날아가던 얼음덩어리들은 다시 수증기가 되었다. 그러나 그가 간과한 일이 있었다.

시지지지지직!

얼음이 물로, 물에서 수증기로 변하는 순간 감춰져 있던 번개의 힘이 나타났다.

"큭! 잔머리는 여전하군."

몸에 충격을 받는 순간 그의 몸 주변에 프로텍트보다 훨씬 단단해 보이는 방어막이 쳐졌다.

"아직 끝이 아닙니다."

거대 검과 놀고(?) 있던 방패의 톱니가 일제히 날아 그를 향해갔다.

"그 정도로는……!"

쩡! 쩍!

방어막을 쪼개듯이 박혔다. 결을 노린 것이다. 하지만 확실히 8극천인 모양이다. 그 짧은 순간에 그 자리에서 사라진 것이다.

그의 기운을 감지하고 나타날 곳으로 몸을 날렸다.

'설마 이대로 끝?'

검강을 두른 검을 뻗으며 다가갈 때였다.

하늘에 검의 비라도 오는 것일까, 온몸이 꿰뚫리는 느낌을 받았다.

위를 올려다보니 거대한 검이 수백 개의 검으로 쪼개지며 나를 향해 내려왔다.

워낙 빠른 속도. 물러날 곳도 나아갈 곳도 없다. 가던 힘을 거스르지 않고 대각선 아래로 방향만 틀었다.

아래로 내려가던 난 검우(劍雨)가 내리지 않은 위로 블링크 했다.

뜨끔!

몸이 이동되는 것과 동시에 뭔가가 몸을 그었다. 검이 지나간 자리도 검날처럼 날카로웠던 것이다.

옷에 붉은 피가 배어 나온다.

"피장파장이군."

타칸 후작은 어깨 부근의 옷이 잘리고 피가 배어 있었다.

"제가 조금 더 상처를 본 것 같은데요. 이 정도에서 그만두죠."

상처의 크기는 도긴개긴이지만 피는 내가 더 많이 흘린 것처럼 보였다.

"그 정도로 엄살은. 밑에서 보고 있는 사람들도 생각해야지."

"글쎄요, 볼 수 있을까요?"

"사위가 될지도 모르는데 눈 크게 뜨고 보겠지. 근데 발칸의 황녀가 애타게 자넬 많이 찾던데. 자네 그러고 보면 꽤 여기저기 염문을 뿌리고 다니는군."

"…애타게 찾을 사이는 아닙니다만."

"내가 보기엔 그랬네. 각 나라의 초창기 파견단이 사라실 때까지 그곳에서 사네에 대해 수소문했다네. 에리안 양이 이런 사실을 알면 어떻게 될까?"

"별것도 아닌 일로 꽤 집요하시군요. 안다고 별일 있겠습니까?"

"그야 난 모르지."

"원하는 게 뭡니까?"

"최선을 다한 대결?"

"적당한 최선으로 하죠. 서로 다쳐봐야 손해지 않습니까."

"최선일세. 자! 간다!"

하여간 집요한 인간이다.

타칸 후작은 지금까지 보여준 것이 끝이 아님을 보여주려는 듯 새로운 방식으로 공격을 해왔다.

'신경 쓸 것도 많은데, 쩝! 생각이 없어 좋겠다.'

딴생각을 할 만큼 여유롭지 않았다.

난 그와 다시 부딪혔다.

"빌어먹을 늙은이! 하여간 '적당히'라는 단어를 모른다니까."

잔디밭에 누워 하늘을 보며 중얼거렸다.

타칸 후작과의 대결은 전투라고 할 만큼 치열했다.

99대 때리고 110대 맞았다.

몸이 엉망진창이라 바로 집으로 돌아와 몸을 추슬러야 했다.

여파는 사흘이 지난 오늘까지도 여전했다.

마나가 몸을 간질이며 치료를 돕는다.

어느 정도 예상을 하고 있었지만 타칸 후작과 대결을 해본 후 난 내가 8서클이 되었음 알게 되었다

상단전부터는 깨달음의 영역이라더니 나도 모르는 사이 8서클이 된 것이다.

언제인지 짐작하고 있다. 이 언덕에서 시간이 가는 줄도 모르고 마나를 느끼고 있을 때였을 것이다.

"쳇! 평범한 것도 쉽지 않네."

투덜거림 한 번에 타칸 후작과의 대결도, 졌다는 데서 오는 짜증스러움도, 몸이 아프다는 것도 날려 버렸다.

시계를 확인했다.

좀 전에 확인할 때보다 15분이 지났다.

"일어나자. 자꾸 시간만 보게 되네."

오늘 정식으로 테트릭 남작에게 초대를 받았다.

새로 맞춘 옷에 묻은 풀을 털어내고 할아버지의 집으로 텔레포트했다. 에리안을 만나 같이 가기로 했다.

"몸은 괜찮아?"

에리안은 격식을 차려야 하는 자리에서 입는 드레스를 입

고 기다리고 있었다.

"응. 거의 다 나았어. 갈까?"

"시간 있으니까 걸어가자."

"그래. 한데 불편하지 않아?"

바지만 입던 애가 드레스를 입었기에 한 소리다.

"구두 빼곤 편해. 시원하기도 하고."

"오호!"

"이상한 상상하지 마."

"헤헤! 네가 무슨 상상을 하는 줄 알고?"

손을 잡고 시시덕거리며 남작의 저택으로 갔다.

"어서 와, 아우스 경."

행크와 그의 처인 마가렛이 밖에 나와 있었다.

"그때 인사 없이 떠나 죄송합니다."

"치료가 급했다면서. 아버지도 나도 이해하고 있으니 신경 쓰지 마."

"이해해 주셔서 감사합니다. 참! 그때 나설 분위기가 아니라서 조용히 있었는데 축하합니다."

"축하?"

"대련을 하는데 마가렛 님까지 따라와서 혹시나 했는데 아직 모르고 계셨군요. 마가렛 님은 임신하셨습니다."

"임신? …전혀 몰랐어."

"워낙 초기라 모르셨나 봅니다."

마보세로 그녀의 아랫배에 작은 생명이 있음을 봤다.

"아! 언덕에서 충격과 진동이 상당했는데 마가렛은 전혀 느끼지 못했다더군. 혹시 자네가 마가렛을 보호해 주고 있었나?"

"혹시 몰라서 조금 신경 썼습니다."

"그랬군. 고마우이."

"당연히 할 일을 했을 뿐입니다."

"아버님이 기뻐하겠군. 들어가세."

응접실로 안내가 되었다. 벌써 누군가가 임신 사실을 알렸는지 그는 기쁜 얼굴로 마가렛을 맞이했다.

"초기엔 안정이 중요한 법이니 행크는 마가렛을 데리고 가서 쉬려무나. 아라교 신관을 불렀으니 정확히 확인을 해보고."

행크와 마가렛을 보낸 후에게 정식으로 인사를 할 수 있었다.

"어서 오게. 그날 일은 다 들었으니 신경 쓰지 않아도 되네."

'응……? 호감이 커졌네. 역시 그날 일 때문인가.'

지난번에는 마지못해 받아들인다는 느낌이었다면 오늘은 여전히 미덥지 못하다는 느낌은 있긴 하지만 그때보단 호감을 가지고 있었다.

마보세로 보면 파악할 수 있지만 요즘은 그럴 필요가 없는 것이 보는 것만으로 어느 정도 느낄 수 있다.

아무튼 능력은 있고 볼 일이다.

"지난번엔 갑작스러워 준비를 못 했는데 빈손으로 올 수 없어 가져왔습니다."

아공간 주머니에서 준비해 온 선물을 꺼냈다.

"지난번에 못다 한 얘기나 하자고 불렀는데 선물이라니, 아무튼 고맙네. 뭔지 볼까?"

그가 상자에서 들어 올린 것은 망원경과 비슷하게 생긴 것으로 앞엔 작은 수정구가 뒤엔 크리스털이 끼워져 있었다.

"이게 뭔가?"

"최근 만든 마법 물품입니다. 물건 이름은 마나 사진기라고 붙였는데 다른 이름으로 불러도 상관없습니다."

"마나 사진기? 수정구와 비슷한 건가?"

"수정구가 영상을 보여주고 기록한다면 사진기는 영상의 한 컷을 저장하는 겁니다."

"멈춘 화면이라는 뜻이군. 한데 이게 굳이 필요한가?"

"화질이 전혀 다릅니다. 거기 얼마 전에 제가 찍어둔 에리안의 사진이 있으니 확인해 보십시오. 거기 붉은색 단추를 한 번씩 누르면 크리스털 안에 저장된 사진이 한 장씩 나옵니다."

테트릭 남작은 그대로 따라 했다.

그러자 수정구를 통해 에리안이 검술을 하는 사진이 나타났다.

"별로 차이가 없는데?"

"수정구 앞에 손가락으로 이렇게 벌려보십시오."

"그러지. 이렇게… 헉! 미안하구나."

사진이 확대가 되었는데 하필이면 에리안의 가슴 부근이었다. 그는 본능적으로 손가락을 아래로 내렸고 화면은 얼굴로 가득 찼다.

"음, 대단해. 얼굴의 작은 점까지 보이는군."

"점이 아닌 선으로 인식하기 때문입니다. 물론 크기의 한계는 있지만 동영상보다 10배 이상 선명합니다. 비용도 수정구의 10분의 1 수준으로 만들 수 있고요."

원래 귀한 보석이나 물건을 구해주려고 했었다. 한데 마법용품이 좋을 것 같다고 조언을 한 건 에리안이다.

"마법진과 마법 물품도 잘 만든다더니… 고맙네. 잘 쓰겠네."

호감을 가진 이와의 대화는 아무래도 수월했다.

특히 나 역시 잘 보이고 싶으니 분위기 좋게 차를 마시고 화기애애하게 식사도 마쳤다.

"당신과 에리안은 잠깐 나가 있어. 아우스 경에게만 할 말이 있다."

마지막으로 술을 마셨는데 그마저도 끝나갈 때쯤 그는 독대를 원했다.

"괜한… 아니에요. 그러세요."

에리안이 뭔가를 말하려고 했는데 딜리버리 마법으로 그러지 말라고 했다.

두 사람이 나가고 둘만 남게 되자 테트릭 남작은 술을 들이

켜며 중얼거렸다.

"애비 말에 꼬박꼬박 말대꾸하던 녀석이 남자 친구 말엔 꼼짝도 못 하는군."

귓속말할 걸 눈치챘나 보다.

"죄송합니다."

"미안해할 것 없네. 자네는 나중에 안 그럴 것 같나? 나랑 비슷하게 당할 걸세."

"…하하."

"솔직히 묻지. 자넨 내 딸에 대해 어떻게 생각하나?"

"좋아합니다."

"내가 묻는 건 그런 뜻이 아니라 어떤 생각으로 만나고 있냐는 말일세. 결혼 전에 하는 가벼운 연애인지 아님 결혼까지 생각하고 하는 연애인지 묻는 거네."

그는 대답하기 전에 말을 이었다.

"나 역시 젊은 시절을 보냈기에 잘 아네. 우리 때보다 지금은 젊은이들이 훨씬 자유롭다는 것도. 하지만 아버지가 되고 보니 걱정스럽다네."

"남작님의 마음을 완전히 이해한다면 거짓말일 겁니다. 그러나 한 가지 확실한 건 결혼을 전제로 사귀고 있다는 겁니다."

"그런가?"

"다만 걱정되는 건……."

난 대답을 망설였다.

내 삶의 대부분이 피트라는 존재에 의해 움직였다. 피트는 악몽의 숲에서 더 이상의 안배는 없다고 말했지만 그딴 거짓말을 믿을 수 없었다.

어쩌면 지금도 사실 그의 의도대로 움직이고 있는지 몰랐다. 아니, 서서히 그런 징후가 느껴졌다.

"…어이없게 들리실지 모르지만 주변 사람들이 저라는 태풍에 휩쓸려 다칠까 겁납니다."

"말 못 할 사정이 있나 보군. 하긴… 없는 것이 이상한 일이지."

"네?"

"자네가 평범한 농민이었다면 지금과 같은 고민을 했을까? 상인이었다면? 노예였다면? 하루하루 살기 위해 버둥거리고 있을 걸세."

테트릭 남작은 그가 살면서 느낀 것과 깨달은 것을 나에게 말해주고 있었다.

"난 세상이 거대한 태풍이라고 생각한다네. 사람들은 고난을 겪고, 실력을 키우고, 노력을 해서 그 중심으로 다가가고 있는 거지. 즉, 자네로 인해 일어나는 태풍이 아니라 자네가 서 있는 위치가 그만큼 세상의 중심에 가깝다는 뜻이 아닐까? 자네로 인해 주변 사람들이 휩쓸리는 것이 아니라 주변 사람들 역시 이미 태풍 속에 있는 것이 아닐까?"

이미 일어난 태풍 속에 내가 있다?

"누구나 태풍의 영향권에 있네. 그러한 태풍에 벗어나는 방법은 두 가지. 세상을 등지거나 들어섰다면 뚫고 나아가 태풍의 눈으로 들어가거나."

"……."

제자리에 서 있어노 셜국 태풍 속이란 말인가.

피트의 안배이든 뭐든 끝을 내리려면 중심으로 갈 수밖에 없는 건가.

테트릭 남작의 말은 조용히 가슴을 두드렸다.

"원하는 대답은 들었으니 오늘은 그만하세. 사실 지난번 일을 목도하고 자네가 탐나지 않는다면 거짓이겠지. 그러나 최우선은 내 딸의 행복이라네. 미래가 어찌 되었든 지금은 아껴주게."

"알겠습니다."

"종종 차라도 한잔하러 오게."

다소 불편했던 만남이었는데 지금은 만나길 잘했다는 생각이 들었다.

*   *   *

오일리 마을에서 좌우로 공장이 즐비한 길을 따라 마차로 30분쯤 가면 트린 영지가 나왔다.

처음 본 트린 영지의 첫 인상은 상당히 삼엄하다는 느낌이었다.

영지를 들어서는 곳에서부터 영주 저택까지 본 초소만 4개였고 병사는 20명이 넘었다. 거기에 순찰하는 마법 기사단도 2인 3개조를 봤다.

각각 초소와 기사들은 마법 연락망으로 수시로 보고를 하는 것 같았다.

과한 면이 없잖아 있었지만 과거 뮬터 공작가에게 당한 걸 생각한다면 이해가 됐다.

영주 저택은 더욱 심했는데 마치 난공불락의 성을 만들려는지 거짓말 좀 보태 20미터마다 망루가 설치되어 있었다.

'직접 키울 시간은 부족했을 것이고 결국 돈으로 실력자를 모았다는 건데 파리 떼만 모인 건 아닌지 모르겠군.'

돈이 있다는 소문이 퍼지면 가장 먼저 사기꾼이 다가오고 그 다음은 도둑, 마지막엔 강도가 오는 법이다.

'귀찮은 일은 없었으면 좋겠는데……'

모른 척하기도 애매모호했다.

"형, 걱정 마세요. 내가 형을 지켜줄게."

어린 꼬맹이가 안아온다. 무슨 상황인지 제대로 알 수 없을 만큼 머리가 혼란스러웠지만 작고 여린 품이 따뜻하다고 생각했다.

"어서 오십시오, 아우스 경."

마차 문이 열리며 나타난 노년의 집사를 보곤 과거의 한때에서 빠져나왔다.

'베레토 집사.'

마지막으로 봤을 때가 6, 7년 전이었는데 20년은 족히 늙은 것 같았다.

드리니트 남작가는 가주인 남작부터 마음이 유하고 인간을 인간답게 대하는 사람이었던지라 피고용인들도 고용인을 닮아 비슷했다.

한데 인간답게 대해주고 용서해 준다고 마냥 좋은 것은 아니었다.

대접을 해주는 만큼 잘하는 것이 아니라 권리로 생각했고 결국 크고 작은 사건들이 계속 일어났다. 그에 총대를 멘 것이 베레토 집사였다.

그는 저택의 피고용인과 노예들에게 혹독하게 대했다. 그러나 마냥 그렇게 대했다면 베레토의 얼굴을 보고 기쁘지 않았을 것이다.

베레토는 신상필벌이 확실했다. 스스로 잘하는 이들에겐 남작보다 오히려 더 큰 자유를 줬었다.

"반갑습니다. …집사님."

"평민에 불과합니다. 편하게 말씀하십시오."

"그냥 제가 부르고 싶은 대로 부르게 해주세요."

"…그러십시오. 남작님이 안에서 기다리고 계십니다. 들어가시죠."

묘한 표정을 짓던 베레토는 자신의 본분에 충실했다.

저택 내부는 깔끔했다.

장식품이라곤 그림과 군데군데 놓인 화병에 꽂힌 꽃이 다였다.

끌개로 돈을 긁어모으는 귀족 집치곤 화려함이라곤 거의 없었다. 아니, 하나 있다.

대리석과 천장에 그려진 드리니트가의 금빛의 전통 문양.

'아버지와 아들은 닮는다더니. 추억 때문인지 아님 무의식의 기억 때문인지 분위기 똑같네.'

제리오가 되어 드리니트 남작가 저택에 서 있는 기분이었다.

삐이이이익!

로비의 한 부분을 지나자 비프 음이 울렸다.

"조금만 뒤로 물러나십시오. 혹시 마법 물품이나 무기류가 있으십니까?"

"네."

"저택 내부에 마나 제어 마법진이 있지만 극도로 무기류를 싫어하셔서……."

난 허리에 차고 있던 허리띠를 풀어 세 개의 금속 갑을 건넸다.

"…이게 다입니까?"

"아공간을 이용한 마법 용품이죠. 이렇게."

금속갑을 툭 치자 검이 쭉 하고 튀어나왔다.

베레토가 놀라 한 걸음 물러나는 것을 보고 실수했음을 깨닫고는 얼른 다시 검을 넣었다.

"험! 미안합니다."

"아, 아닙니다. 제가 겸망스럽게 굴었습니다. 이건 보관했다가 가실 때 드리겠습니다."

저택에 있는 알람 마법이나 마나 제어 마법진의 경우 발트란에 있는 것에 비하면 허접했다.

모른 척 뚫고 갈 수도 있었지만 나쁜 짓을 하러 온 것도 아닌데 그럴 이유가 없다.

"어서 오게, 아우스 경."

응접실로 들어가자 엘른 남작은 자리에서 벌떡 일어나 다가오며 반겨주었다.

"초대해 주셔서 감사합니다."

"나야말로 와줘서 고마워. 자자, 이리 와서 앉게. 나가서 맞이하고 싶어 혼났네. 왜 그렇게들 법도를 따지는 건지 도통 모르겠어."

대륙의 법도는 초대받는 사람이 직위가 낮을 경우 응접실에서 맞이하는 것이 일반적이었다.

"하하! 반겨주시니 몸 둘 바를 모르겠습니다."

식사 시간까진 아직 남아 있었기에 티타임을 가졌다.

한데 꽤 익숙한 차가 들어왔다.

"이것 마셔봐. 라떼라고 하는데 헤밀스가라고 유명한 커피 생산 가문에서 내놓은 커피라네. 취향에 따라 여기 있는 시럽을 타서 마시면 된다고."

휴가가 상품화를 했나 보다.

약간의 시럽을 타서 마셨다.

맛있다. 딱 내가 좋아하는 스타일이다.

천천히 커피를 즐기려는데 엘른 남작은 왠지 모르게 안절부절못하고 있었다.

마치 뭔가 자랑하려는 아이처럼.

"혹시 지난번에 제가 말했던 제동장치 만들어보셨습니까?"

"물론! 안 그래도 자네에게 보여주고 싶었는데."

제대로 맥을 짚은 모양이다.

그가 작은 마법진에 손을 올리자 잠시 후 하인들이 바퀴 달린 테이블을 가지고 들어왔다. 그리고 그 위에 하얀 천이 덮여 있었다.

'이 도련님, 어린 시절이랑 달라진 거 하나 없네.'

자신이 만든 물건을 피고용인들에게 보여주며 어떤 말을 듣게 될까 설레어하는 표정이 똑같다.

그때와 다른 점이 있다면 이번엔 제대로 된 물건을 만들었다는 것이다.

"우와! 대단하십니다! …잠깐 그려준 것에 불구한데 이렇게 만들어내셨군요."

천을 걷어내기 무섭게 과거의 제리오가 그랬듯이 호들갑을
떨다가 아차 싶어 얼른 약간의 감정만 담은 말투로 바꿨다.

한데 기분 좋게 천을 걷어냈던 엘른 남작의 표정은 갑자기
딱딱하게 굳어 있었다.

"왜요? 뭔가 잘못됐습니까?"

"…아니네. 자네가 방금 말한 감탄사가 내가 아는 누군가와
많이 닮아서 말이야."

"그렇습니까? …누군데요?"

노예가 되어 끌려갈 때 자신들만 쏙 하고 도망가 버린 것에
대해 원망을 하지 않았다면 거짓일 것이다.

"…내 마음속의 짐이 된 이들 중 하나라네. 크흠! 괜스레 감
상적이었군. 자네 말을 듣고 장인들을 시켜 여러 종류를 만들
었는데 그중 제동력이 가장 우수한 것이라네."

마법 용품 연구 개발에 돈을 많이 쏟는지 확실히 내 생각
과 비슷한 물건을 만들어냈다. 아니, 막연한 생각을 구체화시
켜 더욱 확실하게 만들었다고 보는 게 맞을 것이다.

난 고정되어 있는 페달을 눌러보았다.

그때마다 끝에 달린 제동장치가 집게처럼 좁혀졌다 벌어졌
다를 반복했다.

"제 생각보다 더 잘 만들었네요. 이거면 제동장치는 문제가
없겠습니다."

"연구 탑에서 테스트한 결과 상당히 좋아. 근데 혹시 다른 문제에 대해서도 아는 건가?"

"아! 그런 의미로 말한 건……."

"괜찮네. 아직 많이 부족한 제품이니까. 그리고 내가 해준 것 없이 너무 바라는 게 많지? 오늘 식사하면서 천천히 얘기해 봄세."

"딱히 뭔가를 바라고 드리는 말은……."

"잘 아네. 하지만 뭔가를 얻게 되면 그에 상응하는 대가를 줘야 하는 게 인지상정 아닌가."

"아닙니다. 제가 만든 것도 아닌데 굳이 신경 쓰지 않으셔도 됩니다."

"많이 주진 못할 거야. 그러나 중요한 제동장치에 대해 결정적인 아이디어를 제공해 준 것이 어찌 가벼운 일이라고 할 수 있겠나. 내 마음이 편치 않아."

아이디어의 가치에 대해서 설왕설래하고 있는데 노크 소리와 함께 기사 복장의 중년 남성이 들어왔다.

그는 죄송하다는 듯 고개를 숙인 후 남작에게 가서 귓속말을 속삭였다.

"아가씨가 또 발작을 일으켰습니다."

다 들렸지만 모른 척했다.

"아우스 경, 미안하군. 급한 일이 생겨서 잠시만 자리를 비워야겠어."

"천천히 일 보십시오. 커피를 마시고 있겠습니다."

"이해해 줘서 고마워. 하녀에게 새로운 커피를 주라고 하지."

엘른 남작은 서둘러 밖으로 나갔고 중년 남성은 날 흘깃 한번 보고 따라갔나.

'흠, 이것 봐라……'

중년 남성에게선 어떠한 기운도 느껴지지 않았다. 즉, 7서클 이상으로 자신의 의지대로 기운을 완전히 감추고 있다는 의미였다.

에리안처럼 '느낄 테면 느껴봐라'는 듯 전혀 감추지 않는 것도 문제이지만 작정한 듯 감추는 것 또한 이상한 일이다.

물론 사람에 따라 다른 법이니 그걸로 이상한 사람이라고 단정 짓는 것은 아니다. 마지막에 그가 나가면서 보인 감정은 분명 적대감이었다.

또다시 노크 소리. 이번엔 커피를 가져온 하녀였다.

"고마워요."

"별말씀을요."

하녀가 나간 후 커피를 마시며 감각을 확장시켰다. 그리고 저택 내부는 물론이고 외부까지 한 명 한 명 샅샅이 찾아보았다.

"오래 기다리게 해서 미안하군."

20분쯤 지나서야 돌아왔다.

"잘 해결되셨습니까?"

"일단은……. 자, 식당으로 가지. 준비가 다 됐다는군."

식당으로 가자 드레스를 입은 여성과 작은 남자아이가 있었다.

"이쪽은 내 안사람인 소피아."

"만나서 반갑습니다, 소피아 남작 부인."

'남작가의 불운이 소피아에겐 행운이 됐네.'

소피아는 기사단장의 딸로 엘른을 좋아했었다. 그러나 엘른의 결혼 상대는 다른 귀족가의 아가씨였다.

"이 아인 아들인 베른."

"…베른 군, 반가워요."

아까부터 들썩이던 과거의 기억이 베른이라는 이름에 터져 나오려고 했다.

베른 드리니트. 남작의 아들일 때의 이름이다.

"아빠! 이 기사님은 알록이들과 아주 친한가 봐. 알록이들이 엄청 좋아해."

"베른, 아우스 경도 아주 뛰어난 마법사란다 그래서 그런 거야."

"알록이들이 다른 기사님들과는 완전히 다르다는데? 자신들의 친구래."

알록이? 뭔가 싶어 아이를 유심히 봤다. 아이의 주변에 마나들이 뭉쳐져 놀고 있다.

'이름만 같은 것이 아니었나?'

"이해해 주세요. 조금 특별한 아이인지라. 간혹 이상한 소리를 하네요. 베른, 손님 앞에선 그런 소리 하면 안 된다고 엄마가 얘기했었지?"

"응. 근데 이 기사님 앞에서 괜찮다고 알록이들이 말해줬어."

"…베른."

두 사람은 곤혹스러운 표정을 지었다.

"이해하게. 우리 집안에 전해지는 조금은 특이한 병 때문이 아닌가 생각한다네. 원래 이러지 않는데 오늘 유독 심하군."

과거 나 때문에 병이라고 생각하나 보다.

"괜찮습니다. 그리고 베른은 이상한 게 아니라 마나의 축복을 타고난 아이라 그렇습니다."

"응? 마나의 축복이라면?"

"마법사라면 누구나 갖길 바라는 능력이죠. 본래 이렇게 심하지 않는데 유독 마나에 대한 감각이 뛰어나서 그렇습니다."

"…병이 아니란 말인가요?"

걱정과 안도가 함께한 얼굴로 소피아가 물었다.

"예. 제가 좀 더 확인해 보죠. 베른 군, 혹시 알록이들 중 어느 색의 알록이가 가장 크지?"

"기사님 눈에 안 보여요?"

"보여. 근데 내 눈에 투명하게 보인단다."

"아하~ 그렇구나. 금색 알록이가 제일 커요."

난 그의 머리를 쓰다듬어 준 후 두 사람에 말했다.

"바람의 계열이 가장 뛰어나군요. 좋은 스승만 만나면 마법사로 대성할 겁니다."

"우린 지금까지 가문의 병인 줄 알고 쉬쉬해 왔었는데……. 정말 아우스 경을 알게 된 건 내겐 행운이네."

"언제가 됐든 누구라도 베른 군의 능력을 알아봤을 겁니다."

"이런! 아무래도 오늘 뭔가에 홀린 모양이군. 앉아서 식사하세."

엘른이 식탁 위 마법진에 손을 올리자 음식을 든 하녀들이 들어왔다.

기본 음식들이 테이블 위에 차려지고 코스 요리가 그때그때 나왔다.

'저러니 이상하게 보일 만도 하겠지. 나의 경우도 있었으니까.'

베른은 식사를 하는 와중에도 마나와 놀고 있었다.

"엘른 남작님, 혹시 허락해 주신다면 마나차에 대해 자세히 보고 싶습니다. 그날 이후 집에서 곰곰이 생각해 보니 몇 가지 의문이 생겨서 말입니다."

이곳에 더 머물러야 할 이유가 생겼다. 그래서 핑계를 만들었다.

"나야말로 부탁하고 싶은 일이었네. 지하에 개인 실험실이 있으니 식사 끝난 후에 가보세."

"좋습니다."

코스 요리가 있다 보니 식사 시간은 꽤 길었다. 그러다 보니 소피아와도 얘기를 하게 되었다. 그녀의 관심사는 당연히 아들인 베른이었다.

"실례의 질문입니다만 아우스 경은 혹시 마법이 어느 정도이신가요?"

"그냥 제 몸 하나 지키는 정도입니다."

"이이에게 듣자하니 6서클이라고 하던데 혹시 마법을 가르쳐 볼 생각은 없으신가요?"

"글쎄요. 제가 누군가를 오랫동안 가르칠 상황이 아닌지라. 플린 왕국의 최고의 마탑이 있지 않습니까?"

"크면 어떻게 될지 모르지만 아이가 낯을 많이 가려요. 다른 사람들과는 식사도 못 하죠."

"저런 식으로 논다고 이상하게 볼까 해서 두 분이 피한 건 아니시고요?"

"그것도 있지만 집안의 기사들과 식사할 때도 아이가 질색을 해요."

"베른 군은 못 보는 걸 보니까요."

"네?"

"아닙니다. 너무 급하게 생각하지 마십시오. 부인께서 하신 제안은 생각해 보겠습니다. 그리고 지금은 교육보단 미래를 위해서라도 지금처럼 노는 것이 좋습니다."

소피아를 잘 다독이고 식사를 마무리하려 할 때였다. 식당 문이 열리며 한 사람이 들어왔다.

길었던 식사 시간이 더 길어질 모양이다.

안으로 들어온 여자는 펑퍼짐한 잠옷을 입고 있었다.

거친 머릿결, 초점 없고 보는 것만으로도 힘이 없어질 듯한 눈동자, 앙상하다 못해 해골에 거죽만 붙여놓은 듯한 모습이었다.

계속 보면 실례일 것 같아 흘낏 보고 식사에 집중하는 척했다.

"…배고파, 오빠."

"루미엔!"

루미엔이라는 말에 나는 놀란 표정으로 다시 그녀를 봐야했다.

'맙소사! 저 미라가 그 꼬맹이 루미엔이라고?'

마지막 기억 속의 루미엔은 남작가의 막내로 10살의 어린 꼬맹이었다.

날 오빠라고 부르며 아장아장 걸어와 손을 잡던 모습을 기억하는 나로서는 놀랄 수밖에 없었다.

나의 놀람을 아는지 모르는지 내 옆자리로 와 턱 하고 앉았다. 그러곤 음식을 기다리는지 그대로 식탁만 보고 있었다.

"소피아, 베른을 데리고 나가. 아우스 경도 먹기 시작하면 천천히 나가면 되네."

뭔가에 잔뜩 겁먹은 베른이 소피아와 함께 조심스레 밖으로 나가려 할 때였다. 가만히 앉아 있던 루미엔이 고개를 들곤 식탁 위의 음식을 봤다. 그러곤 아귀가 걸린 듯 두 손으로

300 아우스:마도 시대의 시작

움켜잡고 입으로 넣었다.

"오늘 못 볼 꼴은 다 보이는군. 미안한데 밖에서 기다려 주게. 한 30분이면 끝이 날 거야."

"…어디가 아픈 섭니까?"

한 접시를 비우고 다시 새로운 접시로 손을 뻗는 루미엔을 보고 착잡한 목소리로 물었다.

그는 잠깐 망설이는 기색을 보이더니 입을 열었다.

"휴우~ 삼 년 전부터 갑자기 이렇게 됐네. 백방으로 알아봤지만 무슨 병인지조차 알 수 없었어. 그러다 우연히 병에 대해 아는 사람을 만났지. 한데 불치병이라 억제만 시킬 수 있다더군."

"약효가 떨어진 겁니까?"

"…아니, 약이 떨어졌어. 재료 가격이 많이 올라 약값을 두 배로 올려야 한다더군."

"도대체 얼마나 많은 돈을 요구했기에 엘른 남작가에 돈이 없는 겁니까?"

"2만 금. 지금까지는 겨우겨우 마련했는데 이젠 공장을 팔아야 할 지경이네. 그래서 이제 이 아이를… 포기할까 한다네. 지옥에서 어떻게 도망을 나왔는데……."

그는 말을 잊지 못했다.

언뜻 그의 눈에 눈물이 비쳤다.

"으~ 으으!!"

접시의 모든 음식을 비운 루미엔은 갑자기 신음 소리를 흘리며 자신의 머리를 쥐어뜯기 시작했다.

"우웨에에에엑!"

동시에 먹었던 음식을 토해냈다.

"제발 나가주게. 루미엔은 자신의 지금 모습을 누구에게 보이고 싶지 않을 걸세."

난 못 들은 척 나가지 않았다.

"으으~ 아아악! 으~ 윽!"

먹었던 모든 것을 토해낸 그녀는 토한 곳에 쓰러지며 고통스러워했다. 얼마나 고통스러운지 뼈밖에 남지 않은 손으로 옷을 뜯어냈다.

거죽은 그동안 어떤 일이 있었는지 보여주는 듯 엉망진창이었다.

"아우스 경, 제발……."

[조용히 계세요!]

딜리버리 마법으로 그의 입을 닫게 만들었다. 그리고 투명 손으로 자신의 몸을 쥐어뜯으려는 그녀의 팔과 다리를 잡아 버둥거리지 못하게 했다.

'슬립! 슬립! 슬립!'

슬립이 듣지 않았다. 그래서 마나량을 계속 늘려가며 슬립을 실행했고 8서클의 의지력을 쓰고 나서야 결국 잠들게 만들었다.

"워터!"

커다란 물방울이 나타나 루미엔을 씻겼다. 그리고 커튼 하나가 절반으로 찢어져 그녀를 감쌌다.

[부엌은 물론이고 주변의 사람들 모두 주변에서 물러나게 하세요. 그동안 루미엔을 보고 있을게요. 제가 이러고 있다는 건 말하지 마시고요.]

쨍그랑! 와장창!

테이블 위를 일부러 소리 나게 치운 후 루미엔을 눕혔다.

마보세를 볼 작정으로 눈을 감았다.

눈을 감지 않아도 내가 원한다면 마보세처럼 볼 수 있게 되었지만 이번엔 확대를 해 자세하게 봐야 했기에 눈을 감은 것이다.

루미엔의 몸은 온통 희미한 파란색을 띠고 있었다.

'역시 이상해. 다양한 색깔을 나타내는 건 뇌 부분밖에 없어.'

일반 사람들은 붉은색, 파란색, 검은색 등 다양하게 표현됐다.

한데 한 가지 색깔이다? 그런 인간은 없다.

'확대!'

내부를 보고자 계속 확대했다.

희미한 푸른색은 확대를 하자 보다 다양한 푸른색으로 표현됐다. 어느 곳은 이미 죽은 듯 하얀색으로 보였고 어떤 부분은 아직 괜찮은지 주변보다 조금 더 짙었다. 확대할수록 그런 변화도 사라지고 오로지 희미한 푸른색이 계속된다. 그러다 어느 순간 붉은색 점이 보였다.

난 붉은색 점에 집중했다. 붉은색 점과 똑같은 마나를 느끼려 했고 마나는 친절하게 알려주었다.

인체의 모든 장기가 붉은 점으로 뒤덮여 있었다.

'빌어먹을, 이걸 여기서 보게 될 줄이야.'

악몽의 숲에 사는 기생충.

윌리엄 아저씨가 어느 날 밤 야영을 하면서 농담처럼 한 얘기가 있었다.

야영하는 곳에서 검지를 내밀며 무엇이 있나 보라고 했었다. 난 눈을 좁히며 쳐다보고 먼지 크기의 검은색 알갱이를 볼 수 있었다.

"이게 기생충이야. 평소엔 알 상태로 땅속에 몸을 숨기고 있지. 한데 동물이나 몬스터들이 먹이를 먹다가 우연히 삼키게 되면 그때 깨어나 활동을 시작해. 그리고 기생을 하며 새끼를 까. 그 다음 온 장기에 달라붙어 생존에 필요한 것을 찾아 헤매게 만들어."

"뭔데요?"

"릴리즈 풀! 이놈들도 숙주를 통해 마나를 먹어. 그냥 먹으면 독약인데 이놈이 있음으로 괜찮지. 만약 숙주가 먹지 않으면 딱 죽지 않을 만큼만 고통을 줘. 다른 걸 먹어도 역시 고통을 줘. 얼마나 사는지는 모르지만 아무튼 계속해서 반복해."

그 말을 끝으로 씨익 웃으며 불속에 털어버린 그는 잠을 잤고 난 땅에 머리를 대는 것조차 두려워 잠을 설쳤다.

밤새 보초를 서게 만들 요량으로 한 서짓말이라고 생각했는데 진짜로 있을 줄이야.

그때 치료법을 물어볼 걸이라는 부질없는 상상을 해본다.

"말대로 했네. …루미엔은 어떻게 됐나?"

엘른 남작이 들어왔다.

"조금 전에 제가 너무 무례하게 굴었습니다."

"이 애의 고통을 잠깐이라도 멈추게 해준 것으로 충분하네."

"일단 진정은 시켰지만 지켜봐야 할 것 같습니다. 그리고…
몇 가지 물어도 되겠습니까?"

"얼마든지."

"혹시 치료제, 아니, 억제제는 직접 거래하십니까?"

"아니. 혹시 모를 위험에 대비해 기사단장이 하고 있다네."

"기사단장이라면 아까 응접실에서 봤던 분이겠군요?"

"맞아. 궂은일을 도맡아 해주는, 우리 영지에 없어선 안 될
사람이지."

꽤 신임이 두터운 모양이다. 하긴 나라고 해도 처음엔 신임
을 받을 일만 했을 것이다.

"생명의 은인인가 보군요."

"우리 가족을 구했지. 어찌 알았는가?"

"말씀하시는 것에서 깊은 신뢰가 느껴졌습니다."

기사단장이 루미엔을 이렇게 만든 자일 가능성이 높다고 말한다면 믿어줄까? 아닐 것이다. 믿음의 크기를 보면 오히려 날 의심할 가능성이 높았다.

'성질 같아선 지금 당장 그냥 때려잡고 싶은데.'

도울 생각이지 미움을 받으려는 건 아니다. 시간이 걸리겠지만 순차적으로 해결하는 게 좋을 듯하다.

"억제제는 어떻게 생겼습니까?"

"이 정도 크기의 금색 환단이었네. 안엔 짙은 푸른빛이 맴돌더군. 그것이면 하루를 버텼지."

"역시 그렇군요. 엘른 남작님께선 절 얼마나 믿으십니까?"

"…글쎄. 왜 그런 말을 하는 건가?"

그의 몸에서 일어나는 색깔을 보건대 필요한 사람이지 믿는 사람은 아니었다.

그래도 베른과 루미엔 일로 처음 봤을 때보단 경계심은 없어 보였다.

"제가 억제제를 구할 수 있다면 믿으시겠습니까?"

"정말인가! …한데 2만 금은……."

"약효를 직접 확인하신 후 천 금만 주시면 됩니다."

공짜로 해줄 수 있지만 그렇게 하면 오히려 의심을 할 것 같아 적당한 금액을 얘기했다.

"천 금! 약효만 확실하다면 원래 주려 했던 만 금은 줄 수 있네."

"만 금까진 필요 없습니다. 대신 만 금을 주는 척은 해주셔야겠습니다."

"……?"

"약값으로 천 금이 담긴 주머니를 주면서 만 금을 준다고 해달라는 겁니다. 가능하겠습니까?"

"어려울 것 없지. 한데 언제까지 구할 수 있겠나?"

"하루 정도면 충분합니다. 그리고 그 전까지 루미엔 양의 방엔 아무도 접근하지 못하게 하십시오. 설령 기사단장이라고 할지라도. 현재 하는 일은 오직 남작님과 저만 알아야 합니다. 만일 조금이라도 새어 나간다면 전 손을 뗄 것입니다."

"자네 말대로 하겠네. 그런데 1시간마다 발작이 일어나는데 혼자 힘으론 진정시키기가 힘들어."

"몇 가지 조치를 취해두겠습니다."

그녀의 입에 재갈을 물리고 마나 집적진과 묶기 마법으로 움쩍달싹못하게 만든 후에야 엘른 남작의 저택에서 나왔다.

*   *   *

릴리즈가 나는 곳은 악몽의 숲과 마나석 광산처럼 마나가 많이 모여 있는 곳.

굳이 악몽의 숲까지 갈 필요 없었다.

플린 왕국에만 스무 곳이 넘는 마나석 광석이 있었고 그곳을 살펴보면 됐다.

한밤중 7서클의 플라이트 마법으로 하늘을 날며 마나석 광산을 보던 나는 밤바람에 하늘거리는 릴리즈를 발견하고 채집을 했다.

"어서 오게."

엘른 남작은 오늘은 문밖에서 대기하고 있었다.

"어떻게 구했나?"

"예. 한데 혹시 발작은 어땠습니까?"

"어젠 아무렇지도 않다가 오늘 새벽 발작이 있었네. 한데 발작이 두 시간 만에 일어나더군."

[더 이상 말하지 마십시오. 제 말이 끝나면 주위를 물리고 절 방으로 안내하세요.]

"예상대로군요. 예전 제가 아는 분이 걸렸던 병과 유사합니다. 제가 가져온 억제제가 효과를 발휘할 것 같습니다."

"다행이군. 다들 저택 외부에서 머무르고 있게."

"안 됩니다! 최소한 저라도 문밖에서 대기하고 있겠습니다."

기사단장이 일이 이상하게 돌아간다고 생각했는지 나섰다.

"단장의 마음은 잘 알지만 아우스 경의 신원은 내가 보증하니 걱정 마시오."

"만에 하나 아가씨가 잘못되면……."

"계속 오르는 가격을 감당하기 힘들어 어느 정도 포기하고 있지 않았소."

엘른 남작은 밤새 루미엔의 모습을 지켜보고 좀 더 믿음이 커진 듯했다.

방으로 들어가자 루미엔은 또다시 고통이 시작됐는지 눈을 찢어질 듯이 부릅뜬 채 몸을 움직이려고 하고 있었다.

"또 시작했군. 얼른 먹여보게."

"그 전에 한 가지 더 묻겠습니다. 살이 왜 이렇게 빠진 겁니까?"

"약이 독해서라더군. 한데 그건 왜 묻나?"

"두 가지 종류로 가져왔습니다. 하나는 약초가 가진 독을 제거했고 다른 하나는 원래대로 가져왔습니다."

"무슨 차이가 있나?"

"모르겠습니다. 다만 독이 약으로 작용하는지 아닌지를 확인하고 싶습니다."

"독이 독으로 작용할 수 있다는 얘기군. …해보게."

재갈을 풀자마자 투명 손으로 입을 벌렸다.

"으… 으! 으! 으!"

루미엔은 신음을 흘리며 고통을 호소했다.

금박으로 싼 해독된 릴리즈를 입에 넣었다. 얼마나 많은 양이 필요할지 몰라 일단 릴리즈 두 뿌리로 약을 조제했다.

눈을 감았다.

목에서 시작된 푸른 기운은 온몸으로 빠르게 퍼졌다. 그와 함께 붉은색 기생충들이 마나의 기운을 열심히 빨아먹기 시작했다.

"약효가 발휘되고 있어!"

옐른 남작의 외침에 눈을 떴다.

루미엔은 고통이 사라졌는지 편안한 얼굴을 하고 있었다. 그러나 지쳤는지 금세 눈을 감고 잠이 들었다.

"독이 없는 것도 작용한다는 것을 알았으니 없는 것으로 사용하기로 하죠. 물론 특이한 변화가 있는지는 확인해야겠죠."

"고맙네. 정말 고마워."

"별말씀을요. 저도 돈을 벌고자 한 일입니다."

"하지만 2만 금에 비하면 천 금은 거저나 다름없지."

"천 금이라도 많이 남습니다."

"그, 그런가?"

"아무튼 루미엔 양의 상태를 지켜봐야 하는데 그동안 할 일이 없군요. 근데 집사의 말에 의하면 이 저택에 마나 제어 마법진이 설치되어 있다더군요."

"그렇다네. 기사단장이 설치했다네. 그래서 저택 안에선 아무도 마법을 사용할 수……! 어? 어제 자네 식당에서 마법을 사용했었지?"

"제어 마법진이 어설퍼서 그렇습니다. 마법진에 대해 조금만 알아도 누구나 자유롭게 마법을 쓸 수 있죠."

물론 말하는 정도까진 아니었지만 허접하다는 걸 은연중에

강조했다.

"침범하는 적을 막기 위해선 좀 더 견고하게 만들 필요가 있습니다. 대신 남작님은 검술이든 마법이든 모두 사용할 수 있죠. 4서클 정도만 되어도 블어오는 직이 수십 명이라도 이 저택 안에선 막을 수 있을 겁니다."

난 미끼를 던졌고 안전을 병적으로 생각하는 그는 미끼를 물었다.

"따라오십시오. 어떻게 작동되고 어떻게 작동을 멈추는지 상세히 설명을 드리죠."

현재 집 안에 설치된 마법진의 약점을 설명했고 새로운 마법진의 장점과 사용 방법을 설명했다.

목적은 철석같이 믿고 있는 기사단장을 의심하게 만드는 일이었다.

"…이렇게 허점이 많았었다니."

엘른 남작은 마나차를 만들 만큼 뛰어난 엔지니어라 그런지 이해도가 뛰어났다.

2층의 4곳, 1층의 4곳을 마친 후 중심 마법이 될 지하로 내려가려 할 때였다. 2층에서 루미엔이 방에서 나와 내려오는 것이 느껴졌다.

"…엘른 오빠, 배고파요."

"루미엔!"

"…내가 왜 이러는 거야? …근데 이분은 누구야?"

"병에 걸린 후 정신을 차린 건 처음 있는 일이야. 어떻게 이런 일이! 루미엔! 루미엔!"

엘른 남작은 눈물을 흘리며 루미엔을 껴안았다.

"…답답해요, 오빠."

"미, 미안. 식당으로 가자!"

두 사람과 함께 따라간 난 묽은 스프를 요리사에게 요구했다.

"…이거 말고 배를 채울 수 있는 걸로 줘요."

루미엔은 묽은 스프를 보고 손으로 밀었다.

"지금 다른 걸 먹으면 몸이 버티질 못해요, 루미엔 양. 나중에 더 맛있는 걸 먹기 위해서 지금은 이걸 먹는 게 중요합니다."

루미엔은 묘한 표정으로 날 보며 중얼거렸다.

"…제리오 오빠? …아! 아니구나. 제리오가 여기에 있을 리가 없지. 근데 방금 그 말, 제리오가 네게 어린 시절에 그대로 했었어."

힘없이 중얼거린 그녀는 느릿느릿 접시를 자신의 앞으로 가져오더니 숟가락으로 먹었다.

난 나대로 그녀의 모습에 울컥해졌다. 그리고 이 아이를 이렇게 만든 놈들에게 대한 분노가 모락모락 피어올라 왔다.

루미엔은 세 접시의 스프를 먹고 다시 침대로 가 잠이 들었다.

방을 나와 지하실로 향하던 엘른 남작이 물었다.

"아우스 경, 솔직히 말해줬으면 하네."

"말하십시오."

"자네가 이 저택에서 본 건 뭔가? 도대체 어떤 걸 봤기에 자신의 일처럼 날 돕는 거지? 목적이 있어 접근했다면 그 목적이 지하에 있는 물건인가?"

그는 반드시 알아야겠다는 눈빛으로 날 바라보았다.

기사단장에 대한 의심을 시작한 게 분명했다. 또한 나에 대한 의심도.

언젠가 비슷한 질문을 받을 거라고 생각했다. 생각보다 빠르긴 했지만 망설임 없이 말할 수 있었다.

"거대한 함정을 봤습니다. 목적요? 물론 있습니다. 하지만 지하실의 어떤 물건이 있는지 몰라도 그건 아닙니다."

"…그럼, 자네의 목적은 뭔가?"

"그저 알고 싶었습니다. 뮬터 공작가가 드리니트 남작가를 한밤중에 쳐들어왔을 때 왜 많은 이를 버리고 갔는지 알고 싶었습니다."

"어, 어떻게……?"

"많은 이가 남작님의 행방을 모른다고 고문당하고 불타 죽었습니다. 그리고 살아남은 자들은 노예가 되어 팔려 갔죠."

"…자, 자넨 도대체 누군가?"

"전 노예로 팔려가다가 죽은 제리오의 동생입니다, 엘소른 드리니트 도련님."

"…아!"

엘른 남작은 괴로운 표정으로 고개를 떨어뜨렸다.

이미 그가 남겨둔 이들에 대해 죄의식을 가지고 있음을 안다. 그래서 굳이 물을 이유가 없었다.

그러나 트린가의 현 문제를 풀기 위해선 나라는 존재를 더 각인시킬 필요가 있었다.

『아우스:마도 시대의 시작』 6권에 계속…

이제부터 전자책은

이젠북

www.ezenbook.co.kr

새로운 세계가 열린다!

초대형 24시 만화방

신간 100%, 샤워실, 흡연실, 수면실(침대석), 커플석, 세탁기 완비

▪ 시흥 정왕25시점 ▪

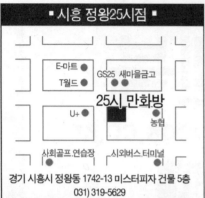

경기 시흥시 정왕동 1742-13 미스터피자 건물 5층
031) 319-5629

▪ 강북 노원역점 ▪

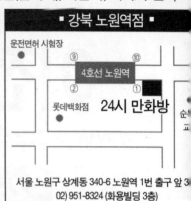

서울 노원구 상계동 340-6 노원역 1번 출구 앞 3
02) 951-8324 (화용빌딩 3층)

▪ 일산 정발산역점 ▪

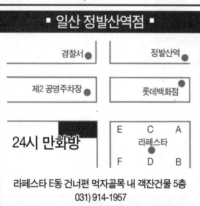

라페스타 E동 건너편 먹자골목 내 객잔건물 5층
031) 914-1957

▪ 일산 화정역점 ▪

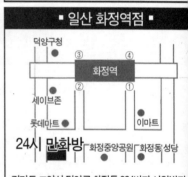

경기도 고양시 덕양구 화정동 984번지 서일빌딩
031) 979-4874 (서일사우나 건물 7층)

▪ 부천 역곡역점 ▪

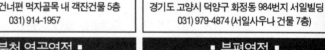

역곡남부역 기업은행 건물 3층
032) 665-5525

▪ 부평역점 ▪

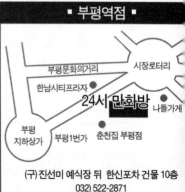

(구)진선미 예식장 뒤 한신포차 건물 10층
032) 522-2871

임영기 장편소설

FUSION FANTASTIC STORY

갓오브솔저

'종의 영역'과 '신의 질서'가 파괴되고
지구에는 무영역과 무질서의 시대가 도래했다!

8년 동안 무림에 '절대신군(絶代神君)'으로 군림한 이강도.
어느 날, 자신이 살던 현 세계로 다시 되돌아오게 되고
'졸구십팔(卒9.18)'이라는 이름을 부여받게 되는데…….

신이 죽은 세계를 장악하려는 마계(魔界)와 요계(妖界).
그리고 이를 저지하려는 정계(正界)의 치열한 사투!

과연 이 전쟁은 끝이 날 수 있을 것인가.

Book Publishing CHUNGEORAM

유행이 아닌 자유추구 -
WWW.chungeoram.com

FUSION FANTASTIC STORY

RPM 3000

가프 장편소설

RPM(Revolution Per Minute: 분당 회전수)!
150km/h 160km/h?
이제는 구속이 아니라 회전이다!!

여기 엄청난 빅 유닛과 환신(換身)에 성공한 사내가 있다.
그 이름, 황운비!

훈련은 *Slow and Steady,*
시합은 *Fast and Strong!*

꿈의 RPM 3000을 찍는 패스트 볼을 장착하고
메이저리그를 종횡무진 누빈다!

Book Publishing CHUNGEORAM

전생부터 다시

FUSION FANTASTIC STORY

홍성은 장편소설

죽음으로 모든 걸 끝내고 싶지 않아
인간으로 환생하게 된 대마법사, 로렌 하트.

그러나 알 수 없는 괴물의 등장으로 인해 인류가 멸망해 버리고
홀로 살아남은 그는
고독과 외로움에 다시 한번 더 환생을 결심하는데……

하지만 현생을 반복하는 것만으로는 의미가 없다.
시간을 되돌려 대마법사가 되기 전의 시절로 되돌아갈 것이다!

대마법사 로렌 하트, 전생부터 다시 시작한다!

Book Publishing CHUNGEORAM

유행이 아닌 자유추구 -
WWW.chungeoram.com

게임볼

설경구 장편 소설
FUSION FANTASTIC STORY

무명의 야구인이었던 남자,
우진이 펼치는 야구 감독으로서의 화려한 일대기!

『게임볼』

"이 멤버로 우승을 시키라고?"

가상 야구 게임,
게임볼을 통해 인생 역전을 꿈꾸는

한 남자의 뜨거운 행보에 주목하라!

Book Publishing CHUNGEORAM

유행이 아닌 자유추구 -
WWW.chungeoram.com